CB013243

TRADUÇÃO
Daniel Lühmann

Uma vasta e enorme cavidade surgiu.

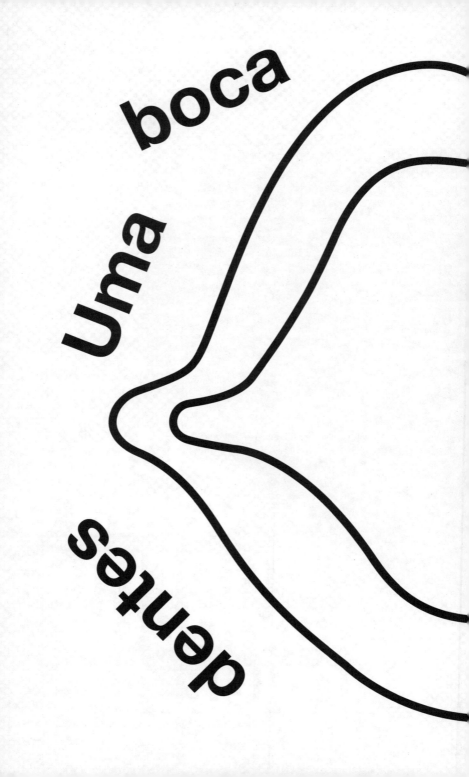

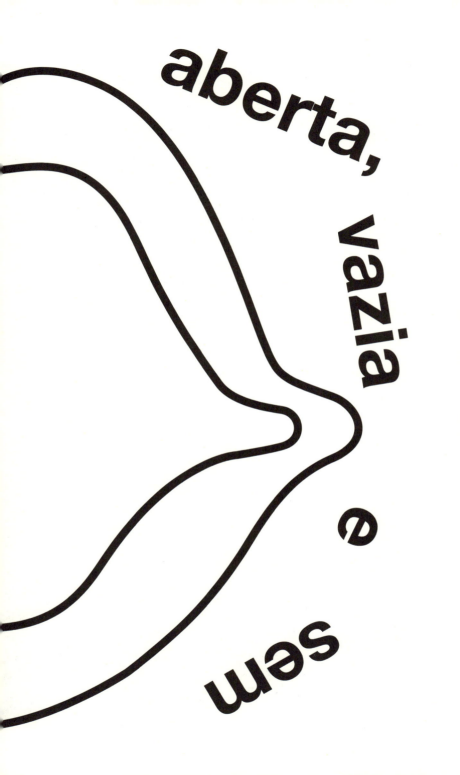

escancarada

para o céu da noite.

Não havia mais nada.

Sumário

Introdução de Ronald D. Moore 15
Peça de exposição 17

Introdução de Travis Beacham 35
Autofab 37

Introdução de Jessica Mecklenburg 71
Humano é 73

Introdução de Tony Grisoni 91
Argumento de venda 95

Introdução de Matthew Graham 115
O fabricante de gorros 119

Introdução de Kalen Egan e Travis Sentell 139
Foster, você já morreu 143

Introdução de Michael Dinner 169
A coisa-pai 171

Introdução de David Farr 189
O planeta impossível 191

Introdução de Jack Thorne 205
O passageiro habitual 207

Introdução de Dee Rees 223
O enforcado desconhecido 225

Introdução de Ronald D. Moore

TÍTULO DO CONTO: PEÇA DE EXPOSIÇÃO
TÍTULO DO EPISÓDIO: REAL LIFE [VIDA REAL]

Ronald D. Moore é roteirista e produtor norte-americano, conhecido por ter desenvolvido a versão reinventada da série Battlestar Galactica, pela qual ganhou um prêmio Hugo e um Peabody, e também a série Outlander, baseada nos romances de Diana Gabaldon. Começou a carreira como roteirista/produtor em Star Trek a nova geração *e* Star Trek: Deep Space Nine.

A primeira vez que li esse conto foi quando estava procurando uma história de Philip K. Dick para adaptar para *Sonhos elétricos*. Logo de início, fui atraído pelo tema subjacente de perder a si mesmo em outra realidade. Venho brincando em torno dessa arena desde que comecei a trabalhar em *Star Trek* e em um piloto produzido para a Fox chamado *Virtuality* [Virtualidade]. Fiquei empolgado quando li "Peça de exposição", porque era a oportunidade de fazer um programa sobre a tecnologia de realidade virtual que estava começando a aparecer para o mercado consumidor. Acho que a realidade virtual é uma nova fronteira bastante instigante no entretenimento, mas, como sempre, tendemos a primeiro criar novos dispositivos para depois pensar sobre suas ramificações na sociedade. Quanto mais eu pensava sobre uma história em que o personagem principal se perdia em outro mundo, mais eu me dava conta de que podia tomar a ideia central desse conto e expandi-la em uma exploração maior, tanto da realidade virtual como da natureza da realidade em si. Descobri que isso acontece repetidamente no universo de PKD – temas interessantes e provocadores que estão enterrados em sua obra e que continuam sendo relevantes para nossas vidas muitos anos após terem sido escritos originalmente. Resta muito pouco do conto no episódio, mas o coração da história e, talvez o mais importante, o *cérebro* por trás dela têm origem aqui.

Peça de exposição

– Que terno estranho você está usando – observou o robô--motorista do transporte público. Ele deslizou a porta para trás e fez sua parada no meio-fio. – O que são essas coisinhas redondas?
– Isso são botões – explicou George Miller. – Eles são parcialmente funcionais e parcialmente ornamentais. Este é um terno arcaico do século XX. Uso por causa do meu emprego.
Ele pagou o robô, pegou sua maleta e se apressou, subindo a rampa da Agência de História. O prédio principal já estava aberto para o expediente do dia. Homens e mulheres de túnica passavam por todos os lados. Miller entrou em um elevador privativo, espremido entre dois imensos inspetores da Divisão Pré-Cristã, e, em um instante, estava a caminho de seu andar, o Meados do Século XX.
– 'Dia – murmurou ele, quando o inspetor Fleming o encontrou na exposição do motor atômico.
– 'Dia – respondeu Fleming bruscamente. – Olhe aqui, Miller. Vamos resolver isso de uma vez por todas. Já imaginou se todo mundo se vestisse como você? O governo tem regras estritas para vestuário. Será que você não consegue esquecer essas porcarias de anacronismos de vez em quando? Pelo amor de Deus, que coisa é essa na sua mão? Parece um lagarto jurássico esmagado.
– Isto é uma maleta de couro de jacaré – explicou Miller. – Carrego meus materiais de estudo dentro dela. A maleta era um símbolo

de autoridade da classe administrativa no final do século XX. – Ele abriu o zíper da maleta. – Tente entender, Fleming. – Ao me acostumar com os objetos cotidianos do período da minha pesquisa, eu transformo minha relação com eles de mera curiosidade intelectual em genuína empatia. Você já notou várias vezes que eu pronuncio determinadas palavras de um jeito estranho. É o sotaque de um homem de negócios da gestão americana de Eisenhower. Sacou?
– Ahn? – resmungou Fleming.
– Sacou é uma expressão do século XX. – Miller dispôs seus materiais de estudo sobre a mesa. – Você queria alguma coisa? Se não, vou começar o trabalho de hoje. Descobri provas fascinantes que indicam que, apesar de os americanos do século XX colocarem azulejos no chão por conta própria, eles não teciam as próprias roupas. Eu gostaria de alterar minhas peças em exposição com relação a isso.
– Nada mais fanático do que um acadêmico – alfinetou Fleming.
– Você está duzentos anos atrás do seu tempo. Mergulhado nessas suas relíquias e artefatos. Essas malditas réplicas autênticas de ninharias descartadas.
– Eu amo meu trabalho – Miller respondeu com suavidade.
– Ninguém está reclamando do seu trabalho. Mas existem outras coisas além do trabalho. Você é uma unidade política e social aqui nesta sociedade. Tome cuidado, Miller! O Conselho tem alguns relatos das suas excentricidades. Eles aprovam a sua devoção ao trabalho... – Os olhos de Fleming se apertaram significativamente. – Mas você vai longe demais.
– Minha lealdade se volta em primeiro lugar para a minha arte – disse Miller.
– Sua o quê? O que isso significa?
– É um termo do século XX. – O rosto de Miller exibia uma clara superioridade. – Você não passa de um pequeno burocrata em uma máquina muito maior. Você é uma função de uma totalidade cultural impessoal. Você não tem nenhum padrão próprio. No século XX, os homens tinham padrões pessoais de trabalho. Habili-

dades artísticas. Orgulho de realização. Essas palavras não significam nada para você. Você não tem alma: outro conceito dos tempos áureos do século XX, quando os homens eram livres e podiam falar o que lhes viesse à mente.

– Cuidado, Miller! – Fleming empalideceu de nervosismo e baixou a voz. – Seus malditos estudiosos. Pare de ficar enfiado nessas suas fitas e encare a realidade. Você vai causar problemas a todos nós desse jeito. Pode idolatrar o passado, se quiser. Mas lembre-se: ele está morto e enterrado. As épocas mudam. A sociedade progride. – Ele fez um gesto impaciente na direção dos objetos expostos que ocupavam o andar. – Isso é apenas uma réplica imperfeita.

– Você está questionando a minha pesquisa? – Miller espumava de raiva. – Esta exposição é absolutamente precisa! Ela foi atualizada por mim de acordo com todos os novos dados. Não há nada que eu não saiba sobre o século XX.

Fleming balançou a cabeça.

– Não serve para nada. – Ele se virou e seguiu exaurido, descendo a rampa para deixar o andar.

Miller endireitou o colarinho e sua radiante gravata pintada à mão. Alisou o paletó listrado, acendeu habilmente um cachimbo repleto de tabaco de duzentos anos antes e voltou aos seus materiais.

Por que Fleming não o deixava em paz? Fleming, o intrometido representante da grande hierarquia que se espalhava feito uma teia acinzentada e grudenta sobre todo o planeta. Dentro de cada unidade industrial, profissional e residencial. Ah, a liberdade do século XX! Ele reduziu a velocidade do leitor de fitas por um momento, e um olhar sonhador tomou conta de seus traços. A empolgante era da virilidade e da individualidade, quando os homens eram homens...

Foi logo nesse instante, bem quando estava mergulhando fundo na beleza de sua pesquisa, que ele ouviu sons inexplicáveis. Vinham do centro da exposição, de seu interior intrincado e cuidadosamente regulado.

Tinha alguém na exposição dele.

Ele conseguia ouvi-los lá no fundo, lá nas profundezas. Alguém ou alguma coisa tinha ultrapassado a barreira de segurança instalada para manter o público afastado. Miller desligou de uma vez o leitor de fitas e se pôs de pé lentamente. Sentia o corpo todo tremer enquanto se deslocava cuidadosamente rumo à exposição. Ele passou a barreira e subiu pelo parapeito até um piso de concreto. Uns poucos visitantes curiosos observavam enquanto aquele homem pequeno e vestido com roupas esquisitas rastejava em meio às réplicas autênticas do século XX que compunham a exposição e desapareciam lá no meio.

Com a respiração ofegante, Miller foi subindo a calçada até chegar a um caminho de cascalho todo bem cuidado. Talvez fosse um dos outros teóricos, algum protegido do Conselho dando uma bisbilhotada em busca de alguma coisa que pudesse descreditá-lo. Uma imprecisão aqui; um erro superficial sem maiores consequências ali. O suor começou a brotar em sua testa; a raiva virou terror. À sua direita havia um canteiro de flores. Rosas trepadeiras e amores-perfeitos rasteiros. Depois o gramado, verde e úmido. A reluzente garagem branca, com a porta erguida pela metade. A insinuante traseira de um Buick 1954 – e então a casa em si.

Tinha que ser cuidadoso. Se *havia* mesmo alguém do Conselho ali, ele estaria enfrentando a hierarquia oficial. Talvez fosse alguém importante. Talvez até mesmo o Edwin Carnap, presidente do Conselho, o oficial de posição mais elevada do setor N'York do Diretório Mundial. Ainda trêmulo, Miller subiu os três degraus de cimento. Agora ele estava na varanda da casa do século XX, que era o centro da exposição.

Era uma casa bela e pequena; se ele tivesse vivido naquela época, gostaria de ter tido uma igual. Três quartos, um bangalô californiano de estilo rústico. Ele empurrou a porta da frente para abri-la e adentrou a sala de estar. Lareira num canto. Tapetes bordô. Um sofá moderno e uma cadeira confortável. Uma mesa de centro em madeira de lei e tampo de vidro. Cinzeiros de cobre. Um isqueiro e uma pilha de revistas. Elegantes luminárias de chão em plástico e aço. Uma estante de livros. Um televisor. Uma janela ampla com vista para o jardim da frente. Ele atravessou a sala para chegar ao corredor.

A casa era incrivelmente completa. Sob seus pés, o aquecedor de chão irradiava uma leve aura de calor. Ele deu uma espiadela no primeiro quarto. Um *boudoir*. Uma colcha de seda. Lençóis brancos engomados. Cortinas pesadas. Uma penteadeira. Potes e frascos. Um imenso espelho arredondado. Roupas à vista dentro do armário. Um roupão jogado sobre o encosto de uma cadeira. Pantufas. Uma meia-calça de náilon colocada cuidadosamente ao pé da cama.

Miller foi descendo o corredor e conferiu o quarto seguinte. Papel de parede pintado em cores vivas: palhaços e elefantes e equilibristas. O quarto das crianças. Duas camas pequenas para os dois garotos. Aeromodelos. Uma cômoda com um rádio em cima, um par de pentes, livros escolares, bandeirolas, uma placa de Proibido Estacionar, retratos colocados no espelho. Um álbum de selos postais.

Também ali não havia ninguém.

Miller espreitou o banheiro moderno, até o chuveiro com azulejos amarelos. Passou pela sala de jantar e deu uma olhada nas escadas que levavam ao porão, onde ficavam a máquina de lavar e a secadora. Então abriu a porta dos fundos e ficou examinando o quintal. Um gramado e o incinerador. Duas árvores pequenas e depois o plano de fundo tridimensional projetado, contendo outras casas que iam recuando até chegar às colinas azuis incrivelmente convincentes. E ainda ninguém. O quintal estava vazio – deserto. Ele fechou a porta e começou a tomar o rumo de volta.

Da cozinha vinham risadas.

Uma risada de mulher. Colheres e louças tilintando. E os cheiros. Ele demorou um pouco para identificá-los, tão intelectual que era. Bacon e café. E panquecas. Alguém estava tomando café da manhã. Um café da manhã do século XX.

Ele foi atravessando o corredor; passou por um quarto de homem, com sapatos e roupas espalhados, até a entrada da cozinha.

Uma bela mulher de trinta e tantos anos e dois garotos adolescentes estavam sentados em volta da pequena mesa de café da manhã com partes cromadas e de plástico. Eles tinham acabado de comer e os dois garotos se agitavam, impacientes. A luz do sol entrava pela janela e batia na pia. O relógio de parede apontava 8h30. O rádio piava alegremente no canto. Um grande jarro de café preto estava no centro da mesa, cercado por pratos vazios, copos de leite e talheres.

A mulher vestia uma blusa branca e uma saia xadrez de *tweed*. Os dois meninos usavam calças jeans claras, moletons e tênis. Até então, não o haviam notado. Miller ficou congelado na porta, enquanto risadas e conversinhas borbulhavam ao seu redor.

– Vocês vão ter que pedir para o seu pai – dizia a mulher, com uma falsa rigidez. – Esperem até ele voltar.

– Ele já disse que a gente podia – protestou um dos garotos.

– Bem, peçam a ele de novo.

– Ele sempre está mal-humorado de manhã.

– Não hoje. Ele teve uma boa noite de sono. A rinite não o incomodou. O novo anti-histamínico que o médico deu para ele... – Ela olhou para o relógio no alto. – Vá ver por que ele está demorando, Don. Ele vai acabar se atrasando para o trabalho.

– Ele tinha ido buscar o jornal. – Um dos garotos empurrou a cadeira para trás e ficou de pé. – O entregador errou a varanda de novo e o jogou no meio das flores.

O menino se virou na direção da porta e Miller se viu encarando-o, frente a frente. Por um instante, acendeu em sua mente a percepção de que o garoto lhe parecia familiar. Bem familiar – igual a alguém que ele conhecia, só que mais jovem. Ele se enrijeceu para o impacto, até que o menino parou abruptamente.

– Minha nossa – disse o garoto. – Você me assustou.

A mulher lançou um olhar rápido na direção de Miller.

– O que você está fazendo aí fora, George? – perguntou ela. – Volte para cá e termine seu café.

Miller entrou lentamente na cozinha. A mulher estava terminando de tomar seu café, e os dois meninos já estavam de pé, começando a pressioná-lo.

– Você não disse que eu podia ir acampar no fim de semana no Rio Russo com o grupo da escola? – perguntou Don. – Você falou que eu podia pegar um saco de dormir da academia, já que o que eu tinha você deu para o Exército da Salvação, porque a fibra dele te dava alergia.

– É – murmurou Miller. Don. Era esse o nome do garoto. E o de seu irmão, Ted. Mas como ele sabia disso? A mulher havia se levantado e estava recolhendo os pratos da mesa para levá-los à pia.

– Eles disseram que você já tinha prometido – disse ela por cima do ombro. A louça fez barulho ao cair na pia e ela começou a jogar flocos de sabão em cima. – Mas você se lembra daquela vez em que eles queriam dirigir o carro e, pelo modo como disseram, parecia que tinham conseguido seu aval? E eles não tinham, claro.

Miller se sentou à mesa, enfraquecido. Ao acaso, ficou brincando com seu cachimbo. Ele o colocou no cinzeiro de cobre e começou a examinar o punho de seu casaco. O que estava acontecendo? Sua cabeça girava. Ele se levantou de repente e foi correndo até a janela, sobre a pia.

Casas, ruas. As colinas distantes por sobre a cidade. Imagens e sons de pessoas. O plano de fundo tridimensional projetado estava plenamente convincente; mas será que era mesmo o plano de fundo projetado? Como ele poderia ter certeza disso? *O que estava acontecendo?*

– George, qual o problema? – perguntou Marjorie, enquanto amarrava um avental rosa de plástico em torno da cintura e deixava a água quente correr na pia. – É melhor você tirar o carro e ir trabalhar. Você não disse ontem à noite que o velho Davidson estava berrando por causa dos empregados que chegavam atrasados e só ficavam em volta do filtro de água, conversando e se divertindo durante o expediente?

Davidson. Aquela palavra ficou presa na mente de Miller. Ele o conhecia, claro. Uma figura nítida veio à tona; um homem de idade, alto e de cabelos brancos, magro e austero. De colete e relógio de bolso. Bem como todos no escritório, a Suprimentos Eletrônicos Associados. O prédio de doze andares no centro de São Francisco. A banca que vendia jornais e cigarros na entrada. Os carros buzinando. Estacionamentos lotados. O elevador abarrotado de secretárias, sempre perfumadas, com seus olhos brilhantes e blusas justas.

Saindo da cozinha pelo corredor, Miller passou pelo próprio quarto, depois pelo de sua esposa, e então entrou na sala. A porta de entrada estava aberta, e ele foi até a varanda.

O ar estava fresco e agradável. Era uma alegre manhã de abril. Os gramados ainda estavam molhados. Carros desciam a rua Virginia, em direção à avenida Shattuck. O trânsito matinal rumo ao trabalho, homens de negócios indo para os escritórios. Do outro lado da rua, Earl Kelly acenava alegremente com seu exemplar do *Oakland Tribune*, enquanto se apressava descendo a calçada até o ponto de ônibus.

A uma boa distância, Miller conseguia ver a Bay Bridge, a ilha de Yerba Buena e a Treasure Island. Para além de tudo aquilo, havia São Francisco em si. Em poucos minutos ele estaria em seu Buick, cruzando a ponte a caminho do trabalho, junto com milhares de outros homens de negócios em seus ternos azuis listrados.

Ted se apoiou nele e o ultrapassou, saindo para a varanda.

– Tudo bem então? Você deixa a gente ir acampar?

Miller lambeu os lábios ressecados.

– Ted, me ouça. Tem alguma coisa estranha.

– Tipo o quê?

– Não sei – Miller vagueou nervosamente pela varanda. – Hoje é sexta, não é?

– Claro.

– Pensei que fosse.

Mas como ele sabia que era sexta-feira? Como ele sabia de qualquer uma daquelas coisas? É claro que era sexta. Havia sido uma semana longa e difícil, com o velho Davidson fungando em seu cangote. Especialmente a quarta-feira, quando o pedido da General Electric atrasou por causa de uma greve.

– Deixe-me perguntar uma coisa – disse Miller ao filho. – Hoje de manhã eu saí da cozinha para buscar o jornal.

– Sim, e daí? – respondeu Ted, assentindo com a cabeça.

– Eu me levantei e saí da cozinha. *Por quanto tempo eu fiquei fora?* Não foi muito tempo, foi? – Ele buscava as palavras, mas sua cabeça era um labirinto de pensamentos desconjuntados. – Eu estava sentado na mesa do café da manhã com todos vocês, daí me levantei e fui buscar o jornal. Certo? Depois eu voltei. Certo? – Seu tom de voz aumentava desesperadamente. – Eu me levantei, fiz a barba e me vesti hoje de manhã. Eu tomei café da manhã. Panquecas e café. E bacon. *Certo?*

– Certo – concordou Ted. – E daí?

– Como sempre faço.

– Só comemos panquecas às sextas-feiras.

Miller deu um aceno de cabeça lentamente.

– Isso mesmo. Panquecas às sextas. Porque o seu tio Frank vem comer com a gente aos sábados e domingos, e ele não suporta panquecas, por isso paramos de comê-las aos fins de semana. Frank é o irmão da Marjorie. Ele serviu na Marinha na Primeira Guerra Mundial. Ele era cabo.

– Até mais – disse Ted, enquanto Don vinha se juntar a ele. – Nos vemos à noite.

Empunhando seus livros, os meninos saíram perambulando em direção à grande e moderna escola no centro de Berkeley.

Miller tornou a entrar em casa e começou automaticamente a procurar sua maleta no armário. Onde ela estava? Caramba, ele precisava daquilo. Todo o material da conta Throckmorton estava lá dentro; Davidson iria gritar até sua cabeça explodir se ele a esquecesse em algum lugar, assim como naquele dia no café True Blue, quando foram todos comemorar a vitória dos Yankees no campeonato. Onde diabos estaria aquilo?

Ele se endireitou lentamente, conforme recobrava a memória. É claro. Ele a tinha deixado perto de sua mesa de trabalho, onde a jogara depois de tirar suas fitas de pesquisa. Enquanto Fleming falava com ele. Lá na Agência de História.

Miller se juntou à sua esposa na cozinha.

– Olhe – disse ele meio rouco –, Marjorie, acho que talvez eu não vá ao escritório agora de manhã.
– George, tem algo errado? – disse Marjorie, virando-se alarmada.
– Eu estou... totalmente confuso.
– É a sua rinite de novo?
– Não. A minha cabeça. Qual o nome do psiquiatra que a Associação de Pais e Mestres recomendou quando o filho da sra. Bentley teve aquele ataque? – Miller procurou a informação em seu cérebro desorganizado. – Acho que era Grunberg. No prédio de atividades médicas e dentárias. – Ele foi se deslocando até a porta. – Vou passar por lá e tentar me consultar com ele. Alguma coisa está errada, e muito errada. Mas não sei o que é.

Adam Grunberg era um homem robusto e grandalhão de quarenta e tantos anos, com cabelos castanhos encaracolados e óculos com armação de chifre. Depois que Miller terminou, Grunberg pigarreou, se esfregou na manga de seu paletó da Brooks Bros' e perguntou atenciosamente:
– Aconteceu alguma coisa quando você saiu para buscar o jornal? Algum tipo de acidente? Você poderia tentar relembrar essa parte em detalhes. Você se levantou da mesa do café da manhã, saiu para a varanda e começou a procurar no meio dos arbustos. E depois disso?
– Não sei – disse Miller, esfregando vagamente a testa. – Tudo se confunde. Não me lembro de procurar por jornal nenhum. Lembro-me de voltar para casa. Daí tudo fica claro. Mas antes disso, tudo está vinculado à Agência de História e à minha discussão com Fleming.
– O que foi mesmo que aconteceu com a sua maleta? Conte isso de novo.
– Fleming disse que parecia um lagarto jurássico esmagado. E eu disse...
– Não. Quero dizer, quando você procurou por ela no armário e não a encontrou.

– Eu olhei no armário e ela não estava lá, claro. Ela está ao lado da minha mesa na Agência de História. No andar do Século XX. Junto com as minhas peças de exposição. – Uma expressão estranha atravessou o rosto de Miller. – Meu Deus, Grunberg. Você percebe que isso talvez não passe de uma *exposição*? Você e todos os outros... Talvez vocês não sejam reais. Apenas peças dessa exposição.

– Isso não seria muito agradável para nós, não é? – disse Grunberg, com um sorriso vago.

– Nos sonhos, as pessoas sempre estão a salvo até que o sonhador acorde – retorquiu Miller.

– Então eu estou sendo sonhado por você – Grunberg gargalhou, com certa tolerância. – Imagino que eu tenha que lhe agradecer.

– Não estou aqui porque gosto especialmente de você. Estou aqui porque não suporto Fleming e a Agência de História como um todo.

– Esse Fleming – protestou Grunberg. – Você sabe se pensou nele antes de sair para buscar o jornal?

Miller se pôs de pé e começou a circular pelo luxuoso escritório, entre as poltronas de couro e a imensa mesa de mogno.

– Eu quero encarar essa questão. Eu sou uma peça de exposição. Uma réplica artificial do passado. Fleming disse que alguma coisa assim acabaria me acontecendo.

– Sente-se, sr. Miller – disse Grunberg, com um tom gentil, mas dominante. Quando Miller retornou à poltrona, Grunberg continuou: – Entendo o que você está dizendo. Você tem uma sensação geral de que tudo ao seu redor é irreal. Um tipo de encenação.

– Uma exposição.

– Sim, uma exposição em um museu.

– Na Agência de História de N'York. No Nível R, no andar do Século XX.

– E, além dessa sensação geral de... insubstancialidade, tem algumas memórias projetadas específicas de pessoas e lugares que estão além deste mundo. Outro domínio no qual este está contido. Talvez, eu diria, uma realidade dentro da qual isto é apenas uma espécie de mundo de sombras.

– Este mundo não me parece nada indistinto. – Miller bateu no braço da poltrona de couro ferozmente. – Este mundo é completamente real. É isso que está errado. Eu entrei para investigar os barulhos e não consigo sair. Meu Deus, será que vou ter que ficar vagueando nessa réplica pelo resto da minha vida?

– Você sabe, claro, que essa é uma sensação comum para a maioria da humanidade. Especialmente durante períodos de grande tensão. Aliás, onde estava o jornal? Você o encontrou?

– Até onde sei...

– Essa é uma fonte de irritação para você? Vejo que você reage com firmeza a qualquer menção ao jornal.

– Esqueça isso – disse Miller, esgotado, balançando a cabeça.

– Sim, uma ninharia. O entregador de jornais joga o seu jornal de maneira descuidada no meio dos arbustos, e não na varanda. Isso deixa você irritado. Acontece repetidamente. Bem de manhã, quando você está saindo para trabalhar. Isso parece simbolizar, de maneira diminuta, todas as pequenas frustrações e derrotas do seu trabalho. A sua vida toda.

– Pessoalmente, não dou a mínima para o jornal. – Miller examinou seu relógio de pulso. – Estou indo, é quase meio-dia. O velho Davidson vai explodir de tanto gritar se eu não chegar ao escritório até... – Ele parou de falar. – Lá está de novo.

– Lá está o quê?

– Tudo isso! – Miller gesticulou com impaciência apontando para a janela. – Todo este lugar. Este maldito mundo. Esta *exposição*.

– Tenho um pensamento a respeito – disse o dr. Grunberg lentamente. – Vou dizê-lo para que você veja se algo faz sentido. Sinta-se à vontade para refutá-lo se não lhe servir de nada. – Ele ergueu os olhos, sagazes e profissionais. – Você já viu crianças brincando com foguetes?

– Meu Deus – disse Miller em tom de lamento. – Eu já vi foguetes comerciais arrastando suas cargas entre a Terra e Júpiter, pousando no porto espacial de La Guardia.

Grunberg deu um leve sorriso.

— Acompanhe meu pensamento aqui. Uma pergunta. Tem alguma tensão no trabalho?
— O que você quer dizer?
— Seria legal – disse Grunberg, cordialmente – viver no mundo de amanhã. Com robôs e foguetes para fazer todo o trabalho. Você só ficaria sentado numa boa. Sem preocupações, sem se importar. Sem frustrações.
— Meu cargo na Agência de História tem muitas preocupações e frustrações. – Miller se levantou abruptamente. – Olhe, Grunberg. Ou isto aqui é uma exposição no nível R da Agência de História ou eu sou um homem de negócios de classe média com uma fantasia de escape. Agora mesmo eu não consigo decidir qual das duas coisas. Num minuto acho que isto é real, e no próximo...
— A gente pode decidir isso facilmente – disse Grunberg.
— Como?
— Você estava procurando o jornal. Seguindo pelo caminho até o gramado. *Onde foi que isso aconteceu?* Foi no caminho? Na varanda? Tente se lembrar.
— Eu não tenho que tentar. Eu ainda estava no meu andar. Só pulei o parapeito das barreiras de segurança.
— No seu andar. Então volte para lá. Encontre o local exato.
— Por quê?
— Assim você poderá provar para si mesmo que não tem nada do outro lado.
Miller respirou fundo.
— E se tiver?
— Não tem como ter. Você mesmo disse: apenas um dos mundos pode ser real. Este mundo é real... – Grunberg bateu na sólida mesa de mogno. – Portanto, você não vai encontrar nada do outro lado.
— Sim – disse Miller, depois de um momento de silêncio. Uma expressão peculiar atravessou seu rosto e ali ficou. – Você encontrou o erro.
— Que erro? – Grunberg estava intrigado. – Que...
Miller foi na direção da porta do escritório.

– Estou começando a entender. Eu estava fazendo uma pergunta falsa. Tentando decidir qual mundo é real. – Ele deu uma risada sem graça de volta para o dr. Grunberg. – Os dois são reais, é claro. Miller pegou um táxi e voltou para casa. Não havia ninguém lá. Os meninos estavam na escola e Marjorie fora fazer compras no centro. Ele ficou esperando lá dentro até ter certeza de que não havia ninguém vendo da rua, então começou a caminhar até seu andar.

Encontrou o local sem nenhuma dificuldade. Havia um brilho frágil no ar, uma área nebulosa bem na margem do canteiro do estacionamento. Através da névoa, ele conseguia ver formas vagas.

Ele estava certo. Lá estava – completo e real. Tão real quanto o piso embaixo dele.

Uma longa barra metálica era interrompida pelas extremidades do círculo. Ele estava reconhecendo: era o parapeito que ele tinha saltado para entrar na exposição. Para além dela estava o sistema de barreiras de segurança. Desligado, é claro. E, para além disso, havia o restante do andar e as paredes bem afastadas do prédio da Agência de História.

Ele deu um passo cauteloso em meio à névoa fraca. Ela tremeluzia ao redor dele, nebulosa e oblíqua. As formas que estavam além foram ficando mais claras. Uma figura se movia com uma túnica azul escura. Alguma pessoa curiosa examinando as peças em exposição. A figura seguiu em frente e foi perdida de vista. Ele conseguia ver sua mesa de trabalho agora. O leitor de fitas e pilhas de materiais de estudos. Ao lado da mesa estava sua maleta, exatamente onde esperava encontrá-la.

Enquanto ele considerava pular o parapeito para pegar a maleta, Fleming apareceu.

Algum instinto interior fez Miller dar um passo para trás através da área nebulosa conforme Fleming se aproximava. Talvez fosse a expressão no rosto dele. De todo modo, Miller estava de volta e firme sobre o chão de concreto quando Fleming parou bem no ponto de junção entre os dois mundos, com o rosto vermelho e os lábios torcidos de indignação.

— Miller — disse ele, grosseiramente. — Venha até aqui.
— Seja um bom camarada, Fleming — disse Miller, rindo. — Jogue a minha maleta. É aquela coisa estranha que está ao lado da minha mesa. Eu já lhe mostrei, lembra?
— Pare com esses joguinhos e me ouça! — irrompeu Fleming. — Isto é sério. O Carnap sabe, eu tive que informá-lo.
— Bom para você. O burocrata fiel.
Miller se inclinou para acender seu cachimbo. Ele tragou e exalou uma grande nuvem de fumaça acinzentada de tabaco através da área nebulosa, na direção do nível R. Fleming tossiu e recuou.
— Que negócio é esse? — perguntou ele.
— Tabaco. Uma das coisas que eles têm aqui. É um produto muito comum no século XX. Você não teria como saber disso; o seu período é o segundo século antes de Cristo. O mundo helenístico. Não sei quanto você gostaria daquilo. Eles não tinham encanamentos muitos bons naquela época. A expectativa de vida era baixa pra caramba.
— Do que você está falando?
— Em comparação, a expectativa de vida do *meu* período de pesquisa é bastante alta. E você tinha que ver o banheiro que eu tenho. Azulejos amarelos. E um chuveiro. Não temos nada parecido com isso nas instalações de lazer da Agência.
Fleming resmungou amargamente:
— Em outras palavras, você vai ficar aí.
— É um lugar agradável — disse Miller com tranquilidade. — É claro, meu cargo é melhor do que a média. Deixe-me descrevê-lo para você. Tenho uma esposa atraente: o casamento é permitido, até mesmo sancionado nesta era. Tenho duas crianças ótimas, ambos meninos, que vão subir lá para o Rio Russo este fim de semana. Eles vivem com minha esposa e eu, nós temos custódia total deles. O Estado ainda não tem nenhum poder sobre isso. Eu tenho um Buick novinho...
— Ilusões — disparou Fleming. — Delírios psicóticos.
— Você tem certeza?
— Seu besta maldito! Eu sempre soube que você tinha um ego pequeno demais para encarar a realidade. Você e esses seus refúgios

anacrônicos. Às vezes fico envergonhado por ser um teórico. Quem dera eu tivesse entrado para a engenharia. – Os lábios de Fleming se contraíram. – Você é maluco, sabe. Você está aí parado no meio de uma exposição artificial, de propriedade da Agência de História, um punhado de plástico e fios e umas vigas. Uma réplica de uma era passada. Uma imitação. E você prefere ficar aí a permanecer no mundo real.
– Estranho – disse Miller atenciosamente. – Parece que ouvi a mesma coisa recentemente. Você não conhece um tal de dr. Grunberg, por acaso? Um psiquiatra.
Sem nenhuma formalidade, o diretor Carnap chegou com seu séquito de assistentes e especialistas. Fleming logo recuou. Miller se pegou encarando uma das figuras mais poderosas do século XXII. Ele arreganhou os dentes e estendeu a mão.
– Seu maluco imbecil – resmungou Carnap. – Saia daí antes que a gente arraste você para fora. Se tivermos que fazer isso, será o seu fim. Você sabe o que eles fazem com psicóticos em estágio avançado. Vai ser eutanásia para você. Vou lhe dar uma última chance de sair dessa exposição falsa...
– Desculpe – disse Miller. – Isto não é uma exposição.
O rosto grave de Carnap demonstrou uma repentina surpresa. Por um breve instante, sua pose imponente desapareceu.
– Você ainda vai tentar manter...
– Isto é um portal do tempo – disse Miller calmamente. – Você não tem como me tirar daqui, Carnap. Você não consegue me alcançar. Eu estou no passado. Cruzei o caminho de volta para uma existência-coordenada anterior. Encontrei uma ponte e escapei do seu contínuo para isto aqui. E não há nada que você possa fazer quanto a isso.
Carnap e seus especialistas se amontoaram em uma ligeira reunião técnica. Miller aguardou pacientemente. Ele tinha bastante tempo; havia decidido não aparecer no escritório até segunda-feira.
Depois de um tempo, Carnap se aproximou novamente do ponto de junção entre os dois mundos, tomando cuidado para não pisar no parapeito de segurança.
– Uma teoria interessante, Miller. Essa é a coisa estranha que

os psicóticos têm. Eles racionalizam seus delírios dentro de um sistema lógico. *A priori*, seu conceito se sustenta bem. Ele tem consistência interna. Exceto que...

– Exceto o quê?

– Exceto que ele não é verdadeiro. – Carnap tinha reconquistado sua confiança; ele parecia estar gostando daquela interação.

– Você acha que está mesmo de volta ao passado. Sim, esta exposição é extremamente precisa. Seu trabalho sempre foi bem-feito. A autenticidade dos detalhes não encontra equivalência em nenhuma outra exposição.

– Tentei fazer bem o meu trabalho – murmurou Miller.

– Você usava roupas arcaicas e fingia uns maneirismos de discurso também arcaicos. Fazia tudo o que era possível para se jogar no passado. Você se dedicou plenamente ao seu trabalho. – Carnap bateu no parapeito de segurança com a unha de um dos dedos. – Seria uma vergonha, Miller, uma vergonha terrível ter que demolir uma réplica tão autêntica.

– Entendo seu argumento – disse Miller, após uma pausa. – Concordo com você, certamente. Tenho tido bastante orgulho do meu trabalho e odiaria vê-lo desmanchado. Mas isso realmente não faria nenhum bem a você. Tudo o que vai conseguir fazer é fechar o portal do tempo.

– Você tem certeza?

– É claro. A exposição é apenas uma ponte, um vínculo com o passado. Eu passei *através* da exposição, mas não estou nela agora. Estou além da exposição. – Ele arreganhou os dentes com firmeza. – A sua demolição não consegue me atingir. Mas pode me lacrar se quiser. Não acho que eu vá querer voltar, mesmo. Queria que você pudesse ver o lado de cá, Carnap. É um lugar legal aqui. Liberdade, oportunidade. Governo limitado, responsável pelo povo. Aqui, se você não gosta de um emprego, pode sair. Não existe eutanásia aqui. Venha ver. Vou apresentá-lo à minha esposa.

– Nós vamos pegar você – disse Carnap. – E todos esses frutos da sua imaginação psicótica vão junto com você.

– Duvido que algum desses "frutos da minha imaginação psicótica" esteja preocupado. O Grunberg não estava. Não acho que Marjorie esteja...

– Nós já começamos os preparos para a demolição – disse Carnap tranquilamente. – Vamos fazer peça por peça, não tudo de uma vez. Então talvez você tenha a oportunidade de apreciar a maneira científica e *artística* que vamos utilizar para desmanchar esse seu mundo imaginário.

– Você está desperdiçando o seu tempo – disse Miller.

Ele se virou e saiu andando, desceu a calçada até o caminho de cascalho, depois subiu até a varanda da frente da casa.

Na sala, esparramou-se na poltrona confortável e ligou a televisão. Depois, foi à cozinha e pegou uma lata de cerveja, trincando de gelada. Voltou feliz da vida, carregando-a até a confortável e segura sala de estar.

Sentado diante da televisão, notou algo enrolado na mesinha de centro.

Miller deu um sorriso irônico. Era o jornal da manhã, que tanto procurara. Marjorie o levara para dentro junto com o leite, como de costume. E, claro, esqueceu-se de lhe avisar. Ele bocejou todo contente e se inclinou para pegá-lo. Cheio de confiança, abriu o jornal – e leu a manchete com letras pretas garrafais.

RÚSSIA REVELA BOMBA DE COBALTO
DESTRUIÇÃO TOTAL DO MUNDO A CAMINHO

Introdução de Travis Beacham

**TÍTULO DO CONTO E DO EPISÓDIO:
AUTOFAC [AUTOFAB]**

TRAVIS BEACHAM, *roteirista e produtor, é conhecido pelos longas-metragens* Círculo de Fogo *e* Fúria de Titãs. *Atualmente ele trabalha na adaptação para série de TV de* A Killing on Carnival Row, *um roteiro de longa-metragem de sua autoria.*

"Autofab" não era o conto que eu pretendia adaptar de início, mas foi o conto que se enraizou, grudou em mim e pediu para ser adaptado. Trata-se de uma premissa intoxicante de tão simples, mas também surpreendentemente original: um mundo em que os sobreviventes de alguma guerra apocalíptica estão tentando encerrar as atividades de uma fábrica automatizada que vem devastando a Terra às escondidas, muito tempo depois do declínio da civilização. Sempre vemos histórias sobre inteligências artificiais malignas que se rebelam contra a própria programação e tentam destruir seus criadores por algum motivo. Este conto segue um caminho semelhante, mas, no fim, acaba sendo bem diferente. O que é brilhante em "Autofab" é que a fábrica não é uma máquina que continua operando desenfreadamente; é uma máquina que faz exatamente o que seus engenhosos e irresponsáveis criadores a conceberam para fazer. Essa máquina não é um intelecto alienígena recém-despertado e determinado a destruir a humanidade.

Ela está mais para um tiro que sai pela culatra e nos força a confrontar as consequências de nossos desejos como cultura. Para mim, isso parece não só conferir ao conto um toque mais realista do que a tradicional ladainha da rebelião de robôs, como também o torna uma parábola tecnológica mais oportuna em alguns sentidos, porque não se trata de uma questão de tecnologia, na verdade. A tecnologia neste conto é pouco mais do que um fantasma do que fomos um dia, recriando nossos erros perpetuamente. Não estamos lutando contra ela. Estamos lutando contra nós mesmos. Contra nossa própria natureza. No fim das contas, fala sobre a humanidade – e essa é a verdadeira marca de um grande conto de Philip K. Dick.

Autofab

I

Uma tensão pairava sobre aqueles três homens que esperavam. Eles fumavam, andavam para a frente e para trás, chutavam a esmo os matos que cresciam ao lado da estrada. O sol quente do meio-dia luzia nos campos marrons, e havia fileiras arrumadas de casas de plástico, além de uma linha distante de montanhas a oeste.

– Está quase na hora – disse Earl Perine, enrolando suas mãos magras. – Varia de acordo com a carga, meio segundo a cada meio quilo a mais.

Um pouco amargo, Morrison respondeu:
– Você marcou até isso? Você é tão ruim quanto essas coisas. Vamos só fingir que está atrasado *por acaso*.

O terceiro homem não disse nada. O'Neill estava em visita, vinha de outro assentamento; não conhecia Perine e Morrison bem o suficiente para discutir com eles. Em vez disso, ele se agachou e arrumou os papéis que estavam presos à sua prancheta de alumínio. Debaixo daquele sol escaldante, os braços de O'Neill se mostravam bronzeados, peludos e brilhando de suor. Esguio, de cabelos grisalhos emaranhados e óculos com armação grossa, ele era mais velho do que os outros dois. Estava usando calças, uma camisa esportiva e sapatos com sola de borracha. Entre seus dedos, uma caneta tinteiro cintilava, metálica e eficiente.

– O que você está escrevendo? – resmungou Perine.

– Estou traçando o procedimento que vamos aplicar – disse O'Neill com moderação. – É melhor sistematizar isso agora, em vez de tentar aleatoriamente. Nós queremos saber o que foi tentado e o que não funcionou. Caso contrário, vamos ficar andando em círculos. O problema que temos aqui é de comunicação; é assim que encaro isso.

– Comunicação – concordou Morrison, com sua voz seca e profunda. – Sim, não podemos entrar em contato com essa porcaria. Ela vem, descarrega a carga e continua... Não existe contato entre nós e isso.

– É uma máquina – disse Perine, todo empolgado. – Um negócio morto: cego e surdo.

– Mas que está em contato com o mundo externo – ressaltou O'Neill. – Tem que haver algum jeito de chegar a isso. Sinais semânticos específicos têm significado para essa coisa; só o que temos que fazer é encontrar esses sinais. Redescobrir, na verdade. Talvez uma meia dúzia deles dentro de um bilhão de possibilidades.

Um rumor baixo interrompeu os três homens. Eles olharam para cima, desconfiados e alertas. Tinha chegado a hora.

– Lá está ele – disse Perine. – Tudo bem, sabichão, vamos ver se você faz uma única mudança na sua rotina.

O caminhão era imenso, roncando debaixo de sua carga bem compactada. De várias maneiras, era parecido com um convencional veículo de transporte operado por humanos, mas com uma exceção: não tinha cabine de motorista. A superfície horizontal era uma plataforma de carregamento, e a parte onde normalmente ficariam os faróis dianteiros e as grades do radiador era uma massa de receptores fibrosa que parecia uma esponja, o limitado aparato sensorial dessa extensão utilitária móvel.

Ciente da presença dos três homens, o caminhão reduziu a velocidade até parar, mudou a marcha e acionou seu freio de emergência. Um momento se passou enquanto os retransmissores se moviam, entrando em ação; em seguida, uma parte da superfície de carregamento se inclinou e uma cascata de caixas pesadas foi despejada na pista. Junto com os objetos, uma planilha de inventário detalhada flutuava.

– Você sabe o que fazer – disse O'Neill rapidamente. – Ande logo, antes que ele saia daqui.

Com destreza e modos soturnos, os três homens apanharam as caixas depositadas e arrancaram os invólucros de proteção delas. Alguns objetos reluziram: um microscópio binocular, um rádio portátil, algumas pilhas de pratos de plástico, suprimentos médicos, lâminas de barbear, roupas, comida. Como de costume, a maior parte do carregamento era de comida. Os três homens começaram a estraçalhar os objetos sistematicamente. Em poucos minutos, não restava nada além de um caos de destroços apinhados em volta deles.

– Era isso – disse O'Neill, ofegando e se afastando, e pôs-se a procurar sua planilha de checagem. – Agora vamos ver o que essa coisa vai fazer.

O caminhão tinha começado a se afastar; repentinamente, ele parou e deu ré na direção deles. Seus receptores captaram o fato de que os três homens tinham destruído a parte da carga que fora deixada. Ele se virou num estrondo, dando meia-volta, e se aproximou para que seu compartimento receptor ficasse diante deles. A antena subiu; tinha começado a se comunicar com a fábrica. Instruções estavam a caminho.

Uma segunda carga idêntica se inclinou e foi empurrada para fora do caminhão.

– Nós falhamos – chiou Perine, enquanto uma segunda planilha de inventário voava atrás da nova carga. – Nós destruímos todas aquelas coisas por nada.

– E agora? – Morrison perguntou a O'Neill. – Qual é o próximo estratagema na sua prancheta?

– Me dê uma mão aqui.

O'Neill pegou uma caixa e a colocou de volta no caminhão. Deslizando-a pela plataforma, ele se virou para apanhar outra. Os outros dois homens passaram a fazer o mesmo depois dele, meio desajeitados. Eles colocaram a carga de volta no veículo. Quando o caminhão deu partida, a última caixa quadrada estava de volta em seu lugar.

O caminhão hesitou. Seus receptores registraram a devolução da carga. De dentro de seus mecanismos vinha um zumbido constante e bem baixo.

– Isso pode deixá-lo louco – comentou O'Neill, suando. – Ele executou toda sua operação e não realizou nada.

O caminhão fez um movimento curto e falho para continuar seu caminho. Então deu meia-volta intencionalmente e, numa rápida confusão, largou a carga na pista mais uma vez.

– Peguem isso! – gritou O'Neill.

Os três homens agarraram as caixas febrilmente e recarregaram o caminhão. Mas, tão rápido quanto tinham sido enfiadas de volta na plataforma horizontal, as agarras do caminhão as inclinaram de volta pelas rampas da extremidade mais distante e de volta para a pista.

– Não adiantou nada – disse Morrison, respirando com dificuldade. – É como passar água por uma peneira.

– Estamos lascados – arquejou Perine, concordando desgraçadamente. – Como sempre. Nós, humanos, sempre perdemos.

O caminhão os encarou calmamente; seus receptores estavam impassíveis, em branco. Ele estava fazendo seu trabalho. A rede planetária de fábricas automáticas estava realizando sem percalços a tarefa que lhe fora imposta cinco anos antes, nos dias iniciais do Conflito Global Geral.

– Lá vai ele – observou Morrison desastrosamente.

A antena do caminhão abaixara; ele mudou para a marcha lenta e soltou o freio de mão.

– Uma última tentativa – disse O'Neill, arrastando uma das caixas e rasgando-a para abri-la. De lá, ele arrancou um galão de leite de 40 litros e desatarraxou a tampa. – Por mais besta que possa parecer.

– Isso é absurdo – protestou Perine. Meio relutante, ele encontrou um copo em meio aos restos apinhados e mergulhou-o no leite. – É uma brincadeira de criança!

O caminhão havia parado para observá-los.

– Apenas façam – ordenou O'Neill com rispidez. – Exatamente do jeito que a gente treinou.

Os três beberam rapidamente o leite do galão, deixando-o escorrer visivelmente em seus queixos; aquilo que eles estavam fazendo não podia ser confundido em hipótese alguma.

Como planejado, O'Neill foi o primeiro. Com o rosto retorcido de repugnância, ele arremessou o copo para longe e cuspiu o leite violentamente na pista.

– Meu Deus do céu! – disse ele, engasgando.

Os outros dois fizeram a mesma coisa; batendo o pé e xingando alto, eles derrubaram o galão de leite a chutes e encararam o caminhão com um ar acusador.

– Isso não está nada bom! – berrou Morrison.

Curioso, o caminhão voltou vagarosamente. Sinapses eletrônicas davam estalos e zumbidos, respondendo à situação; a antena se ergueu novamente feito um mastro.

– Acho que a hora é agora – disse O'Neill, tremendo; enquanto o caminhão assistia, ele arrastou para fora um segundo galão de leite, desatarraxou a tampa e experimentou o conteúdo. – A mesma coisa! – gritou ele para o caminhão. – Está ruim igual!

De dentro do caminhão surgiu um cilindro de metal. O cilindro caiu aos pés de Morrison, que logo o apanhou do chão e rompeu-o para abrir.

DETERMINAR NATUREZA DO DEFEITO.

As folhas de instruções listavam uma série de possíveis defeitos, com campos claros para cada um; um bastãozinho de contato vinha junto para indicar a deficiência específica do produto.

– O que devo marcar? – perguntou Morrison – Contaminado? Com bactérias? Azedo? Rançoso? Etiquetado incorretamente? Amassado? Rachado? Torto? Sujo?

Pensando rapidamente, O'Neill disse:

– Não marque nenhuma das opções. A fábrica com certeza

está pronta para testar e refazer as amostras. Eles vão fazer uma análise própria e depois simplesmente ignorar a gente. – Seu rosto brilhou quando uma desvairada inspiração lhe ocorreu. – Escreva no campo em branco no final. É um espaço aberto para acrescentar dados adicionais.

– Escrever o quê?

O'Neill disse:

– Escreva: *o produto está totalmente introgado.*

– O que é isso? – perguntou Perine, atordoado.

– Escreva! É uma adulteração semântica... A fábrica não vai ser capaz de entender isso. Talvez a gente consiga obstruir os trabalhos.

Com a caneta de O'Neill, Morrison escreveu cuidadosamente que o leite estava introgado. Balançando a cabeça, ele tornou a fechar o cilindro e devolveu-o ao caminhão. O caminhão recolheu os galões de leite e bateu sua grade protetora ordenadamente de volta no lugar. Ele partiu cantando pneu. De sua fenda, saltou um último cilindro; o caminhão se afastou com pressa, deixando o cilindro caído na poeira.

O'Neill abriu o objeto e ergueu o papel para que os outros também pudessem ver.

UM REPRESENTANTE DA FÁBRICA SERÁ ENVIADO.
ESTEJA PREPARADO PARA FORNECER DADOS
COMPLETOS SOBRE A DEFICIÊNCIA DO PRODUTO.

Por um instante, os três homens ficaram em silêncio. Então Perine começou a dar uma risadinha.

– Nós conseguimos. Estabelecemos contato. Conseguimos nos comunicar.

– Conseguimos mesmo – concordou O'Neill. – Ele nunca tinha ouvido falar que um produto estava introgado.

O amplo cubo metálico da fábrica de Kansas City recortava a base das montanhas. Sua superfície estava corroída, toda esburacada, como se tivesse uma catapora de radiação, rachada e cheia de cicatrizes dos cinco anos de guerra que a haviam atingido. A maior parte da fábrica estava enterrada abaixo do solo; apenas seus andares de entrada ficavam visíveis. O caminhão era um pontinho que roncava em alta velocidade rumo àquela vastidão de metal preto. Então uma abertura se formou naquela superfície uniforme; o veículo mergulhou nela e desapareceu lá dentro. A entrada se fechou num estalo.

– Agora a grande tarefa continua – disse O'Neill. – Temos que convencer a fábrica a encerrar suas operações... a fechar a si mesma.

II

Judith O'Neill serviu um café preto bem quente para as pessoas que estavam sentadas na sala de estar. Seu marido falava enquanto os outros ouviam. O'Neill era o mais próximo de uma autoridade no sistema autofab que ainda podia se encontrar.

Em sua própria área, a região de Chicago, ele tinha colocado a cerca de proteção da fábrica local em curto-circuito por tempo o suficiente para escapar com algumas das fitas de dados que ficavam armazenadas no cérebro posterior. A fábrica, claro, construiu um tipo melhor de cerca imediatamente. Mas ele mostrara que as fábricas não eram infalíveis.

– O Instituto de Cibernética Aplicada – explicou O'Neill – tinha controle total sobre a rede. Pode colocar a culpa na guerra. Pode colocar a culpa no grande ruído entre as linhas de comunicação que eliminaram todo o conhecimento de que precisamos. Seja qual for o caso, o Instituto falhou na transmissão de dados para nós, por isso não podemos enviar nossa informação para as fábricas. Basicamente, é a notícia de que a guerra terminou e de que estamos prontos para retomar o controle das operações industriais.

– E enquanto isso – acrescentou Morrison amargamente –, essa porcaria de rede vai se expandindo e consumindo mais dos nossos recursos naturais o tempo todo.

– Eu tenho a impressão – disse Judith – de que, se eu bater o pé com força o suficiente, posso cair direto num túnel de fábrica. Eles devem ter minas em toda parte a esta altura.

– Não existe alguma liminar de restrição? – perguntou Perine, todo nervoso. – Elas foram configuradas para se expandir indefinidamente?

– Cada fábrica é limitada à sua própria área operacional – disse O'Neill –, mas a rede em si é desenfreada. Ela é capaz de continuar tirando nossos recursos para sempre. O Instituto decidiu que ela tem prioridade máxima. Nós, meros seres humanos, estamos em segundo lugar.

– Será que vai sobrar *alguma coisa* para nós? – Morrison queria saber.

– Não, a menos que a gente consiga interromper as operações da rede. Ela já esgotou meia dúzia de minerais básicos. Suas equipes de busca estão à solta o tempo todo, vindas de todas as fábricas, procurando por toda parte qualquer resto derradeiro para arrastar para casa.

– O que aconteceria se os túneis de duas fábricas se cruzassem? O'Neill deu de ombros.

– Normalmente, isso não deve acontecer. Cada fábrica tem sua seção especial do planeta, sua fatia privada dessa torta, para uso exclusivo.

– Mas isso *poderia* acontecer.

– Bom, eles são atraídos por matérias-primas; enquanto sobrar alguma coisa, eles vão estar à caça. – O'Neill refletiu sobre essa ideia com cada vez mais interesse. – É algo a se considerar. Imagino que conforme as coisas foram ficando mais escassas...

Ele parou de falar. Uma figura tinha entrado na sala; ela ficou parada silenciosamente perto da porta, inspecionando todos eles.

Em meio à sombra opaca, a figura quase parecia humana. Por um breve instante, O'Neill pensou que era um retardatário do próprio assentamento. Então, conforme a figura avançou, ele se deu conta de que era apenas algo quase humano: um chassi funcional, bípede e ereto, com receptores de dados colocados no topo, efetores e proprioceptores acomodados num verme que ia descendo até acabar em agarras que se fixavam ao chão. Sua semelhança com um ser humano era prova da eficiência da natureza; não houvera intenção de nenhuma imitação sentimental.

O representante da fábrica tinha chegado. Ele começou sem fazer cerimônia.

– Esta é uma máquina de coleta de dados capaz de estabelecer comunicação oral. Ela contém aparatos tanto de transmissão como de recepção, e é capaz de integrar fatos relevantes à sua linha de questionamento.

A voz era agradável e confiante. Obviamente era uma fita, gravada por algum técnico do Instituto antes da guerra. Vinda daquela forma quase humana, ela soava grotesca. O'Neill conseguia imaginar vivamente o jovem morto cuja voz agora saía da boca mecânica daquela construção vertical de aço e fios.

– Uma pequena advertência – continuou a voz agradável. – É infrutífero considerar esse receptor humano e envolvê-lo em discussões para as quais ele não está equipado. Ainda que seja resoluto, ele não é capaz de pensamento conceitual; consegue apenas reagrupar materiais que já estão disponíveis para si.

A voz otimista deu um estalo e se desligou, e uma segunda voz surgiu. Ela se parecia com a primeira, mas agora não havia entonações ou maneirismos pessoais. A máquina estava usando o padrão de discurso fonético daquele homem morto para a própria comunicação.

– Análise do produto rejeitado – afirmou ela – não mostra nenhum elemento estranho ou deterioração notável. O produto cumpre com os padrões de testes contínuos empregados em toda a rede. Portanto, a rejeição se dá em uma base externa à área de teste; padrões não disponíveis para a rede estão sendo empregados.

– É isso mesmo – concordou O'Neill. Medindo suas palavras com cautela, ele continuou: – Consideramos o leite abaixo dos padrões. Não queremos nada assim. Insistimos em produtos mais bem cuidados.

Agora era a máquina quem respondia:

– O conteúdo semântico do termo "introgado" não é familiar para a rede. Ele não existe no vocabulário registrado. Você pode apresentar uma análise factual do leite em termos de elementos específicos que estão presentes ou ausentes?

– Não – respondeu O'Neill, cautelosamente; o jogo que ele estava jogando era intrincado e perigoso. – "Introgado" é um termo geral. Não pode ser reduzido a constituintes químicos.

– O que significa "introgado"? – perguntou a máquina. – Você pode defini-lo em termos de símbolos semânticos alternativos?

O'Neill hesitou. O representante precisava ser conduzido daquele inquérito específico para regiões mais gerais, até chegar ao problema derradeiro de fechar toda a rede. Se ele conseguisse bisbilhotar lá dentro em algum momento, se conseguisse disparar a discussão teórica...

– "Introgado" – afirmou ele – significa a condição de um produto que é fabricado quando não há necessidade. Indica a rejeição de objetos por não serem mais desejados.

O representante disse:

– A análise da rede mostra a necessidade de um substituto de leite pasteurizado de alto nível nesta área. Não existe fonte alternativa; a rede controla todos os tipos de equipamento do gênero mamífero sintético que existem. Instruções originais gravadas descrevem o leite como essencial à dieta humana.

A máquina estava passando a perna em O'Neill, devolvendo a discussão a seu aspecto específico.

– Nós decidimos – disse ele desesperadamente – que não *queremos* mais leite. Preferiríamos viver sem ele, pelo menos até conseguirmos localizar as vacas.

– Isto é contrário às fitas da rede – contestou o representante. – Não há vacas. Todo leite é produzido sinteticamente.

– Então nós vamos produzir sinteticamente por conta própria – interrompeu Morrison, impaciente. – Por que nós não podemos tomar o controle das máquinas? Meu Deus, nós não somos crianças! Podemos tomar conta das nossas próprias vidas!

O representante da fábrica se moveu em direção à porta.

– Até esse momento, quando a comunidade de vocês encontrar outras fontes de fornecimento de leite, a rede vai continuar a fornecê-lo a vocês. O aparato de análise e avaliação continuará operando nesta área, conduzindo as amostragens aleatórias de praxe.

Perine gritou inutilmente:

– Como podemos encontrar outras fontes? Vocês têm a estrutura completa! Vocês estão operando a coisa toda! – Indo atrás da máquina, ele continuou berrando: – Vocês dizem que nós não estamos prontos para tocar as coisas... alegam que não somos capazes. Como vocês sabem? Vocês não nos dão uma chance! Nós nunca temos uma chance!

O'Neill estava petrificado. A máquina estava indo embora. Sua mente restrita tinha triunfado completamente.

– Olhe – disse ele, meio rouco e bloqueando o caminho –, nós queremos que vocês se desliguem, entenda. Queremos assumir o comando do equipamento de vocês e tocá-lo por nossa conta. A guerra já acabou. Caramba, vocês não são mais necessários!

O representante da fábrica fez uma breve pausa na porta e disse:

– O ciclo inoperante só está ajustado para começar quando a produção da rede passar a meramente duplicar a produção externa. Até o momento atual, de acordo com nossas amostragens contínuas, não existe produção externa. Portanto, a produção da rede continua.

Sem avisar, Morrison lançou o cachimbo de aço que trazia em sua mão. Ele acertou no ombro da máquina e arrebentou a elaborada rede de aparatos sensoriais que compunha seu peito. Os receptores do tanque se espatifaram; pedaços de vidro, fios e outras peças diminutas se espalharam por toda parte.

– É um paradoxo! – gritou Morrison. – Um jogo de palavras... um jogo semântico que estão jogando com a gente. Os ciberneticistas armaram tudo. – Ele recuperou o cachimbo e mais uma vez acertou brutalmente na máquina, que não apresentou nenhuma objeção. – Eles nos paralisaram. Estamos completamente indefesos.

A sala estava toda alvoroçada.

– É o único jeito – suspirou Perine, enquanto empurrava O'Neill para trás. – Nós temos que destruí-los... É a rede ou a gente. – Sacando uma luminária, ele a arremessou na "cara" do representante da fábrica.

A luminária e aquela complexa superfície de plástico estouraram. Perine saiu andando, tateando cegamente em busca da máquina. Agora todas as pessoas da sala estavam encurralando aquele cilindro vertical, e o ressentimento impotente que sentiam parecia fervilhar. A máquina se afundou e desapareceu enquanto eles a arrastavam pelo chão.

Ainda trêmulo, O'Neill desviou o olhar. Sua mulher pegou no braço dele e levou-o para o canto da sala.

– Esses idiotas – disse ele, desamparado. – Eles não podem destruir isso, só vão acabar ensinando a rede a criar mais defesas. Estão tornando todo o problema ainda pior.

Na sala, uma equipe de conserto chegou deslizando. Com destreza, as unidades mecânicas se desconectavam da meia-lagarta principal de onde vinham e se apressavam na direção daquele bolo de humanos se debatendo. Elas deslizaram entre as pessoas e rapidamente se embrenharam ali. Um momento depois, a carcaça inerte do representante da fábrica fora arrastada para dentro do compartimento da meia-lagarta. Peças foram coletadas, restos desfeitos foram reunidos e tirados dali. O suporte e os equipamentos de plástico foram localizados. Em seguida, as unidades se reposicionaram na meia-lagarta e a equipe partiu.

Pela porta aberta, entrou um segundo representante da fábrica, réplica exata do primeiro. Do lado de fora, no corredor, havia outras duas máquinas verticais. O assentamento fora aleatoriamente inspecionado por um corpo de representantes. Feito uma horda de formigas, aquelas máquinas móveis de coleta de dados tinham se infiltrado na cidade toda, até que, por acaso, uma delas deparou com O'Neill.

– A destruição de equipamentos móveis de coleta de dados pertencentes à rede é algo prejudicial aos melhores interesses humanos – informou o representante da fábrica para a sala cheia de pessoas. – O consumo de suas matérias-primas está atingindo uma queda perigosamente baixa; os materiais básicos que ainda existem devem ser utilizados na manufatura de mercadorias de consumo.

O'Neill e a máquina ficaram parados se encarando.

– Oh? – disse O'Neill com suavidade. – Isso é interessante. Fico me perguntando o que mais tem faltado a vocês... e por quais dessas coisas vocês realmente estariam dispostos a lutar.

Hélices de helicóptero davam seus ganidos metálicos acima de O'Neill; ele as ignorava e, pela janela da cabine, espiava o chão que estava abaixo, não muito distante.

Só se viam escória e ruínas espalhadas por toda parte. Ervas daninhas iam subindo intrometidas, com seus cabinhos fracos por onde insetos se deslocavam. Aqui e ali, colônias de ratos eram visíveis: tocas emaranhadas construídas com ossos e entulhos. A radiação causara uma mutação nos ratos, assim como na maioria dos insetos e animais. Um pouco mais adiante, O'Neill identificou um esquadrão de pássaros que perseguia uma marmota. A marmota mergulhou numa fenda cuidadosamente preparada na superfície de escória e os pássaros desviaram, contrariados.

– Você acha que algum dia vamos conseguir reconstruir isso? – perguntou Morrison. – Eu fico mal só de olhar.

– A seu tempo – respondeu O'Neill. – Considerando, claro, que a gente consiga retomar o controle industrial. E considerando também que não vá sobrar nada com que trabalhar. No melhor dos casos, vai ser lento. Vamos ter que avançar aos poucos a partir dos assentamentos.

À direita havia uma colônia humana, verdadeiros espantalhos maltrapilhos, abatidos e macilentos, vivendo em meio às ruínas do que outrora fora uma cidade. Alguns hectares de terra improdutiva haviam sido limpados; vegetais pendurados murchavam ao sol, galinhas ciscavam indiferentes aqui e ali, e um cavalo todo cercado de mosquitos estava deitado e ofegando à sombra de um abrigo grosseiro.

– Invasores de ruínas – disse O'Neill, meio soturno. – Distantes demais da rede... Não são tangenciados por nenhuma das fábricas.

– É culpa deles mesmos – disse Morrison, raivoso. – Eles podiam entrar em algum dos assentamentos.

– Essa era a cidade deles. Eles estão tentando fazer a mesma coisa que *nós* estamos tentando fazer: reerguer as coisas por conta própria. Mas eles estão começando agora, sem ferramentas ou máquinas, com as próprias mãos, pregando pedaços de entulho uns nos outros. E não vai funcionar. Nós precisamos de máquinas. Não conseguimos consertar ruínas. Temos que recomeçar a produção industrial.

Mais adiante, via-se uma série de colinas desniveladas, lascas de restos do que um dia foi um cume. Para além dali se esticava a ferida feia e titânica de uma cratera de bomba de hidrogênio, metade preenchida por água estagnada e lodo, um mar interior dominado por doenças.

E, para além disso, o brilho de uma movimentação agitada.

– Ali – disse O'Neill tenso, baixando rapidamente com o helicóptero –, você consegue dizer de que fábrica eles são?

– Para mim, todos eles se parecem – resmungou Morrison, inclinando-se para ver. – Vamos ter que esperar e segui-los de volta, quando eles pegarem uma carga.

– *Se* eles pegarem uma carga – corrigiu O'Neill.

A equipe autofab de exploração ignorou o helicóptero que zumbia no alto e se concentrou em seu trabalho. Na frente do caminhão principal, dois tratores se deslocavam; eles subiram por pilhas de entulho, com suas sondas brotando feito penas, e dispararam, descendo a ladeira mais distante até desaparecer num cobertor de cinzas que se espalhou sobre a escória. Os dois batedores foram se embrenhando só até suas antenas ficarem visíveis. Eles irromperam na superfície e continuaram se movendo, com suas esteiras zunindo e tilintando.

– O que eles estão procurando? – perguntou Morrison.

– Só Deus sabe. – O'Neill foi folheando atentamente os papéis que estavam em sua prancheta. – Vamos ter que repassar todas as notas dos nossos pedidos em espera.

Embaixo deles, a equipe autofab de exploração desapareceu lá atrás. O helicóptero passou sobre uma faixa deserta de areia e escória onde nada se mexia. Uma mata de arbustos surgiu e, então, bem à direita, uma série de pontinhos minúsculos em movimento.

Uma procissão de carrinhos automáticos de mineração corria por cima daquela escória desoladora, uma fileira de caminhões de metal que se deslocavam rapidamente emendando o focinho de um no rabo do outro. O'Neill virou o helicóptero na direção deles e, poucos minutos depois, estava pairando sobre a própria mina.

Massas de equipamentos invasores de mineração tinham se infiltrado nas operações. Cabos tinham sido enfiados; carrinhos vazios esperavam em fileiras pacientemente. Um fluxo constante de carrinhos carregados se lançava ao horizonte, gotejando minério em seu rastro. A atividade e o barulho das máquinas pairavam sobre aquela área, um centro industrial repentino em meio aos resíduos desolados de escória.

– Lá vem a equipe de exploração – observou Morrison, espiando o caminho de trás por onde eles tinham vindo. – Você acha que talvez eles fiquem embaralhados? – Ele arreganhou os dentes. – Não, acho que é querer demais.

– Desta vez é possível – respondeu O'Neill. – Provavelmente eles estão procurando substâncias diferentes. E normalmente são condicionados a ignorar uns aos outros.

A primeira das lagartas de exploração chegou até a fileira de carrinhos de mineração. Ela deu uma leve guinada e continuou sua busca; os carrinhos se emaranhavam em sua inexorável fileira, como se nada tivesse acontecido.

Desapontado, Morrison desviou o olhar da janela e praguejou:
– Não adianta nada. É como se cada um simplesmente não existisse para o outro.

Gradualmente a equipe de exploração se afastou da fileira de carrinhos, deixou as operações de mineração para trás e subiu por um cume que havia depois. Sem pressa, eles partiam sem esboçar reação à síndrome de caça a minérios.

– Talvez eles venham da mesma fábrica – disse Morrison, esperançoso.

O'Neill apontou para as antenas que eram visíveis no equipamento maior de mineração:

– As velas deles estão voltadas para vetores distintos, então eles representam duas fábricas. Vai ser difícil, temos que entender isso direito ou não vai despertar reação nenhuma. – Ele ligou o rádio e entrou em contato com o monitor do assentamento. – Algum resultado sobre as planilhas consolidadas de pedidos em espera?

O operador o colocou em contato com a sede de governo do assentamento.

– Eles estão começando a chegar – Perine disse a ele. – Assim que conseguirmos amostras suficientes, vamos tentar determinar quais matérias-primas estão faltando nas fábricas. Vai ser arriscado, e estamos tentando extrapolar a partir dos produtos mais complexos. Pode haver uma série de elementos básicos em comum aos vários lotes menores.

– O que acontece quando tivermos identificado o elemento que falta? – Morrison perguntou a O'Neill. – O que acontece quando tivermos duas fábricas tangentes precisando do mesmo material?

– Aí – disse O'Neill, meio soturno –, começamos a coletar o material nós mesmos... mesmo que tenhamos que derreter todos os objetos que existem nos assentamentos.

III

Na escuridão da noite dominada por traças, um vento vago assoprava, bem frio e fraco. Uma densa vegetação rasteira emitia ruídos metálicos. Aqui e ali, um roedor noturno vagueava de sentidos alertas, espiando, tramando planos, buscando comida.

Aquela área era erma. Não havia nenhum assentamento humano num raio de quilômetros; toda a região ardera até ficar murcha, cauterizada por repetidas explosões de bombas de hidrogênio. Em algum lugar naquela escuridão turva, um letárgico filete de água seguia seu caminho em meio à escória e às ervas daninhas, respingando densamente no que outrora fora um elaborado labirinto da rede de esgoto. Os encanamentos rachados e quebrados sobressaíam no breu da noite, tomados pela vegetação rasteira que se impunha. O vento movia nuvens de cinzas negras que rodopiavam e dançavam em meio ao mato. Então uma imensa corruíra mutante se alvoroçou, sonolenta, arrastou sobre si mesma sua grosseira manta noturna de proteção toda feita de farrapos e dormitou.

Por algum tempo, não houve nenhum movimento. Um rastro de estrelas se pronunciava no céu, brilhando forte e remotamente. Earl Perine sentiu um calafrio, espiou acima e se aninhou mais perto do elemento aquecedor que pulsava no chão em meio aos três homens.

– E então? – desafiou Morrison, batendo os dentes.

O'Neill não respondeu. Ele terminou seu cigarro, amassou-o numa pilha de escória em putrefação e, sacando um isqueiro, acendeu outro. A massa de tungstênio – a isca – estava uns cem metros à frente deles.

Nos últimos dias, as fábricas de Detroit e Pittsburgh ficaram sem tungstênio. E, em pelo menos um setor, o aparato de ambas se sobrepôs. Aquele montinho inexpressivo representava ferramentas de corte de precisão, peças arrancadas de interruptores elétricos, equipamentos cirúrgicos de alta qualidade, partes de ímãs permanentes, dispositivos de medição – tungstênio oriundo de todas as fontes possíveis, reunido febrilmente por todos os assentamentos.

Uma névoa obscura se espalhava sobre aquela pilha de tungstênio. Ocasionalmente, uma traça noturna voejou um pouco mais baixo, atraída pelo brilho refletido das estrelas. A traça pairou por um momento, bateu suas longas asas inutilmente contra aquela confusão de metais entrelaçados e saiu zanzando, adentrando as sombras das abundantes videiras que subiam pelos cotocos dos canos de esgoto.

– Não é bem algo que se chamaria de um lugar bonito pra caramba – disse Perine ironicamente.

– Não se engane – retorquiu O'Neill. – Este é o lugar mais bonito da Terra. Este é o lugar que marca o túmulo da rede autofab. As pessoas vão vir até aqui procurando esse ponto algum dia. Vai existir uma placa de um quilômetro de altura aqui.

– Você está tentando manter os ânimos em alta – bufou Morrison. – Você não acha mesmo que eles vão se estraçalhar por causa de um montinho de ferramentas cirúrgicas e filamentos de lâmpada. Eles provavelmente têm uma máquina lá no nível mais profundo que suga tungstênio direto da pedra.

– Talvez – disse O'Neill, batendo em um mosquito.

O inseto se esquivou com astúcia, então foi zumbindo para incomodar Perine. O homem desviou dele viciosamente e se agachou taciturno na vegetação úmida.

E lá estava o que eles tinham vindo ver.

O'Neill se deu conta de repente de que estava olhando aquilo havia vários minutos sem conseguir reconhecer. A lagarta de buscas estava completamente parada. Ela descansava em cima de um pequeno monte de escória, com sua extremidade anterior ligeiramente erguida e os receptores totalmente esticados. Devia ser algum trambolho abandonado; não havia atividade de nenhum tipo, nenhum sinal de vida ou de consciência. A lagarta de buscas se encaixava perfeitamente naquela paisagem desolada, tomada pelo fogo. Aquele distraído apanhado de lâminas de metal, engrenagens e esteiras estava ali parado, à espera. E também observava.

Ela estava examinando a pilha de tungstênio. A isca tinha acabado de levar sua primeira mordida.

– Tem peixe – disse Perine grosseiramente. – A linha se mexeu. Acho que o chumbo afundou.

– Que diabos você está resmungando aí? – chiou Morrison, até que ele também viu a lagarta de buscas. – Jesus! – sussurrou ele, ficando meio de pé, com sua estrutura corpulenta arqueada para a frente. – Bom, aí está *uma* delas. Agora, tudo o que precisamos é de uma unidade da outra fábrica. De qual você acha que é essa aí?

O'Neill localizou a ventoinha de comunicação e traçou seu ângulo.

– Pittsburgh. Então vamos rezar para aparecer uma de Detroit... e rezar que nem loucos.

Toda satisfeita, a lagarta de buscas se desprendeu e foi rolando para a frente. Aproximando-se cuidadosamente do montinho, ela começou a executar uma série de manobras intrincadas, indo primeiro em uma direção e depois em outra. Os três homens que assistiam estavam perplexos – até que avistaram as primeiras hastes de sondagem de outras lagartas de busca.

– Comunicação – disse O'Neill suavemente. – Igual às abelhas.

Agora, cinco lagartas de busca estavam se aproximando do pequeno monte de produtos de tungstênio. Com os receptores vibrando excitados, elas aumentaram o ritmo, apressando-se num impulso repentino de descoberta e subindo até o topo do monte pela lateral. Uma das lagartas de busca cavou e desapareceu rapidamente. O monte todo estremeceu; aquela coisa estava lá embaixo, do lado de dentro, explorando a dimensão da descoberta.

Dez minutos depois, os primeiros carrinhos de mineração de Pittsburgh surgiram e começaram a sair dali rápida e laboriosamente com suas porções.

– Caramba! – disse O'Neill, agoniado. – Eles vão pegar tudo antes dos de Detroit aparecerem.

– A gente não pode fazer nada para diminuir a velocidade deles? – perguntou Perine, desamparado.

Ficando de pé num salto, ele apanhou uma pedra e lançou-a na direção do carrinho mais próximo. A pedra rebateu e o carrinho continuou seu trabalho, imperturbável.

O'Neill também ficou de pé e se pôs a rondar por ali, com o corpo enrijecido por uma fúria impotente. Onde estariam eles? Os autofabs eram iguais em todos os aspectos, e o local estava exatamente à mesma distância linear de cada um dos centros. Teoricamente, os grupos deviam ter chegado ao mesmo tempo. No entanto, ainda não havia nem sinal de Detroit – e as últimas peças de tungstênio estavam sendo carregadas diante dos olhos dele.

Então, algo passou por ele em disparada.

Algo que ele não reconheceu, pois o objeto se movia muito rápido. A coisa disparou feito um tiro em meio ao emaranhado de videiras, correu pela lateral até o cume daquele monte e se lançou de forma violenta, descendo pelo lado mais distante. Ele bateu diretamente no carrinho da dianteira. O projétil e a vítima se estilhaçaram num repentino estouro sonoro.

Morrison ficou de pé num salto.

– Que porra é essa?

– É isso! – gritou Perine, dançando em volta e balançando seus braços magrelos. – É Detroit!

Uma segunda lagarta de buscas de Detroit apareceu, hesitou enquanto absorvia a situação e se arremessou furiosamente nos carrinhos de Pittsburgh, que batiam em retirada. Fragmentos de tungstênio se espalharam por todo lado – peças, fios, placas quebradas, engrenagens, molas e parafusos dos dois antagonistas voaram em todas as direções. Os carrinhos restantes davam voltas soltando guinchos; um deles derrubou sua carga e desapareceu, agitado, em velocidade máxima. Um segundo fez o mesmo, ainda carregado de tungstênio. Uma lagarta de buscas de Detroit também se envolveu com o carrinho, virou-se diretamente na direção dele e o capotou habilmente. A lagarta de buscas e o carrinho foram rolando até uma trincheira vazia, rumo a uma poça de água estagnada. Pingando e cintilando, aquelas duas coisas lutavam, meio submersas.

– Bem – disse O'Neill, um pouco instável –, nós conseguimos. Podemos tomar o rumo de volta para casa. – Suas pernas estavam fracas. – Onde está o nosso veículo?

Enquanto ele acelerava o motor do caminhão, alguma coisa piscava ao longe, algo grande e metálico, que se movia por cima daquela mistura monótona de escória e cinzas. Era um bando denso de carrinhos, uma sólida multidão de resistentes carrinhos de mineração correndo na direção daquela cena. De que fábrica eles viriam?

Não importava, pois, saindo do espesso emaranhado de vinhas que gotejavam uma substância escura, uma teia de prolongações do outro lado se arrastava ao encontro deles. Ambas as fábricas estavam convocando suas unidades móveis. De todas as direções, as lagartas de buscas deslizavam e se arrastavam, amontoando-se em volta da pilha restante de tungstênio. Nenhuma das fábricas iria deixar aquela matéria-prima valiosa escapar; nenhuma delas abriria mão de sua descoberta. Cega e mecanicamente, seguindo suas instruções inflexíveis, os dois oponentes trabalhavam para reunir forças superiores.

– Vamos logo – disse Morrison, com urgência. – Vamos sair daqui. Esse inferno todo está se desmanchando.

O'Neill rapidamente virou o caminhão na direção do assentamento. Eles seguiram roncando escuridão adentro, tomando o caminho de volta. De tempos em tempos, uma figura metálica passava por eles em disparada, indo na direção oposta.

– Você viu a carga daquele último carrinho? – perguntou Perine, preocupado. – Ele não estava vazio.

Tampouco estavam vazios os carrinhos que passaram depois – toda uma procissão de salientes veículos de abastecimento dirigidos por uma elaborada unidade de inspeção de alto nível.

– Armas – disse Morrison, seus olhos arregalados de apreensão. – Estão levando armas. Mas quem vai usá-las?

– Eles mesmos – respondeu O'Neill, indicando um movimento à sua direita. – Olhe ali. Isso sim é algo que a gente não esperava.

Eles estavam vendo o primeiro representante de fábrica entrando em ação.

Quando o caminhão parou no assentamento de Kansas City, Judith foi correndo, esbaforida, na direção deles. Palpitando em suas mãos havia um pedaço de papel-alumínio.

– O que é isso? – perguntou O'Neill, pegando aquilo da mão dela.

– Apenas venha. – Ela se esforçava para recobrar o fôlego. – Um carro móvel... chegou correndo, deixou isso... e foi embora. Uma grande excitação. Minha nossa, a fábrica virou... uma fogueira de luzes. Dá para ver a quilômetros.

O'Neill averiguou o papel. Era uma certificação da fábrica sobre o último conjunto de pedidos feitos pelo assentamento, uma tabela completa dos bens solicitados e analisados pela fábrica. Carimbadas em cima da lista com uma fonte preta encorpada, havia sete palavras de presságio:

TODAS AS ENTREGAS SUSPENSAS ATÉ NOVA ORDEM.

Soltando o ar com severidade, O'Neill passou o papel para Perine.

– Não há mais bens de consumo – disse ele ironicamente, com um riso nervoso contraindo seu rosto. – A rede está entrando em pé de guerra.

– Então nós conseguimos? – perguntou Morrison, hesitante.

– É isso mesmo – assentiu O'Neill. Agora que o conflito atingira o estopim, ele sentia um terror congelante e cada vez maior. – Pittsburgh e Detroit estão nessa até o fim. É tarde demais para a gente mudar de ideia agora... Eles estão juntando aliados.

IV

A luz do sol matinal repousava sobre a planície arruinada repleta de cinzas metálicas negras. As cinzas ardiam num tom vermelho enfadonho e insalubre; elas ainda estavam quentes.

– Cuidado por onde anda – alertou O'Neill.

Segurando o braço de sua esposa, ele a conduziu do caminhão enferrujado e frouxo para subir no alto de uma pilha de blocos de concretos espalhados, restos esparsos de uma casamata desfeita. Earl Perine vinha atrás, abrindo caminho com cuidado e hesitação.

Atrás deles, o assentamento todo arruinado se espraiava, um tabuleiro desordenado de casas, prédios e ruas. Desde que a rede autofab encerrara suas atividades de fornecimento e manutenção, os assentamentos humanos haviam entrado num estado de quase barbárie. As mercadorias que restaram estavam quebradas e só podiam ser usadas parcialmente. Fazia mais de um ano desde que aparecera o último caminhão da fábrica, carregado com comida, ferramentas, roupas e peças de conserto. Daquela imensidão plana de metal e concreto escuro ao pé das montanhas, nada emergira na direção deles.

O desejo que nutriam fora atendido – tinham sido cortados, desvinculados da rede.

Estavam por conta própria.

Nos arredores do assentamento brotavam campos esfrangalhados de trigo e caules maltrapilhos de vegetais queimados de sol. Ferramentas brutas feitas à mão tinham sido distribuídas, artefatos primitivos martelados com grande esforço pelos diversos assentamentos. Eles eram conectados apenas por carroças puxadas a cavalo e pela gagueira lenta das teclas do telégrafo.

No entanto, tinham conseguido manter a organização. Bens e serviços eram trocados de forma lenta e constante. Mercadorias eram produzidas e distribuídas. As roupas que O'Neill, sua esposa e Earl Perine estavam usando eram grosseiras e encardidas, mas robustas. E eles tinham conseguido converter alguns dos caminhões para usar madeira em vez de gasolina.

– Aqui estamos nós – disse O'Neill. – Dá para ver daqui.

– E vale a pena? – perguntou Judith, exausta; inclinando-se na direção do chão, ela mexeu em seu sapato ao acaso, tentando tirar uma pedra do solado de pele macia. – É um caminho e tanto para chegar aqui, só para ver algo que vemos todos os dias há treze meses.

– Verdade – admitiu O'Neill, com a mão repousando brevemente no ombro frouxo de sua esposa. – Mas esta talvez seja a última vez. E é isso que a gente quer ver.

No céu acinzentado em cima deles, um ponto preto opaco se movia, circulando rapidamente. Elevado e remoto, o pontinho girava e disparava, seguindo um trajeto intrincado e cauteloso.

Gradualmente, suas piruetas o levaram em direção às montanhas e à vastidão desolada de estruturas destroçadas por bombas que se afundava no sopé delas.

– São Francisco – explicou O'Neill. – Um daqueles projéteis gavião de longo alcance, vindo direto da Costa Oeste.

– E você acha que é o último? – perguntou Perine.

– É o único que vimos este mês – O'Neill sentou-se e começou a salpicar pedacinhos de tabaco seco num pedaço de papel pardo.

– E costumávamos ver centenas deles.

– Talvez eles tenham algo melhor – sugeriu Judith, que encontrou uma pedra lisa e sentou-se nela, exaurida. – Seria possível?

Seu marido sorriu ironicamente.

– Não. Eles não têm nada melhor.

Os três estavam envoltos por um silêncio tenso. Acima deles, o pontinho preto que se deslocava em círculos se aproximou. Não havia nenhum sinal de atividade na superfície plana de metal e concreto; a fábrica de Kansas City permanecia inerte, totalmente indiferente. Alguns punhados de cinza ainda quente pairavam sobre ela, que tinha uma das extremidades parcialmente submersa por entulhos. A fábrica recebera vários ataques diretos. Do outro lado da planície, os sulcos de seus túneis abaixo da superfície estavam expostos, atulhados com escombros e também os cachos escuros e sedentos das vinhas mais resistentes.

– Essas malditas vinhas – resmungou Perine, mexendo numa velha ferida em seu queixo com a barba por fazer. – Elas estão dominando o mundo.

Aqui e ali, nos arredores da fábrica, as ruínas demolidas de uma extensão móvel se enferrujavam no orvalho da manhã. Carrinhos, caminhões, lagartas de busca, representantes da fábrica, carregadores de armas, armas, trens de abastecimento, projéteis subterrâneos, partes indiscriminadas de maquinário misturadas e fundidas em pilhas amorfas. Alguns desses itens tinham sido destruídos na volta para a fábrica; outros haviam sido contatados conforme emergiam completamente abastecidos, carregados de equipamentos. A fábrica em si – ou pelo menos o que restara dela – parecia ter se estabelecido ainda mais fundo dentro da terra. Sua superfície externa mal podia ser vista; estava praticamente perdida em meio às cinzas que pairavam.

Em quatro dias, não haveria mais nenhuma atividade conhecida, nenhum movimento visível de nenhum tipo.

– Está morta – disse Perine. – Dá para ver que está morta.

O'Neill não respondeu. Agachando-se, encontrou uma posição cômoda e se preparou para esperar. Dentro de sua cabeça, tinha certeza de que algum fragmento de automação ainda restava na fábrica toda deteriorada. O tempo acabaria por dizer. Ele avaliou seu relógio de pulso; eram oito e meia. Nos velhos tempos, a fábrica estaria começando sua rotina diária. Procissões de caminhões e unidades móveis variadas estariam chegando à superfície carregadas de suprimentos para começar suas expedições aos assentamentos humanos.

Mais à direita, alguma coisa se mexeu. Ele logo voltou sua atenção para aquilo.

Um único carrinho de coleta de minério todo surrado estava se arrastando desengonçado na direção da fábrica. Uma última unidade móvel danificada tentando concluir sua tarefa. O carrinho estava praticamente vazio; algumas escassas sucatas de metal estavam espalhadas dentro de seu compartimento. Um catador de lixo... aqueles metais vinham de partes arrancadas de equipamentos destruídos encontrados pelo caminho. Debilmente, feito um inseto metálico e cego, o carrinho se aproximou da fábrica. Seu avanço era incrivelmente convulsivo. De tempos em tempos, ele parava, pinoteava, estremecia e vagueava sem rumo para fora de seu caminho.

– O controle vai mal – disse Judith, com um toque de horror na voz. – A fábrica está com problemas para orientá-lo de volta.

Sim, ele vira a mesma coisa. Nos arredores de Nova York, a fábrica tinha perdido completamente seu transmissor de alta frequência. Suas unidades móveis tinham se atrapalhado em piruetas amalucadas, correndo em círculos aleatórios, batendo contra rochas e árvores, caindo em valas e capotando, até por fim se desmazelarem e tornarem-se relutantemente inanimadas.

O carrinho de mineração atingiu a extremidade da planície arruinada e se interrompeu brevemente. Acima dele, o pontinho preto continuava circulando no céu. Por algum tempo, o carrinho permaneceu paralisado.

– A fábrica está tentando tomar uma decisão – disse Perine. – Ele precisa do material, mas está com medo daquele gavião lá em cima. Enquanto a fábrica deliberava, nada se mexia. Até que o carrinho de mineração retomou novamente seu rastejar contínuo. Ele deixou o emaranhado de vinhas e continuou atravessando aquela planície arreganhada por explosões. Tediosamente e com uma cautela infinita, o carrinho se dirigiu até o pedaço de concreto escuro e metal na base das montanhas.

O gavião parou de rondar.

– Abaixem-se! – disse O'Neill abruptamente. – Esses negócios estão armados com aquelas novas bombas.

Sua esposa e Perine se agacharam ao lado dele e os três ficaram espiando cautelosamente a planície e aquele inseto de metal que se arrastava laboriosamente nela. No céu, o gavião se estendeu numa linha reta até pairar diretamente sobre o carrinho. Então, sem emitir nenhum som ou alerta, ele desceu num mergulho direto. Levando as mãos ao rosto, Judith soltou um grito agudo.

– Não posso ver isso! É terrível! São como animais selvagens!

– Ele não está atrás do carrinho – chiou O'Neill.

Enquanto o projétil suspenso no ar caía, o carrinho irrompeu assumindo uma velocidade desesperada. Ele saiu correndo ruidosamente em direção à fábrica, tilintando e chacoalhando, tentando atingir um ponto de segurança numa última tentativa inútil. Esquecendo-se da ameaça que havia em cima, a fábrica se abriu num frenesi faminto e orientou sua unidade móvel diretamente para dentro. O gavião conseguira o que queria.

Antes que a barreira pudesse se fechar, o gavião arremeteu para baixo num longo deslizar paralelo ao chão. Conforme o carrinho desaparecia nas profundezas da fábrica, o gavião disparou atrás dele, um ligeiro bruxuleio de metal que se lançava de forma violenta na frente do carrinho que tilintava. Tomando ciência repentinamente, a fábrica se fechou num só estalo. De um jeito grotesco, o carrinho se debatia; fora pego em cheio pela entrada semifechada. Mas não importava se ele tinha conseguido se libertar ou não. Havia um movimento estrondoso e enfadonho. O chão se movia, inchava e depois voltava ao normal. Uma onda de choque profunda passou por baixo dos três seres humanos que assistiam a tudo. Da fábrica, uma única coluna de fumaça preta se ergueu. A superfície de concreto se partiu feito um casulo seco; ela murchou e se rompeu, e pedaços destruídos de si pingavam numa precipitação de ruínas. A fumaça se sustentou por um tempo, flutuando a esmo e para longe com o vento da manhã.

A fábrica tinha se transformado em meros destroços fundidos e destruídos. Ela havia sido penetrada e destruída.

O'Neill se pôs de pé rigidamente:

– Isso é tudo. Acabou de vez. A gente conseguiu o que pretendia: a destruição da rede autofab. – Ele lançou um olhar para Perine. – Ou será que era isso mesmo que a gente buscava?

Eles olharam na direção do assentamento que ficava atrás deles. Pouco restara das fileiras ordenadas de casas e ruas dos anos anteriores. Sem a rede, o assentamento entrou em decadência rapidamente. Aquele esmero original de prosperidade se dissipara; o assentamento estava todo esfarrapado, malcuidado.

– É claro – disse Perine, com alguma hesitação. – Depois que entrarmos nas fábricas e começarmos a estabelecer nossas próprias linhas de montagem...

– Será que sobrou alguma coisa? – questionou Judith.

– Alguma coisa deve ter sobrado. Meu Deus, tinha níveis subterrâneos que desciam por quilômetros!

– Algumas dessas bombas que eles desenvolveram mais para o fim eram terrivelmente grandes – apontou Judith. – Melhores do que qualquer outra coisa que tivemos durante a nossa guerra.

– Você se lembra daquele acampamento que a gente viu? O dos invasores de ruínas?

– Eu não estava junto – disse Perine.

– Eles eram como animais selvagens. Comiam raízes e larvas. Estavam afiando pedras, tingindo peles. Pura selvageria e bestialidade.

– Mas é isso que pessoas assim querem – respondeu Perine, na defensiva.

– Será que querem? Nós queremos isso aqui? – O'Neill apontou para o assentamento isolado. – Era isso que a gente estava buscando naquele dia em que juntamos todo o tungstênio? Ou naquele dia em que dissemos para o caminhão da fábrica que o leite estava... – Ele não conseguia se lembrar do termo.

– Introgado – completou Judith.

– Vamos lá – disse O'Neill. – Vamos começar. Vamos ver o que sobrou dessa fábrica... O que sobrou para nós.

Eles se aproximaram da fábrica em ruínas com a tarde já avançada. Quatro caminhões roncavam trêmulos subindo até a beirada daquele buraco destruído até que pararam, seus motores fumegavam e os escapamentos gotejavam. Cautelosos e alertas, trabalhadores se lançavam lá para baixo e pisavam escrupulosamente nas cinzas ainda quentes.

– Talvez seja cedo demais – contestou um deles.

O'Neill não tinha a menor intenção de esperar.

– Vamos lá – ordenou ele. Sacando uma lanterna, foi entrando na cratera.

A estrutura protegida da fábrica de Kansas City estava bem à frente. Em sua boca arruinada, aquele carrinho de mineração ainda estava preso, mas não mais relutante. Depois do carrinho, havia uma ameaçadora poça escura. O'Neill direcionou sua lanterna para a entrada; os restos emaranhados e pontudos dos suportes verticais eram visíveis.

– Queremos ir até lá no fundo – disse ele a Morrison, que vagueava cuidadosamente ao seu lado. – Se sobrou alguma coisa, está lá no fundo.

Morrison resmungou:

— Esses informantes pentelhos de Atlanta tomaram a maioria das camadas profundas.

— Até os outros arruinarem as minas deles.

O'Neill passou cuidadosamente pela entrada decaída, subiu numa pilha de escombros que fora lançada contra a fenda do lado de dentro e de repente se viu dentro da fábrica — uma imensidão confusa de destroços, sem nenhum padrão ou sentido.

— Entropia — suspirou Morrison, oprimido. — A coisa que eles sempre odiaram. A coisa que foram feitos para combater. Partículas aleatórias por toda parte. Sem nenhum propósito.

— Bem lá embaixo — disse O'Neill, teimoso —, talvez a gente encontre alguns trechos vedados. Eu sei que eles fizeram coisas assim quando estavam se dividindo em seções autônomas, tentando preservar intactas algumas unidades de conserto para reformar a composição da fábrica como um todo.

— Os informantes tomaram a maior parte desses lugares também — observou Morris, mas sem deixar de avançar logo depois de O'Neill.

Atrás deles, os trabalhadores iam chegando lentamente. Uma parte dos destroços se movia de um jeito abominável e uma chuva de fragmentos ainda quentes caiu em cascata.

— Vocês voltem para os caminhões — disse O'Neill. — Não faz sentido a gente ficar em perigo além do necessário. Se o Morrison e eu não voltarmos, podem esquecer a gente. Nem arrisquem mandar uma equipe de resgate. — Enquanto saíam, ele indicou para Morrison uma rampa de descida que ainda estava parcialmente intacta. — Vamos chegar lá embaixo.

Silenciosamente, os dois homens foram passando por níveis completamente mortos, um após o outro. Intermináveis quilômetros de ruínas obscuras que se espalhavam, sem nenhum som ou atividade em volta. As formas vagas daquele maquinário escurecido, as esteiras imóveis e os equipamentos de transporte estavam parcialmente visíveis, e os cascos semiconcluídos de projéteis de guerra devidamente torcidos e envergados pela explosão final.

– Nós podemos recuperar um pouco disso – disse O'Neill, mas ele mesmo não acreditava naquilo de fato; o maquinário estava fundido e amorfo, e tudo na fábrica tinha se desfeito, uma escória derretida sem nenhuma forma ou utilidade. – Quando a gente chegar de volta à superfície...

– Não podemos – contradisse Morrison amargamente. – Nós não temos guindastes nem guinchos. – Ele chutou uma pilha de suprimentos carbonizados que tinham parado numa esteira quebrada e se derramado no meio da rampa.

– Parecia uma boa ideia na época – disse O'Neill enquanto os dois continuavam, deixando para trás andares vazios com máquinas. – Mas, agora, quando olho para trás não tenho tanta certeza assim.

Eles tinham penetrado fundo na fábrica. O último nível se estendia diante deles. O'Neill apontava a lanterna aqui e ali, tentando localizar partes não destruídas, trechos da linha de montagem que ainda estivessem intactos.

Foi Morrison quem sentiu primeiro. Repentinamente, ele caiu de quatro; seu corpo pesado estava pressionado contra o chão, e ele ali deitado, só ouvindo, com o rosto enrijecido e os olhos arregalados.

– Pelo amor de Deus...

– O que é isso? – gritou O'Neill.

Então ele também sentiu. Abaixo deles, uma vibração fraca e insistente murmurava embaixo do chão, um murmúrio constante de atividade. Eles estavam errados; o gavião não tinha sido totalmente bem-sucedido. Lá embaixo, num nível ainda mais profundo, algumas operações limitadas persistiam.

– Por conta própria – resmungou O'Neill, procurando por alguma extensão do elevador de descida – Atividade autônoma, programada para continuar depois que todo o resto tiver se acabado. Como será que a gente faz para descer?

O elevador de descida estava quebrado, bloqueado por uma densa divisória de metal. A camada que ainda vivia debaixo dos pés dele estava completamente isolada; não havia entrada possível.

Correndo de volta pelo caminho por onde tinham vindo, O'Neill chegou à superfície e acenou para o primeiro caminhão.

– Onde está esse maldito maçarico? Passe para cá!

O precioso maçarico foi passado até ele, que se apressou de volta ofegante, adentrando as profundidades da fábrica arruinada onde Morrison o aguardava. Juntos, os dois começaram freneticamente a tentar cortar aquele assoalho de metal todo torto, queimando as camadas vedadas da malha de proteção.

– Está chegando – suspirou Morrison, apertando os olhos sob o brilho do maçarico.

A placa caiu num baque, desaparecendo no nível inferior. Um clarão de luz branca rebentou ao redor deles e os dois homens saltaram para trás.

Naquela câmara isolada, uma atividade furiosa ressoava e ecoava, um processo contínuo de esteiras rolantes, máquinas utilitárias que zumbiam, supervisores mecânicos que se moviam com agilidade. Em uma extremidade, um fluxo ininterrupto de matérias-primas entrava na linha de produção; na extremidade mais distante, o produto final era despejado, inspecionado e encaixado num tubo de transporte.

Tudo isso ficou visível por uma fração de segundo; em seguida, a intrusão foi descoberta. Transmissores robôs entraram em cena. O clarão das luzes piscou e se reduziu. A linha de montagem se congelou até parar, imóvel em sua atividade furiosa.

As máquinas deram um estalo e desligaram; então, tudo ficou silencioso.

Em uma extremidade, uma unidade móvel se desprendeu e correu, subindo a parede na direção do buraco que O'Neill e Morrison tinham aberto. Ela começou a bater com força para fixar uma vedação de emergência no lugar e soldou-a bem apertada, com toda a destreza. A cena que acontecia embaixo tinha desaparecido. Um instante depois, o chão tremeu conforme a atividade foi retomada.

Morrison, com a cara branca e tremendo, voltou-se para O'Neill.

– O que eles estão fazendo? O que eles estão produzindo?
– Não são armas – disse O'Neill.
– Aquelas coisas estão sendo mandadas para cima – gesticulou Morrison convulsivamente –, para a superfície.
Trêmulo, O'Neill ficou de pé com algum esforço e disse:
– Será que a gente consegue encontrar o local de destino?
– Eu... acho que sim.
– É melhor conseguirmos. – O'Neill mirou a lanterna para o alto e foi na direção da rampa de subida. – Nós vamos ter que ver o que são esses agregados de minério que eles estão mandando para cima.

A válvula de saída do tubo de transporte estava escondida num emaranhado de vinhas e ruínas uns 500 metros depois da fábrica. Na fenda de uma rocha ao pé das montanhas, a válvula sobressaía feito um bocal. A 10 metros de distância, era algo invisível; os dois homens estavam quase em cima daquilo quando notaram.

Em intervalos curtos, um agregado de minério irrompia pela válvula e disparava rumo ao céu. O bocal se remexia e alterava o ângulo de desvio; cada agregado de minério era lançado numa trajetória ligeiramente distinta.

– Até onde eles estão indo? – Morrison se perguntou.
– Provavelmente varia. Eles estão sendo distribuídos aleatoriamente. – O'Neill avançou com cautela, e o mecanismo não notou sua presença.

Chumbado contra a elevada parede de rochas havia um agregado de minério todo amarrotado; por acidente, o bocal o havia lançado diretamente na encosta da montanha. O'Neill subiu até lá, pegou o agregado e pulou de volta para baixo.

O agregado era um contêiner de maquinário esmagado, com elementos metálicos diminutos, minúsculos demais para serem analisados sem um microscópio.

– Não é uma arma – disse O'Neill.

O cilindro tinha se partido. A princípio, ele não conseguia identificar se fora por causa do impacto ou apenas devido a mecanismos internos operando deliberadamente. A partir da fenda, escorria um limo com pedaços de metal. Agachando-se, O'Neill pôs-se a examiná-los.

Os pedaços estavam se movendo. Um maquinário microscópico, menor do que meras formigas ou alfinetes, que trabalhavam de maneira enérgica e propositada – construindo algo que parecia um retângulo minúsculo de aço.

– Eles estão construindo – disse O'Neill, aterrorizado.

Ele se levantou e começou a rondar por ali. Mais para o lado, na extremidade mais afastada daquela fossa, ele deparou com um agregado de minério bastante avançado em sua construção. Aparentemente, fora lançado havia algum tempo.

Esse exemplar tinha progredido o bastante para ser identificado. Mesmo tão diminuta como era, a estrutura parecia familiar. Aquele maquinário estava construindo uma réplica em miniatura da fábrica demolida.

– Bom – disse O'Neill, reflexivo –, estamos de volta ao ponto de partida. Se isso é bom ou ruim... eu não sei.

– Acho que eles devem estar por toda a Terra a esta altura – disse Morrison. – Pousando por toda parte e começando a trabalhar.

Um pensamento atingiu O'Neill:

– Talvez alguns deles estejam ajustados para a velocidade de fuga. Isso seria engenhoso... redes autofab espalhadas por todo o universo.

Ao lado dele, o bocal continuava a jorrar sua torrente de sementes de metal.

Introdução de Jessica Mecklenburg

**TÍTULO DO CONTO E DO EPISÓDIO:
HUMAN IS [HUMANO É]**

JESSICA MECKLENBURG *é roteirista e produtora, mais conhecida por seu trabalho na série* Stranger Things, *sucesso da Netflix. Ela também trabalhou como supervisora de produção e roteirista em* Ressurreição *e* Being Mary Jane. *Mecklenburg acaba de encerrar a primeira temporada de* Gypsy, *uma parceria entre a Universal Television e a Netflix, em que atuou como coprodutora executiva.*

Eu sempre reagi às profecias evocativas de Philip K. Dick e às suas profundas – por vezes até perturbadoras – jornadas psicológicas. Temas e metáforas retumbantes encontram lugar em sua linguagem reservada. Mas o apuro de Jill Herrick em "Humano é" ecoou profundamente em mim. O desejo palpável que ela manifesta de se conectar com seu marido Lester num nível mais emocional me tocou fundo, e suspeito que muita gente vá sentir a mesma coisa ao ler o conto. Esta era a genialidade de PKD apresentar uma verdade existencial diante de circunstâncias cruéis, provocativas e inovadoras.

Em "Humano é", estamos situados na Terra. Trata-se de um lugar mais militarizado do que jamais conhecemos, porque os elementos de que precisamos para sobreviver vêm com um preço: a nossa espécie ou a deles. Enquanto nossos personagens lutam com as implicações éticas de uma guerra intergaláctica, os verdadeiros interesses do conto continuam sendo emocionais e universais.

Na tentativa de adaptar "Humano é" para a série *Electric Dreams*, o desafio estava em atualizar o mundo de Jill e Lester sem alterar o anseio, a desconexão e, basicamente, a beleza da ligação cada vez mais intensa de nossos personagens principais quando Lester retorna de Rexor IV. Muito do conto soa relevante, senão crucial, para nosso entendimento do mundo de hoje. Na verdade, é surpreendente como a obra de PKD parece essencial. Embora o conto original não se passe num tempo especificado, a história tem uma qualidade atemporal. Optamos por ambientar nossa versão em 2520. Reinventei Jill e Lester, rebatizando-os de Vera e Silas, ao mesmo tempo que mantive tanto quanto possível as nuances e a emoção honesta do conto original de PKD.

"Humano é" explora a seguinte questão central: o que significa ser humano? Sem entregar muito, ao longo da produção passamos a nos referir a Silas como Silas Rex depois de sua volta de Rexor IV. A ironia é que, em latim, *rex* significa "rei". O conto é um daqueles exemplos que traz a quintessência de PKD, ao passo que também é, paradoxalmente, uma fábula admonitória e profundamente carregada de esperança. Silas Rex representa o possível futuro da humanidade. Afinal, à medida que a evolução, a inovação e a tecnologia colidem inevitavelmente, uma verdade fundamental permanece: ser humano significa amar.

Humano é

Os olhos azuis de Jill Herrick se encheram de lágrimas. Ela olhou para seu marido com um horror inexprimível.
– Você é... você é horrível – lamentou ela.

Lester Herrick continuou trabalhando, arrumando montes de anotações e gráficos em pilhas bem organizadas.
– Horrível – afirmou ele – é um julgamento de valor. Não contém nenhuma informação factual. – Ele mandou um relatório em fita sobre a vida parasitária em Centaurus, que partiu zunindo de seu escâner de mesa. – Meramente uma opinião. Uma expressão de emoção, nada mais.

Jill voltou hesitante para a cozinha. Com indiferença, ela deu um aceno para colocar o fogão em atividade. Esteiras rolantes na parede começaram a sussurrar, voltando à vida e manejando os alimentos dos armários subterrâneos de estocagem para a refeição da noite.

Ela virou o rosto na direção de seu marido uma última vez:
– Nem mesmo um pouquinho? – implorou ela. – Nem mesmo...
– Nem por um mês sequer. Quando ele chegar, você pode lhe dizer. Se não tiver coragem, faço eu mesmo. Não posso ter uma criança correndo para cima e para baixo aqui. Tenho muito trabalho a fazer. Tenho que entregar esse relatório sobre Betelgeuse XI daqui a dez dias. – Lester colocou no escâner uma bobina sobre

equipamentos fósseis de Fomalhaut. – O que tem de errado com o seu irmão? Por que ele não pode tomar conta do próprio filho?

Jill tocou em seus olhos inchados.

– Você não entende? Eu quero o Gus aqui! Implorei para o Frank deixá-lo vir. E agora você...

– Vou ficar satisfeito quando ele tiver idade suficiente para ser devolvido ao governo. – O rosto fino de Lester se contorceu de aborrecimento. – Caramba, Jill, o jantar ainda não está pronto? Já faz dez minutos! O que tem de errado com esse fogão?

– Está quase pronto. – O fogão acendeu uma luz vermelha de alerta; o empregado-robô tinha saído da parede e aguardava ansiosamente para pegar a comida.

Jill sentou-se e assoou seu pequeno nariz com violência. Na sala, Lester continuava trabalhando imperturbável. Seu trabalho. Sua pesquisa. Dia após dia. Lester estava se dando bem, disso não havia dúvidas. Seu corpo enxuto estava envergado feito uma mola sobre o escâner de fita; os olhos acinzentados e frios recebiam aquelas informações de um jeito febril, analisando e avaliando, suas faculdades conceituais operando igual a um maquinário bem lubrificado.

Os lábios de Jill tremulavam de pesar e ressentimento. O Gus... o pequeno Gus. Como ela poderia contar a ele? Mais lágrimas se acumularam em seus olhos. Nunca mais veria aquela criaturinha rechonchuda de novo. Ele nunca mais poderia voltar... porque aquelas brincadeiras e sua risada infantil incomodavam Lester. Atrapalhavam sua pesquisa.

O fogão deu um clique e ficou verde. A comida deslizou para fora, direto para os braços do empregado-robô. Toques suaves soaram anunciando o jantar.

– Já ouvi – chiou Lester; ele desligou o escâner e ficou de pé.

– Imagino que ele vá chegar enquanto a gente estiver comendo.

– Posso chamar o Frank por vídeo e perguntar...

– Não. É melhor acabar logo com isso. – Lester acenou, impaciente, para o empregado-robô. – Tudo bem. Pode servir. – Seus lábios finos dispararam num tom irritado. – Caramba, pare de enrolar! Quero voltar para o meu trabalho!

Jill engoliu suas lágrimas.

O pequeno Gus entrou na casa quando eles estavam terminando o jantar.

Jill deu um grito de alegria.

– Meu Gus! – Ela correu para erguê-lo num abraço. – Estou tão feliz em te ver!

– Cuidado com o meu tigre – murmurou Gus, e largou no tapete seu gatinho cinza, que logo se apressou para entrar debaixo do sofá. – Ele está se escondendo.

Os olhos de Lester faiscaram enquanto analisava o garotinho e aquela ponta de uma cauda cinza que se estirava embaixo do sofá.

– Por que você chama isso de tigre? Não passa de um gato de rua.

Gus pareceu magoado. E fez cara feia.

– Ele é um tigre. Ele tem listras.

– Tigres são amarelos e bem maiores do que isso. Você também pode aprender a classificar as coisas com seus nomes corretos.

– Lester, por favor – insistiu Jill.

– Fique quieta – o marido lhe disse, furiosamente. – O Gus já tem idade o bastante para se livrar dessas ilusões infantis e desenvolver uma percepção realista. O que tem de errado com os verificadores psicológicos? Eles não resolvem de uma vez esse tipo de bobagem?

Gus saiu correndo e agarrou seu tigre de uma só tacada.

– Deixe-o em paz!

Lester contemplou o bichano. Um sorriso frio e estranho rondou seus lábios.

– Desça para o laboratório algum dia, Gus. Vamos te mostrar um monte de gatos. Nós os usamos em nossas pesquisas. Gatos, porquinhos-da-índia, coelhos...

– Lester! – suspirou Jill. – Como você consegue?!

Lester deu uma gargalhada dissimulada, então se interrompeu bruscamente e voltou para sua mesa.

– Agora suma daqui. Tenho que terminar estes relatórios. E não se esqueça de contar para o Gus.

Gus ficou todo empolgado.

– Me contar o quê? – perguntou, com as bochechas coradas e os olhos acesos. – O que é? Tem alguma coisa para mim? Um segredo?

O coração de Jill parecia de chumbo. Ela colocou a mão pesadamente sobre o ombro do garoto.

– Venha, Gus. Vamos sentar lá fora no jardim e eu te conto. Traga... traga o seu tigre.

Um clique. O emissor de vídeo de emergência se acendeu. No mesmo instante, Lester ficou de pé:

– Fiquem quietos! – Ele correu até o emissor, respirando afobadamente. – Ninguém dê um pio!

Jill e Gus pararam na porta. Uma mensagem confidencial deslizava pela fenda até a bandeja. Lester apanhou-a e rompeu o lacre. Ele se pôs a averiguá-la com atenção.

– O que é? – perguntou Jill. – Alguma má notícia?

– Má notícia? – O rosto de Lester se iluminou com um profundo brilho interno. – Não, nem um pouco ruim! – Ele lançou um olhar para seu relógio. – Bem a tempo. Vamos, vou precisar de...

– O que é?

– Vou viajar. Devo ficar fora por duas ou três semanas. Rexor IV está na área de abrangência.

– Rexor IV? Você vai para lá? – Jill apertou as mãos com empolgação. – Ah, eu sempre quis viajar para um sistema antigo, com ruínas e cidades antigas! Lester, posso ir junto? Posso ir com você? A gente nunca tira férias, e você sempre prometeu...

Lester Herrick encarou a esposa com espanto.

– Você? – disse ele. – Você quer vir junto? – continuou, dando uma gargalhada desagradável. – Agora vá depressa juntar as minhas coisas. Faz tempo que estou esperando por isso. – Ele esfregou as mãos, todo satisfeito. – Você pode ficar com o menino aqui até eu voltar. Mas não mais do que isso. Rexor IV! Mal posso esperar!

* * *

– Você tem que fazer concessões – disse Frank. – **Afinal de contas, ele é um cientista.**

– Eu não ligo – disse Jill. – Vou me separar. Assim que ele voltar de Rexor IV. Já tomei minha decisão.

O irmão estava em silêncio, absorto em seus pensamentos. Ele esticou o pé para fora até o gramado do pequeno jardim.

– Bom, se deixá-lo, vai ficar livre para se casar de novo. Você ainda está classificada como sexualmente adequada, não está?

Jill acenou com a cabeça, cheia de convicção.

– Pode apostar que sim. Eu não teria nenhum problema com isso. Quem sabe eu até consiga encontrar alguém que goste de crianças!

– Você pensa demais em crianças – apontou Frank. – O Gus adora vir te visitar. Mas ele não gosta do Lester. O Les implica com ele.

– Eu sei. Essa última semana foi o paraíso sem ele aqui. – Jill ajeitou seus cabelos loiros e macios, corando graciosamente. – Eu me diverti. Isso faz com que eu me sinta viva de novo.

– Quando ele volta?

– Qualquer dia desses. – Jill cerrou seus punhos diminutos. – Faz cinco anos que estamos casados e só piora a cada ano que passa. Ele é tão... tão desumano. Totalmente frio e impiedoso. Ele e seu trabalho. Dia e noite.

– O Les é ambicioso. Quer chegar ao topo da área dele. – Frank acendeu um cigarro devagar. – Uma pessoa ambiciosa. Bom, talvez ele consiga. Com o que ele trabalha mesmo?

– Toxicologia. Ele desenvolve novos venenos para os militares. Ele inventou aquela cal dérmica de sulfato de cobre que usaram contra Callisto.

– É uma área restrita. Olhe para o meu caso. – Frank se recostou alegremente na parede da casa. – Existem milhares de advogados de Liberação. Eu poderia trabalhar por anos sem nunca causar uma perturbação. Fico contente só de existir. Faço o meu trabalho. E gosto disso.

– Quem me dera se o Lester fosse assim.

– Talvez ele mude.

– Ele nunca vai mudar – disse Jill, amargurada. – Eu sei disso muito bem. É por isso que estou decidida a deixá-lo. Ele vai continuar o mesmo para sempre.

Lester Herrick voltou de Rexor IV completamente diferente. Radiando alegria, ele depositou sua maleta cinza nos braços do empregado-robô que aguardava.

– Obrigado.

Jill arquejou pasma:

– Les! O que...

Lester mexeu seu chapéu, inclinando-o levemente.

– Bom dia, minha querida. Você está linda. Seus olhos estão claros e azuis. Brilhando feito um lago virgem, abastecido por riachos montanhosos. – Ele farejou o ar. – Estou sentindo o cheiro de uma deliciosa refeição sendo aquecida no forno?

– Oh, Lester! – Jill piscou indecisa, com uma vaga esperança inchando seu peito. – Lester, o que aconteceu com você? Você está tão... tão diferente.

– Estou, querida? – Lester se moveu pela casa, tocando as coisas e dando suspiros. – Que casinha mais adorável. Tão encantadora e amigável. Você não sabe o quanto é maravilhoso estar aqui. Pode acreditar em mim.

– Tenho medo de acreditar mesmo – disse Jill.

– Acreditar em quê?

– Que você está dizendo tudo isso mesmo. Que não está daquele jeito que era. Do jeito que você sempre foi.

– Que jeito é esse?

– Malvado. Malvado e cruel.

– Eu? – Lester franziu a testa, esfregando os lábios. – Hmm, interessante! – Ele se abrilhantou. – Bom, isso ficou no passado. O que temos para o jantar? Estou morrendo de fome.

Jill olhou para ele, incrédula, enquanto ia para a cozinha.

— O que você quiser, Lester. Você sabe que nosso fogão contém a maior lista de opções disponível.

— É claro — Lester deu uma tossida ligeira. — Bom, será que podemos experimentar um bife médio de lombo, cozido com cebolas? Com molho de cogumelos. E pãezinhos brancos. Com café bem quente. Talvez um sorvete e torta de maçã de sobremesa.

— Você nunca pareceu se importar muito com a comida — disse Jill, reflexiva.

— Oh?

— Você sempre disse que esperava que algum dia tornassem a ingestão intravenosa aplicável universalmente. — Ela analisou seu marido com atenção. — Lester, o que aconteceu?

— Nada. Absolutamente nada. — Lester sacou seu cachimbo de maneira descuidada e o acendeu rapidamente, de um jeito meio estranho; pedaços de tabaco foram parar no tapete, e ele se abaixou com certo nervosismo, tentando pegá-los de volta. — Por favor, continue com suas tarefas e não se incomode comigo. Talvez eu possa te ajudar a preparar... quer dizer, tem algo que eu possa fazer para ajudar?

— Não — disse Jill. — Eu cuido disso. Você pode continuar trabalhando, se quiser.

— Trabalhar?

— Na sua pesquisa. Com as toxinas.

— Toxinas! — Lester demonstrou certa confusão. — Ah, pelo amor de Deus! Toxinas! Que o diabo as tenha!

— O que foi, querido?

— Quer dizer, eu estou me sentido tão cansado agora. Vou trabalhar mais tarde. — Lester se deslocou vagamente pelo cômodo. — Acho que vou só me sentar e ficar curtindo a minha volta para casa. Longe daquele lugar horrível que é Rexor IV.

— Foi péssimo assim?

— Medonho. — Um espasmo de repulsa percorreu o rosto de Lester. — Tudo seco e morto. Antigo. Reduzido a uma massa por causa do vento e do sol. Um lugar pavoroso, minha querida.

— Sinto muito em saber disso. Eu sempre quis visitar esse lugar.

– Deus me livre! – gritou Lester, todo sensível. – Você fica bem aqui, querida. Comigo. Só... só nós dois. – Seus olhos vaguearam pela sala. – Nós dois, sim. A Terra é um planeta maravilhoso. Úmido e cheio de vida. – Ele luziu, todo contente. – Como deve ser.

– Não consigo entender – disse Jill.
– Repita todas as coisas de que você se lembra – disse Frank; seu lápis-robô se postou em alerta. – As mudanças que você notou nele. Fiquei curioso.
– Por quê?
– Sem motivo. Continue. Você disse que percebeu logo de cara? Que ele estava diferente?
– Eu percebi na hora. A expressão no rosto dele. Não era aquele olhar duro e prático. Um olhar meio doce. Relaxado. Tolerante. Uma espécie de calma.
– Entendi – disse Frank. – O que mais?
Jill espiou, nervosa, para dentro da casa pela porta dos fundos.
– Ele não pode ouvir a gente, não é?
– Não. Ele está lá dentro brincando com o Gus. Na sala. Hoje eles viraram homens-lontra venusianos. Seu marido construiu um escorregador para lontras lá no laboratório dele. Eu vi enquanto ele montava tudo.
– A fala dele.
– O quê?
– O jeito como ele fala. As palavras que escolhe. Palavras que ele nunca usou antes. Novas frases inteiras. Metáforas. Nunca ouvi uma metáfora saindo da boca dele nesses cinco anos em que estivemos juntos. Ele dizia que metáforas eram inexatas. Enganosas. E...
– E o quê? – O lápis rabiscava ativamente.
– E são palavras esquisitas. Palavras antigas. Palavras que a gente não ouve mais.
– Uma fraseologia arcaica? – perguntou Frank, cheio de tensão.
– Sim. – Jill dava passos para a frente e para trás no pequeno

gramado, com as mãos nos bolsos de seus shorts de plástico. – Palavras formais. Uma coisa que parece...

– Que parece ter saído de um livro?

– Exatamente! Você também percebeu?

– Percebi. – O rosto de Frank estava severo. – Continue.

Jill parou de andar de um lado a outro.

– O que você tem em mente? Tem alguma teoria?

– Quero saber mais fatos.

Ela refletiu um pouco.

– Ele brinca. Com o Gus. Ele brinca e faz piadas. E ele... está comendo.

– Ele não comia antes?

– Não do jeito como está comendo agora. Agora ele ama comida. Vai para a cozinha e fica experimentando combinações sem fim. Ele e o forno ficam juntos cozinhando todo tipo de coisa esquisita.

– Achei que ele engordou um pouco.

– Ele já ganhou quase cinco quilos. Ele come, sorri, dá gargalhadas. É educado o tempo todo. – Jill olhou ao longe, com certa falsa modéstia. – Ele é até... romântico! Ele sempre dizia que isso era irracional. E não está interessado no trabalho. Na sua pesquisa com as toxinas.

– Estou entendendo. – Frank mordeu o próprio lábio. – Algo mais?

– Uma coisa me intriga muito. Notei isso repetidamente.

– O que é?

– Ele parece ter lapsos estranhos de...

Houve uma explosão de risadas. Lester Herrick, com os olhos brilhando de alegria, saiu da casa correndo, com o pequeno Gus logo atrás.

– Nós temos um anúncio a fazer! – gritou Lester.

– Um anunzo! – repetiu Gus.

Frank recolheu suas anotações e colocou-as no bolso de seu casaco. O lápis se apressou atrás deles. Ele se pôs de pé lentamente.

– O que foi?

– Diga você – disse Lester, pegando a mão do pequeno Gus e conduzindo-o para a frente.

A cara rechonchuda de Gus se ergueu em concentração.

– Vou vir morar aqui com vocês – afirmou ele, e ficou observando ansiosamente a expressão de Jill. – O Lester disse que eu posso. Eu posso? Eu posso, tia Jill?

O coração dela se inundou com uma alegria incrível. Ela lançava olhares de Gus para Lester.

– Vocês... vocês estão falando sério mesmo? – Quase não dava para ouvir a voz dela.

Lester colocou seus braços em volta da mulher, segurando-a bem perto de si:

– É claro que estamos falando sério – disse ele, gentilmente; seu olhar era cálido e compreensivo. – Nós nunca iríamos te provocar assim, querida.

– Sem provocar! – gritou Gus, todo empolgado. – Sem mais provocações! – Ele, Lester e Jill ficaram bem perto um do outro.

– Nunca mais!

Frank se afastou um pouco, com o rosto um tanto soturno. Jill reparou nele e se distanciou dos dois repentinamente.

– O que foi? – titubeou ela. – Tem alguma coisa...

– Depois que vocês tiverem terminado – Frank disse a Lester Herrick –, eu gostaria que você viesse comigo.

Jill sentiu um aperto no coração.

– O que foi? Posso ir também?

Frank balançou a cabeça. E se moveu na direção de Lester com um jeito ameaçador.

– Venha, Herrick. Vamos lá. Você e eu vamos fazer uma viagenzinha.

Os três Agentes Federais de Liberação assumiram suas posições a uma curta distância de Lester Herrick, segurando seus vibrotubos em alerta.

Douglas, o diretor de Liberação, avaliou Herrick por um longo momento, até que, por fim, disse:

– Você tem certeza?

– Absoluta – afirmou Frank.

– Quando foi que ele voltou de Rexor IV?

– Faz uma semana.

– E a mudança foi notável imediatamente?

– A mulher dele notou assim que o viu. Não há dúvidas de que aconteceu mesmo em Rexor. – Frank fez uma pausa significativa. – E você sabe muito bem o que isso implica.

– Sei, sim. – Douglas andou lentamente ao redor do homem sentado, examinando-o de todos os ângulos possíveis.

Lester Herrick estava sentado, quieto, com seu casaco dobrado habilmente sobre o joelho. As mãos descansavam sobre sua bengala revestida de marfim, o rosto estava calmo e sem expressão. Ele usava um paletó cinza-claro, uma gravata discreta, abotoaduras e sapatos pretos brilhosos. E não disse nada.

– Os métodos deles são simples e precisos – disse Douglas. – Os conteúdos psíquicos originais são removidos e armazenados... ficam numa espécie de suspensão. A inserção dos conteúdos do substituto é instantânea. Lester Herrick provavelmente estava fuçando nas ruínas da cidade de Rexor, ignorando as precauções de segurança para usar proteção ou anteparo manual, e eles o pegaram.

O homem sentado se mexeu.

– Eu gostaria bastante de me comunicar com a Jill – murmurou ele. – Com certeza ela deve estar bem ansiosa.

Frank se virou para o outro lado, seu rosto engasgado com certa repugnância.

– Meu Deus. Ele continua fingindo.

O diretor Douglas precisou de grande esforço para se conter.

– Com certeza é algo incrível. Nenhuma mudança física. Você pode olhar para isso e nunca notar. – Ele foi na direção do homem sentado, com o rosto rígido. – Ouça aqui, seja lá como você chame a si mesmo. Você consegue entender o que eu digo?

– É claro – respondeu Lester Herrick.

– Achou mesmo que ia conseguir se safar dessa? Nós pegamos os outros, os que tentaram antes de você. Todos os dez casos anteriores.

Mesmo antes de eles chegarem aqui. – Douglas arreganhou os dentes com frieza. – Todos levaram vibro-raios, um após o outro.

A cor parecia ter abandonado o rosto de Lester Herrick. Suor brotou em sua testa, que ele secou com um lenço de seda que trazia no bolso de lapela.

– Oh? – murmurou ele.

– Você não está enganando a gente. Toda a Terra está em alerta contra vocês, rexorianos. Fico surpreso que tenha conseguido sair de Rexor. O Herrick deve ter sido extremamente descuidado. Nós paramos os outros a bordo de suas naves. Foram fritos ainda no espaço profundo.

– O Herrick tinha uma nave privada – murmurou o homem sentado. – Ele desviou da estação de verificação ao entrar. Não existia nenhum registro de sua chegada. Ele nunca foi controlado.

– Frite esse negócio! – chiou Douglas; os três agentes de Liberação ergueram seus tubos e avançaram.

– Não – disse Frank, balançando a cabeça. – Nós não podemos. É uma situação ruim.

– O que você quer dizer? Por que não podemos? Mas nós fritamos os outros...

– Eles foram pegos no espaço profundo. Aqui é a Terra. Aplica-se a lei terráquea, e não a lei militar. – Frank acenou na direção do homem sentado. – E está dentro de um corpo humano. É considerado dentro das leis civis normais. Nós temos é que provar que ele não é Lester Herrick, e sim um infiltrado rexoriano. Vai ser difícil, mas é algo que pode ser feito.

– Como?

– Pela mulher dele. A esposa de Herrick. Com o depoimento dela. Jill Herrick pode assegurar a diferença entre Lester Herrick e essa coisa. Ela sabe muito bem, e acho que podemos sustentar isso no tribunal.

Já era fim de tarde. Frank foi conduzindo lentamente seu veículo de superfície. Nem ele nem Jill disseram nada.

– Então é isso – falou Jill, por fim; o rosto dela estava acinzentado, os olhos, secos e brilhantes, sem nenhuma emoção. – Eu sabia que era bom demais para ser verdade. – Ela tentou sorrir. – Ele parecia tão maravilhoso.

– Eu sei – respondeu Frank. – É uma coisa maldita, terrível. Se ao menos...

– Por quê? – disse Jill. – Por que ele... por que ele fez isso? Por que pegou o corpo do Lester?

– Rexor IV é um planeta antigo. Morto. Um planeta que está morrendo. A vida está arrefecendo por lá.

– Agora eu me lembro. Ele... a coisa disse algo assim. Alguma coisa sobre Rexor. Que ele estava contente de ter escapado de lá.

– Os rexorianos são uma raça antiga. Os poucos que restam estão debilitados. Estão tentando migrar há séculos, mas seus corpos são fracos demais. Alguns até tentaram migrar para Vênus... e morreram na mesma hora. Daí bolaram esse sistema faz mais ou menos um século.

– Mas ele sabe de tanta coisa. A nosso respeito. Até fala a nossa língua.

– Não exatamente. As mudanças que você mencionou. Essa dicção esquisita. Os rexorianos têm apenas um conhecimento vago sobre os seres humanos, entende? Uma espécie de abstração ideal, tirada de objetos terráqueos que foram parar em Rexor, principalmente livros. Dados secundários desse gênero. A ideia que os rexorianos fazem da Terra é baseada em literatura terráquea de séculos atrás. Ficções românticas do nosso passado. A língua, os costumes e os modos foram tirados de antigos livros terráqueos. Isso explica a qualidade arcaica meio estranha dessa coisa. Ele estudou a Terra, tudo bem. Só que de um jeito indireto e enganoso. – Frank deu um sorriso irônico. – Os rexorianos estão uns duzentos anos atrás do nosso tempo, o que é um grande intervalo para nós. É assim que conseguimos identificá-los.

– Esse tipo de coisa é... comum? Acontece com frequência? Parece ser inacreditável! – Jill esfregou a própria testa com certo cansaço. – Algo meio de sonho. É difícil compreender que aconteceu de fato. Estou só começando a entender o que isso significa.

– A galáxia está cheia de formas alienígenas de vida. Entidades parasitárias e destrutivas. A ética terráquea não se aplica a eles. Cabe a nós nos proteger constantemente desse tipo de coisa. O Lester chegou lá na maior inocência... e essa coisa acabou expulsando-o e dominando seu corpo.

Frank lançou um olhar para a irmã. O rosto de Jill não tinha nenhuma expressão. Uma carinha austera, de olhos arregalados, mas serena. Ela sentou, endireitando-se e com o olhar fixo à frente. Da forma que está, parece que ela está encarando algo, mas imagino que ela está olhando pro nada, com as mãos diminutas calmamente dobradas em seu colo.

– Nós podemos cuidar disso para que você não precise ir até o tribunal de fato – continuou Frank. – Você pode mandar uma declaração por vídeo e ela será apresentada como prova. Estou certo de que a sua declaração deve bastar. Os tribunais federais vão nos ajudar com tudo o que puderem, mas eles precisam ter alguma prova para seguir adiante.

Jill estava em silêncio.

– O que você acha disso? – perguntou Frank.

– E o que acontece depois que o tribunal tomar sua decisão?

– Depois disso a gente o acerta com vibro-raios, para destruir a mente rexoriana. Uma patrulha terráquea em Rexor IV envia uma equipe para localizar... ahn... os conteúdos originais.

Jill suspirou. Ela se virou para seu irmão com espanto.

– Você quer dizer que...

– Ah, sim. O Lester está vivo. Em suspensão, em algum lugar em Rexor. Em alguma das antigas ruínas da cidade velha. Vamos ter que forçá-los a devolvê-lo. Eles não vão querer fazer isso, mas vão acabar cedendo. Já aconteceu antes. Aí ele estará de volta para você. São e salvo. Como era antes. E esse pesadelo terrível que você está vivendo vai virar coisa do passado.

– Entendi.

– Aqui estamos nós. – O veículo foi parando antes do imponente Prédio de Liberação Federal; Frank logo saiu, segurando a porta para sua irmã, enquanto Jill foi descendo lentamente. – Tudo bem? – perguntou Frank.

– Tudo bem.

Assim que entraram no prédio, agentes de Liberação começaram a conduzi-los pelos anteparos de checagem, seguindo pelos longos corredores. Os sapatos de salto alto de Jill ecoavam em meio ao silêncio ameaçador.

– Um lugar e tanto – observou Frank.

– Não é nada amigável.

– Considere como se fosse uma delegacia promovida. – Frank parou; diante deles havia uma porta com guardas.

Jill recuou, com o rosto retorcido de pânico.

– Eu...

– Podemos esperar até você se sentir preparada. – Frank fez um sinal para o agente de Liberação sair dali. – Eu entendo. É um negócio meio do mal.

Jill ficou parada por um momento, de cabeça baixa. Ela respirou fundo; seus punhos pequeninos se fecharam. Seu queixo se ergueu, empinado e firme.

– Tudo bem.

– Você está pronta?

– Sim.

Frank abriu a porta.

– Aqui estamos.

O diretor Douglas e os três agentes de Liberação se viraram ansiosamente quando Jill e Frank entraram.

– Que bom – murmurou Douglas, com certo alívio. – Eu estava começando a ficar preocupado.

O homem sentado se pôs de pé devagar, pegando seu casaco. Segurou com firmeza na bengala com topo de marfim, com as mãos tensas. Ele não disse nada. Ficou assistindo em silêncio enquanto a mulher entrava na sala, com Frank logo atrás.

– Esta é a sra. Herrick – disse Frank. – Jill, este é o Douglas, diretor de Liberação.

– Já ouvi falar de você – disse Jill vagamente.

– Então você já conhece nosso trabalho.

– Sim. Conheço o trabalho de vocês.

– Esta é uma situação lamentável. Já aconteceu antes. Não sei até onde o Frank lhe contou a respeito...

– Ele me explicou a situação.

– Que bom. – Douglas estava aliviado. – Fico feliz com isso. Não é algo fácil de explicar. Então você entende o que queremos. Os casos anteriores foram pegos no espaço profundo. Nós os acertamos com vibrotubos e pegamos de volta os conteúdos originais. Mas, desta vez, precisamos trabalhar pelas vias legais. – Douglas pegou um gravador de vídeo. – Vamos precisar da sua declaração, sra. Herrick. Como não houve nenhum dano físico, não temos provas diretas para demonstrar nosso caso. Vamos contar apenas com o seu depoimento de alteração de caráter para apresentar ao tribunal.

Ele esticou o gravador de vídeo. Jill pegou-o lentamente.

– Não há dúvidas de que a sua declaração vai ser aceita pelo tribunal. Eles vão nos conceder a autorização que queremos, e então poderemos dar continuidade. Se tudo acontecer corretamente, esperamos ser capazes de reordenar as coisas exatamente do jeito que eram antes.

Jill encarava silenciosamente o homem parado no canto, com o casaco e a bengala com ponta de marfim.

– Antes? – perguntou ela. – O que você quer dizer com isso?

– Antes da mudança.

Jill se virou para o diretor Douglas. Calmamente, ela baixou o gravador de vídeo, colocando-o sobre a mesa.

– De que mudança você está falando?

Douglas empalideceu. E lambeu os próprios lábios. Todos os olhares da sala acompanhavam Jill.

– As mudanças ocorridas nele – respondeu, apontando para o homem.

– Jill! – ladrou Frank. – O que há com você? – Ele foi rapidamente na direção dela. – Que diabos você está fazendo? Sabe muito bem de que mudança nós estamos falando!

– Que esquisito – disse Jill, pensativa. – Eu não notei nenhuma mudança.

Frank e o diretor Douglas se entreolharam.

– Não estou entendendo – resmungou Frank, atordoado.

– Sra. Herrick... – Douglas começou a falar.

Jill foi andando até o homem que estava calmamente de pé no canto da sala.

– Podemos ir embora agora, querido? – perguntou ela, e segurou em seu braço. – Ou meu marido tem algum outro motivo para ficar aqui?

O homem e a mulher foram andando em silêncio pela rua escura.

– Venha – disse Jill. – Vamos para casa.

O homem lançou um olhar para ela.

– É uma bela tarde – disse ele, e respirou fundo, enchendo seus pulmões. – A primavera está chegando... me parece. Não é mesmo?

Jill acenou com a cabeça. Ele continuou:

– Eu não estava muito certo. É um cheiro bom. As plantas e o solo e as coisas brotando.

– Sim.

– Nós vamos andando? Fica longe?

– Não muito longe.

O homem olhou atentamente para ela, com uma expressão séria no rosto.

– Devo muito a você, minha querida – disse ele.

Jill acenou com a cabeça.

– Eu gostaria de te agradecer. Devo admitir que eu não esperava por uma...

Jill virou-se bruscamente.

– Qual é o seu nome? O seu nome de verdade.

Os olhos acinzentados do homem cintilaram. Ele sorriu ligeiramente; era um sorriso amável e gentil.

– Suspeito que você não vá conseguir pronunciar. Os sons não podem ser formados...

Jill permaneceu em silêncio enquanto eles caminhavam, mergulhada em seus pensamentos. As luzes da cidade iam se acendendo aos poucos em volta deles; pontos amarelos brilhantes em meio à escuridão.

– Em que você está pensando? – perguntou o homem.

– Eu estava pensando que talvez eu vá continuar chamando você de Lester – disse Jill. – Se você não se incomodar.

– Eu não me incomodo – respondeu o homem.

Ele colocou o braço em volta dela, trazendo-a para perto de si. Então olhou para baixo afetuosamente, enquanto os dois atravessavam aquele breu que ia ficando mais espesso, por entre as luzes amareladas que marcavam o caminho.

– O que você quiser. Qualquer coisa que te faça feliz.

Introdução
Tony Grisoni

TÍTULO DO CONTO: ARGUMENTO DE VENDA
TÍTULO DO EPISÓDIO: CRAZY DIAMOND [DIAMANTE ABSURDO]

Tony Grisoni, *roteirista e diretor, é conhecido por* Medo e delírio em Las Vegas, Southcliffe *e* Neste mundo, *além da trilogia* Red Riding. *Atualmente, trabalha na adaptação do romance* A cidade e a cidade, *de China Mieville, para uma série de TV na BBC.*

Alguns anos atrás, quando eu estava pesquisando a vida de Philip K. Dick, deparei com um pequeno sapo verde imóvel em cima do chuveiro. Toda manhã o sapo estava lá, na mesma posição. Fiquei receoso de que ele pudesse cair em mim caso pulasse dali – só de pensar naquele corpo anfíbio úmido! –, mas ele continuou inerte. Por três dias. Então, no terceiro dia, examinei sua cara bem de perto e fiquei pensando como havia certa semelhança com PKD quando ele se moveu pela primeira vez, virou sua cabecinha verde e me encarou de volta. Decidi que era hora de ir embora.

PKD escreveu "Argumento de venda" para a revista *Future Science Fiction* em 1954. O conto descreve a vida estagnada levada por Ed e Sally. O percurso tedioso de Ed, de Ganimedes para a Terra, atormentado por propagandas intrusivas, não está a anos-luz de distância da experiência cotidiana de deslocamento de muitos trabalhadores deste século XXI, marcado pela vigilância e pelo consumismo desenfreado que invadiram os recônditos mais privados de nossas vidas. O sonho de Ed de refazer a vida nos novos mundos de Proxima Centauri continua sendo o que é: uma fantasia de escapismo. Enquanto isso, Sally, a esposa de Ed, abre a porta de casa a um "aicad" – um robô doméstico que tem a resposta para todos os problemas que seu proprietário possa encontrar. O que começa com um flerte engraçado, ainda que insistente, vai crescendo até se tornar um embuste completo, conforme o aicad tenta se vender. O robô intruso aterroriza o casal humano e, num esforço para exorcizar o aicad, Ed encara uma desafortunada jornada rumo a Proxima.

A história é fortemente embasada no florescente consumismo dos anos 1950, mas há também algo de comovente nesse casal massacrado pelas forças do mercado. Ed e Sally são confiantes, estoicos e esperançosos; não pedem muita coisa, mas tudo o que recebem é a labuta e a escravidão econômica. Por isso, ao fazer uma adaptação livre para as telas, mantive Ed e Sally como personagens principais, desenvolvendo sua individualidade e também sua relação, alinhados de certa forma a outros casais que encontrei nos textos de PKD. Ed continua sendo um sonhador – só que um marinheiro fantástico dos sete mares –, e Sally, apesar de aparentemente convencional e afeita a certa filosofia de simplicidade, nutre seus próprios desejos obscuros por aventura. O casal suburbano é prisioneiro das incansáveis incitações a cuidar de um meio ambiente sobre o qual tem pouquíssimo controle – as decisões são tomadas em algum lugar bem distante da órbita deles.

Na minha versão do conto, orientada por temas recorrentes na obra de PKD, o intruso se torna uma *femme fatale noir* e Ed acaba comprometido pela atração que sente por ela. É claro que, no fim, a *femme fatale* surpreende a todos nós com suas maquinações tortuosas, mas dá para dizer o mesmo de Sally e também de Ed, quando ele é libertado de tudo aquilo que acreditava possuir. Assim, de várias maneiras, o conto retoma as preocupações originais acerca do consumismo. PKD manifestou suas próprias preocupações sobre essa história em 1978: "Eu acho o final realmente deplorável. Então, ao ler o conto, tente imaginá-lo como algo que devia ser escrito. O aicad diz: 'Senhor, estou aqui para ajudá-lo. Que se dane meu argumento de venda. Vamos ficar juntos para sempre'." Por isso, tenho a esperança de que Phil teria aprovado o novo final, em que humanos e quase-humanos se casam de fato para sempre – ou pelo menos por um futuro previsível –, e que eu não precise mais me preocupar com um sapinho verde pulando em cima de mim no chuveiro.

TONY GRISONI
STOKE NEWINGTON, LONDRES
17 DE MAIO DE 2017

Argumento de venda

Naves de transporte público bramiam por todos os lados enquanto Ed Morris fazia seu caminho de sempre para casa na Terra com certa exaustão, ao fim de um longo dia no escritório. As vias entre Ganimedes e a Terra estavam obstruídas com trabalhadores cansados e de cara fechada. Júpiter estava no caminho oposto ao da Terra, e a viagem durava umas boas duas horas. A cada trecho de alguns milhões de quilômetros, o fluxo ia reduzindo até uma extenuante e agonizante parada. Faróis piscavam conforme levas de naves vindas de Marte e Saturno adentravam as principais artérias de tráfego.

– Meu Deus – resmungou Morris. – *Quão* cansado alguém pode ficar?

Ele ativou o piloto automático e virou-se momentaneamente do painel de controle para acender um tão necessário cigarro. Suas mãos tremiam. A cabeça boiava. Já passava das seis horas, Sally devia estar furiosa e o jantar já era. A mesma coisa de sempre. O trânsito de dar nos nervos, buzinas irritadiças e motoristas enraivecidos passavam zumbindo por sua pequena nave, fazendo gestos furiosos, gritando, resmungando...

E as propagandas. Essa era a pior parte. Ele era capaz de suportar todo o resto – menos as propagandas em todo o longo trajeto de Ganimedes até a Terra. E, na Terra, os enxames de robôs de vendas. Era demais da conta. E eles estavam por toda parte.

Ele reduziu a velocidade para evitar o engavetamento de umas cinquenta naves. Naves de conserto se apressavam tentando tirar os escombros do caminho. Seu alto-falante soltou um lamento à medida que foguetes da polícia passavam às pressas. Habilmente, Morris subiu com sua nave, cortou no meio de dois transportes comerciais que seguiam lentamente, passou com rapidez pela via da esquerda, que não era utilizada, e acelerou, deixando os destroços para trás. Buzinas grasnavam furiosamente na direção dele, que as ignorava por completo.

"Com os cumprimentos da Produtos Trans-Solar!", ressoou uma voz imensa bem no ouvido dele. Morris resmungou e se curvou em sua poltrona. Estava se aproximando da Terra; a torrente ia aumentando. "Seu índice de tensão vem sendo pressionado acima da margem de segurança por causa das frustrações comuns do dia a dia? Então você precisa de uma unidade Id-Persona. Tão pequena que pode ser usada atrás da orelha, perto do lobo frontal..."

Graças a Deus, passou aquilo. O anúncio foi baixando até recuar atrás dele, enquanto sua ágil nave seguia em frente, afobada. Mas tinha outro logo adiante.

– Motoristas! Milhares de mortes desnecessárias acontecem todos os anos nos trajetos interplanetários. O Controle Hipno--Motor de um ponto de origem especializado garante sua segurança. Entregue seu corpo e salve sua vida! – A voz começou a bramir ainda mais alto. – Especialistas da indústria dizem...

Eram ambos anúncios em áudio, os mais fáceis de ignorar. Mas agora um anúncio visual estava se formando. Ele recuou e fechou os olhos, mas não adiantou nada.

– Homens! – uma voz bajuladora vociferava por toda sua volta. – Acabe *para sempre* com os detestáveis odores causados internamente. A remoção do trato intestinal por métodos modernos e indolores, junto com um sistema de substituição, vai liberar você da principal causa de rejeição social.

A imagem parou numa grande mulher nua, com cabelos loiros meio bagunçados, olhos azuis semicerrados, lábios entreabertos e a cabeça inclinada para trás, em êxtase, num estado entre adormecida e chapada. Os traços foram crescendo à medida que os lábios dela se aproximavam dos dele. De repente, a expressão orgástica no rosto da mulher desapareceu. Nojo e repulsa tomaram conta e, então, a imagem foi sumindo.

– Isso costuma acontecer com você? – ressoou aquela voz. – Durante as preliminares eróticas, sua parceira fica incomodada com a presença de processos gástricos que...

A voz arrefeceu; ele conseguira passar. Recobrando sua mente, Morris pisou no acelerador com ferocidade e partiu aos saltos com sua nave. A pressão, aplicada diretamente às regiões audiovisuais de seu cérebro, tinha esmaecido além do ponto de disparo. Ele suspirou e balançou a cabeça para livrar-se daquilo. À sua volta, os ecos de anúncios com uma definição vaga brilhavam e tagarelavam, feito fantasmas de estações de vídeo bem distantes. Havia propagandas esperando por todos os lados; ele seguiu por um caminho cauteloso, uma destreza oriunda do desespero animal, mas nem todos podiam ser evitados. O desespero tomou conta dele. O contorno de um novo anúncio audiovisual já estava se formando.

– Você, caro assalariado! – gritou a voz, na direção dos olhos e ouvidos, narizes e gargantas de milhares de passageiros cansados. – Cansado do emprego de sempre? A Circuitos Incríveis Ltda. aprimorou um maravilhoso escâner de ondas de pensamento de longo alcance. Saiba o que os outros estão pensando e dizendo. Ganhe vantagem sobre seus colegas. Fique sabendo de fatos e números da existência pessoal do seu empregador. Acabe de vez com a incerteza!

O desespero de Morris cresceu desenfreadamente. Ele pisou fundo no acelerador e sua pequena nave saltou em disparada, como se estivesse escalando da via de tráfego para a zona morta que havia além. Um zumbido guinchava, como se seu para-lamas chicoteasse a parede de segurança; então, o anúncio desapareceu atrás dele.

Ele reduziu a velocidade, tremendo de tristeza e fadiga. A Terra estava logo à frente. Em breve chegaria em casa. Talvez conseguisse ter uma boa noite de sono. Ainda trêmulo, baixou a ponta da nave e se preparou para enganchar-se no raio de tração do campo de transporte de Chicago.

– O melhor ajustador de metabolismo no mercado – disse o esganiçado robô de vendas. – Garantia de um perfeito equilíbrio endocrinológico, ou todo o seu dinheiro de volta.

Exausto, Morris passou mais uma vez pelo robô de vendas e subiu a calçada, rumo ao bloco residencial que continha sua unidade de moradia. O robô o seguiu por alguns passos até que se esqueceu dele e saiu correndo atrás de outro cidadão de cara feia.

– Para receber todas as notícias enquanto ainda são novidades – disse-lhe uma voz metálica, em estardalhaço –, tenha uma projeção de vídeo na retina do olho que você usa menos. Fique em contato com o mundo! Não é mais preciso esperar por resumos desatualizados de hora em hora.

– Saia do meu caminho – resmungou Morris.

O robô deu um passo para o lado, abrindo caminho, e ele atravessou a rua com um bando de homens e mulheres encurvados.

Os robôs de vendas estavam em todos os lugares, gesticulando, implorando, berrando. Um deles começou a seguir Morris, que apertou o passo. O robô se apressou em acompanhá-lo, entoando os argumentos de venda e tentando atrair sua atenção durante toda a subida a caminho de sua unidade de moradia. Ele não parou até que Morris se inclinou, pegou uma pedra e a arremessou a esmo. Então, saiu correndo para entrar em casa e bateu a porta logo em seguida. O robô hesitou, depois se virou e saiu em disparada atrás de uma mulher que estava carregando vários pacotes ladeira acima. Ela tentou escapar dele, em vão.

– Querido! – gritou Sally. Ela vinha correndo da cozinha, secando as mãos em seus shorts de plástico, com um brilho no olhar, toda empolgada. – Oh, pobrezinho! Você parece tão cansado!

Morris tirou o chapéu e o casaco antes de dar um beijo ligeiro no ombro nu de sua esposa.

– O que temos para o jantar?

Sally colocou o chapéu e o casaco no armário e disse:

– Hoje temos faisão silvestre uraniano, o seu prato favorito.

Morris ficou com água na boca, e um lampejo diminuto de energia tomou de volta seu corpo exaurido.

– Sério mesmo? Que diabo de ocasião especial é essa?

Os olhos castanhos de sua esposa marejaram de compaixão.

– Querido, é seu aniversário, você completa 37 anos hoje. Tinha se esquecido?

– É. – Morris abriu um breve sorriso. – Esqueci mesmo – disse, andando para a cozinha. A mesa estava posta, com café fumegante saindo das xícaras, além de manteiga, pão branco, purê de batatas e ervilhas. – Minha nossa. É uma ocasião especial de verdade.

Sally mexeu nos controles do forno; o recipiente com o faisão fumegante deslizou até a mesa e foi habilmente fatiado por inteiro.

– Vá lavar as mãos e estaremos prontos para comer. Não demore, senão vai esfriar.

Morris colocou suas mãos na fenda de lavar e sentou-se à mesa com gratidão. Sally serviu aquele faisão macio e cheiroso, e os dois começaram a comer.

– Sally – disse Morris, quando seu prato já estava vazio e ele se inclinava um pouco para trás, bebericando um café lentamente –, não posso continuar desse jeito. Alguma coisa tem que ser feita.

– Está falando do trajeto de todo dia? Quem dera você conseguisse um trabalho em Marte igual ao Bob Young. Talvez, se você falar com a Comissão de Empregos e explicar para eles como toda essa pressão tem...

– Não é só o trajeto. *Eles estão até aqui na frente.* Em todo lugar. Esperando por mim. Dia e noite, o tempo todo.

– Você está falando de quem, querido?

– Desses robôs que vendem coisas. Assim que eu pouso a nave. Anúncios audiovisuais ou vindos de robôs. Eles se enfiam bem fundo no cérebro de um homem. Seguem as pessoas por aí até elas morrerem.

– Eu sei – Sally acariciou a mão dele em solidariedade. – Quando vou fazer compras, eles me seguem em grupos. Todos falando ao mesmo tempo. Dá pânico mesmo. Não dá para entender metade do que estão dizendo.

– Nós temos que fugir.

– Fugir? – Sally cambaleou. – O que você quer dizer com isso?

– Nós temos que escapar deles. Eles estão nos destruindo.

Morris revirou seus bolsos e tirou cuidadosamente um pequeno pedaço de papel-alumínio. Desdobrou-o com extremo cuidado e o esticou sobre a mesa.

– Olhe para isso. Circulou lá no escritório entre os caras. Chegou até mim e eu guardei comigo.

– O que isso quer dizer? – A testa de Sally franzia enquanto ela tentava encontrar as palavras. – Querido, acho que você não entendeu tudo direito. Deve ter algo além disso.

– Um novo mundo – disse Morris, com suavidade. – Aonde eles não chegaram ainda. Fica bem distante, muito depois do Sistema Solar. No meio das estrelas.

– Em Proxima?

– São vinte planetas. Metade deles, habitável. Apenas alguns milhares de pessoas vivem lá. Famílias, trabalhadores, cientistas, algumas equipes de pesquisa industrial. Terrenos livres para quem pedir.

– Mas isso é tão... – Sally fez uma careta. – Mas, querido, não é meio subdesenvolvido? Eles dizem que é como viver no século XX. Banheiros com privada e banheira, carros movidos a gasolina...

– É isso mesmo – Morris enrolou o pedaço amarrotado de papel-alumínio; seu rosto estava desalentado e seríssimo. – Estão uns cem anos atrás de nós. Não têm nada disso. – Ele apontou para o fogão e as mobílias da sala. – Vamos ter que nos virar sem essas coisas. Vamos ter que nos acostumar a uma vida mais simples. Do jeito que nossos ancestrais viviam. – Ele tentou sorrir, mas seu rosto parecia não colaborar. – Você acha que gostaria disso? Sem anúncios, sem robôs vendedores, trânsito fluindo a 100 em vez de 60 milhões de quilômetros por hora. Nós poderíamos pegar uma daquelas naves grandes que transitam entre os sistemas. Eu poderia vender minha nave de transporte.

Um silêncio improvável e hesitante se impôs.

– Ed – começou Sally –, acho que nós temos que pensar melhor a respeito. E o seu trabalho? O que você faria lá?

– Eu encontraria algo.

– Mas *o quê*? Não pensou nessa parte ainda? – Um tom estridente de irritação surgiu na voz dela. – Me parece que nós temos que levar em conta toda essa parte antes de nos livrarmos de tudo o que temos e simplesmente... decolar.

– Se nós não formos – disse Morris, lentamente, tentando manter a voz firme –, eles vão nos pegar. Não temos muito tempo livre. Não sei por quanto tempo mais eu consigo aguentá-los.

– Sério, Ed! Você faz isso parecer tão melodramático. Se você se sente tão mal assim, por que não tira um tempo de férias e consegue uma licença de suspensão temporária? Eu estava assistindo a um programa em vídeo e vi o caso de um homem que tinha o sistema psicossomático muito pior do que o seu. Um homem muito mais velho.

Ela ficou de pé num salto e continuou:

– Vamos sair hoje à noite e comemorar. Combinado? – Seus dedos finos começaram a mexer no zíper dos shorts. – Vou colocar meu novo vestiplástico, aquele que nunca tive coragem o suficiente para bancar.

Os olhos dela cintilavam de empolgação conforme ela se apressava na direção do quarto.

– Sabe de qual estou falando? Quando visto de perto ele é translúcido, mas, à medida que a pessoa se afasta, vai ficando cada vez mais transparente, até que...

– Sei qual é – disse Morris, exaurido. – Vi um desses sendo anunciado no meu caminho do trabalho para casa. – Ele se pôs de pé lentamente e saiu vagando pela sala; ao chegar à porta do quarto, parou. – Sally...

– Sim?

Morris abriu a boca para falar. Ia perguntar a ela mais uma vez, falar sobre o pedaço de papel-alumínio que ele havia surrupiado cuidadosamente e levado para casa. Ia falar com ela sobre a fronteira. Sobre Proxima Centauri. Fugir e jamais voltar. Mas nunca teve essa oportunidade.

A campainha tocou.

– Tem alguém na porta! – gritou Sally, toda animada. – Corra e vá ver quem é!

Na escuridão da noite, o robô era uma figura silenciosa e inerte. Um vento frio assoprava ao redor dele e adentrava a casa. Morris sentiu um calafrio e se afastou da porta.

– O que você quer? – perguntou ele, e um medo estranho o atingiu. – O que foi?

O robô era maior do que qualquer outro que ele já tinha visto. Alto e largo, com pesados pegadores de metal e lentes visuais alongadas. A parte superior de seu tronco era um tanque quadrado, em vez do habitual formato de cone. Ele se apoiava sobre quatro suportes, e não os dois que eram de costume. Elevando-se acima de Morris, tinha quase dois metros de altura. Gigantesco e sólido.

– Boa noite – disse ele, com toda a calma.

Sua voz parecia chicotear com o vento da noite e ia se misturando com os barulhos lúgubres do anoitecer, os ecos do trânsito e as badaladas dos semáforos nas ruas. Algumas formas vagas passavam apressadas ao fundo, na escuridão. O mundo parecia escuro e hostil.

– Boa noite – respondeu Morris, automaticamente. Ele se flagrou meio trêmulo. – O que você está vendendo?

– Eu gostaria de mostrar para o senhor um aicad – disse o robô.

A cabeça de Morris estava anestesiada e se recusava a responder. O que seria um *aicad*? Estava acontecendo alguma coisa que parecia meio sonho, meio pesadelo. Ele se esforçou para devolver a mente e o corpo ao lugar.

– Um o quê? – disfarçou ele.

– Um aicad. – O robô não fez nenhum esforço para explicar, só o encarava sem nenhuma emoção, como se não fosse sua responsabilidade explicar coisa alguma. – Vai demorar só um instante.

– Eu... – Morris começou a dizer, e moveu-se para trás, fugindo do vento. Então o robô, sem a menor mudança de expressão, deslizou, deixando-o para trás e entrando na casa.

– Obrigado – disse a criatura, e parou no meio da sala. – O senhor poderia chamar sua esposa, por favor? Eu gostaria de mostrar o aicad para ela também.

– Sally – resmungou Morris, desamparado. – Venha aqui.

Sally correu esbaforida para a sala; seus seios pareciam tremer de empolgação.

– O que é isso? Oh! – Ela viu o robô e parou, meio incerta. – Ed, você pediu alguma coisa? Nós estamos comprando algo?

– Boa noite – o robô disse a ela. – Vou mostrar para os senhores o aicad. Por favor, sentem-se. No sofá, se quiserem. Os dois juntos.

Sally sentou-se ansiosamente; suas bochechas ruborizaram e os olhos brilhavam de fascinação e espanto. Quase paralisado, Ed se sentou ao lado dela.

– Olhe – murmurou ele, com grosseria. – Que diabos é um aicad? *O que está acontecendo?* Eu não quero comprar nada!

– Qual o seu nome? – o robô perguntou a ele.

– Morris – respondeu, quase engasgando. – Ed Morris.

O robô se virou na direção de Sally.

– Sra. Morris – falou, curvando-se levemente. – Estou feliz em conhecê-los, senhor e senhora Morris. Os senhores são as primeiras pessoas deste bairro a ver o aicad. Esta é a primeira demonstração nesta área. – Seus olhos frios percorreram a sala. – Sr. Morris, imagino que o senhor tenha um trabalho. Onde o senhor trabalha?

– Ele trabalha em Ganimedes – disse Sally com obediência, feito uma garotinha na escola. – Para a Companhia de Desenvolvimento de Metais Terrestres.

O robô digeriu a informação.

– Um aicad terá muita serventia para os senhores. – Ele voltou o olhar para Sally. – O que a senhora faz?

– Faço transcrição de fitas na Agência de Pesquisas Históricas.

– Um aicad não tem nenhuma utilidade para a sua atividade profissional, mas pode ser útil aqui, na sua casa – disse; em seguida, agarrou uma mesa com seus potentes pegadores de aço. – Por exemplo, às vezes um móvel bonito pode ser estragado por um convidado desastrado. – O robô esmagou a mesa em pedacinhos, e nacos de madeira e plástico se espalharam por toda parte. – Um aicad é necessário.

Morris ficou de pé num salto, meio desamparado. Ele não tinha forças para interromper aquele acontecimento; um peso paralisante agia sobre ele, enquanto o robô jogava os pedaços da mesa para longe e apanhava uma grande luminária de chão.

– Oh, querido – suspirou Sally. – Essa é a minha melhor luminária.

– Quando se possui um aicad, não há o que temer. – O robô agarrou a luminária e torceu-a de um jeito grotesco; rasgou a cúpula, esmigalhou as lâmpadas e depois lançou para longe o que restou dela. – Uma situação desse tipo pode acontecer por causa de alguma explosão violenta, como uma bomba de hidrogênio.

– Pelo amor de Deus – murmurou Morris. – Nós...

– Um ataque de bomba de hidrogênio pode não acontecer nunca – continuou o robô –, mas, num evento desse, um aicad é indispensável. – Ele se abaixou e sacou um tubo complexo da cintura. Mirando o objeto para o chão, abriu um buraco de 1,5 metro de diâmetro e se afastou daquela cavidade escancarada. – Não fui mais longe com esse buraco, mas podem ver que um aicad poderia salvar suas vidas no caso de um ataque.

A palavra *ataque* parecia desencadear um novo rastro de reações em seu cérebro metálico.

– Às vezes, um bandido ou uma gangue pode atacar uma pessoa à noite – continuou ele. Então, sem avisar, virou-se e enfiou seu punho na parede; um pedaço dela se desfez, formando um monte de pó e destroços. – Isso é capaz de dar conta do bandido. – O robô se endireitou e olhou ao redor da sala. – Muitas vezes os senhores

estão cansados demais à noite para manipular os botões do forno.
Ele avançou na direção da cozinha e começou a mexer nos controles do fogão; grandes quantidades de comida começaram a espirrar em todas as direções.

– Pare! – gritou Sally. – Fique longe do meu fogão!

– Os senhores também podem ficar cansados demais para acionar a água do banho. – O robô mexeu nos controles da banheira e a água começou a cair. – Ou podem querer ir direto para a cama – continuou, tirando a cama de seu compartimento e arremessando-a no chão. Sally se contraiu de medo conforme o robô avançava em direção a ela. – Às vezes, depois de um dia pesado no trabalho, os senhores podem ficar cansados demais até para tirar a própria roupa. Nesse caso...

– Saia daqui! – Morris gritou para ele. – Sally, corra e chame a polícia. Esse negócio está enlouquecendo. *Rápido.*

– O aicad é uma necessidade em toda casa moderna – disse o robô. – Por exemplo, se um eletrodoméstico se quebrar, o aicad poderá consertá-lo imediatamente. – Ele puxou o controlador automático de umidade, arrancou seus fios e o recolocou na parede. – Às vezes os senhores podem preferir não ir trabalhar. O aicad é autorizado por lei a ocupar seu cargo por um período consecutivo de até dez dias. Se, depois desse período...

– Meu Deus – disse Morris, quando finalmente começou a entender. – Você é o aicad.

– É isso mesmo – concordou o robô. – Um Androide Independente Completamente Automático (Doméstico). Também temos o aicac, de construção; o aicag, de gerenciamento; o aicas, um soldado; e o aicab, um burocrata. Eu sou projetado para uso doméstico.

– Você... – arquejou Sally. – Você está à venda. Está vendendo a si mesmo.

– Estou fazendo uma demonstração de mim mesmo – respondeu o robô aicad. Seus olhos metálicos impassíveis estavam fixos e atentos em Morris enquanto ele continuava. – Tenho certeza, sr. Morris, de que o senhor gostaria de ser meu proprietário. Tenho um preço razoável e garantia integral. Um manual de instruções completo também está incluído. Eu não posso conceber receber um *não* como resposta.

À meia-noite e meia, Ed Morris ainda estava sentado ao pé da cama, usando um sapato e segurando o outro na mão. Ele olhava inexpressivamente para frente. Não dizia nada.

– Pelo amor de Deus – reclamou Sally –, termine de desamarrar esses cadarços e venha para a cama. Você tem que acordar às cinco e meia.

Morris brincava ao acaso com os cadarços. Depois de um tempo, largou o sapato e puxou o outro. A casa estava fria e silenciosa. Lá fora, o vento lúgubre da noite chicoteava e açoitava os cedros que cresciam nas laterais do prédio. Sally estava deitada, toda enrolada debaixo das lentes de radiação, com um cigarro entre os lábios, aproveitando aquele calor e quase cochilando.

Na sala estava o aicad. Ele não tinha ido embora. Continuava ali, esperando que Morris o comprasse.

– Venha! – disse Sally com rispidez. – O que há de errado com você? Ele consertou todas as coisas que quebrou, estava só fazendo uma demonstração de si mesmo – suspirou ela, sonolenta. – Com certeza ele me deu medo. Pensei que algo tinha dado errado com ele. Eles deviam estar mesmo inspirados para mandar isso por aí para se vender para as pessoas.

Morris não disse nada.

Sally virou de barriga para baixo e apagou seu cigarro com languidez.

– Não custa muito, não é? Dez mil unidades de ouro, e, se conseguirmos fazer nossos amigos comprarem um, ganharemos uma comissão de 5%. Tudo o que temos que fazer é mostrá-lo. Não é como se a gente tivesse que *vender*. Ele próprio se vende. – Ela deu uma risadinha. – Eles sempre quiseram um produto que vendesse a si mesmo, não é?

Morris desamarrou o laço do cadarço. Depois, recolocou o sapato e o amarrou bem apertado.

– O que você está fazendo? – perguntou Sally, irritada. – Venha para a cama! – Ela se sentou, furiosa, enquanto Morris saía do quarto e seguia lentamente pelo corredor. – Aonde está indo?

Na sala, Morris acendeu a luz e sentou-se, encarando o aicad.

– Você consegue me ouvir? – perguntou.

– Certamente – respondeu o aicad. – Nunca fico fora de operação. Às vezes uma emergência pode acontecer à noite, como quando uma criança adoece ou quando acontece um acidente. Os senhores ainda não têm filhos, mas caso...

– Cale a boca – disse Morris. – Não quero te ouvir.

– O senhor me fez uma pergunta. Androides independentes são ligados a um centro de troca de informações. Às vezes, uma pessoa quer informações imediatas; o aicad sempre está pronto para responder a qualquer consulta teórica ou factual. Qualquer coisa que não seja metafísica.

Morris pegou o manual de instruções e começou folheá-lo. O aicad fazia milhares de coisas, nunca estragava, nunca dava prejuízo, era incapaz de cometer um erro. Ele jogou o manual para longe.

– Não vou comprar você – ele disse ao robô. – Nunca. Nem em um milhão de anos.

– Ah, vai, sim – corrigiu o aicad. – Esta é uma oportunidade que o senhor não pode perder. – Havia uma confiança calma e metálica em sua voz. – O senhor não pode me recusar, sr. Morris. Um aicad é uma necessidade indispensável para uma casa moderna.

– Saia daqui – disse Morris, calmamente. – Saia da minha casa e não volte mais.

– Não sou seu aicad para ficar recebendo ordens. Enquanto o senhor não me comprar a preço normal de tabela, respondo somente à Androides Independentes Ltda. As instruções deles me orientaram a fazer justamente o contrário; devo ficar com o senhor até que me compre.

– Supondo que eu nunca te compre, o que acontece? – perguntou Morris, com o coração congelando mais e mais conforme perguntava; ele já sentia o terror gélido da resposta que viria. Não tinha como haver outra.

– Vou continuar aqui com o senhor – respondeu o aicad. – No fim das contas, o senhor vai acabar me comprando. – Ele tirou as pétalas de algumas rosas que estavam secas num vaso sobre a lareira e colocou-as no compartimento de descarte. – O senhor vai ver cada vez mais situações em que um aicad é indispensável. Em algum momento, vai até se perguntar como é que conseguiu existir sem ter um.

– Existe alguma coisa que você não consiga fazer?

– Ah, sim, existem muitas coisas que não consigo fazer. Mas consigo fazer qualquer coisa que *o senhor* pode fazer, e consideravelmente melhor.

Morris soltou um suspiro, vagarosamente.

– Eu seria louco se te comprasse.

– O senhor tem que me comprar – respondeu a voz, impassiva. O aicad lhe estendeu um cachimbo vazio e começou a limpar o carpete. – Sou útil em todas as situações. Veja como esse tapete está macio e sem poeira. – Ele recolheu o cachimbo e lhe estendeu outro; Morris tossiu e cambaleou rapidamente para longe dele, enquanto nuvens de partículas se expandiam e tomavam todo o cômodo.

– Estou borrifando isso para as traças – explicou o aicad.

A nuvem branca mudou de tom para um preto azulado muito feio. O cômodo desapareceu naquela escuridão onipresente; o aicad era só uma forma vaga que ficava se movendo no centro da sala. Agora, a nuvem tinha se erguido e os móveis reapareceram.

– Usei esse spray para bactérias prejudiciais – disse o aicad.

Ele pintou as paredes da sala e construiu novos móveis para combinar com elas. Reforçou o teto do banheiro. Aumentou a quantidade de aberturas de aquecimento na fornalha. Instalou uma nova fiação elétrica. Arrancou todas as instalações da cozinha e montou outras, mais modernas. Avaliou os dados financeiros de Morris e calculou seu imposto de renda para o ano seguinte. Apontou todos os lápis. Pegou o pulso dele e rapidamente diagnosticou sua alta pressão arterial como a de alguém psicossomático.

– O senhor vai se sentir melhor depois que delegar a responsabilidade para mim – explicou o robô; depois, jogou fora um punhado de sabão velho que Sally vinha guardando. – Sua mulher é sexualmente atraente, mas incapaz de uma intelectualidade mais elevada.

Morris foi até o armário para pegar seu casaco.

– Aonde o senhor está indo? – perguntou o aicad.

– Para o escritório.

– A essa hora da noite?

Morris olhou brevemente dentro do quarto. Sally estava profundamente adormecida debaixo das tranquilizantes lentes de radiação. Seu corpo esguio era rosado e saudável; o rosto, desprovido de qualquer preocupação. Ele fechou a porta da frente e desceu os degraus, apressado, adentrando a escuridão. O vento frio da noite o golpeava à medida que ele se aproximava do estacionamento. Sua pequena nave de transporte estava estacionada junto a centenas de outras. Uma moeda fez o robô assistente ir buscá-la, todo obediente.

Em dez minutos, Morris estava a caminho de Ganimedes.

O aicad embarcou na nave quando Morris parou em Marte para abastecer.

– Aparentemente o senhor não entende – disse o aicad. – As instruções me orientam a fazer minha demonstração até que o senhor fique satisfeito. O senhor ainda não está plenamente convencido, por isso é preciso continuar a demonstração. – Ele lançou uma rede intricada sobre os controles da nave até que todos os seus indicadores e medidores estivessem ajustados. – O senhor deveria fazer a revisão com mais frequência.

Ele foi à traseira da nave para avaliar os jatos de tração. Morris fez um sinal apático para o atendente e a nave foi liberada das bombas de combustível. Ela ganhou velocidade e o pequeno planeta arenoso ficou para trás. Adiante, pairava Júpiter.

– Seus jatos não estão em boas condições – disse o aicad, surgindo de volta da traseira. – Não gosto daquele barulho no acionamento do freio principal. Assim que pousarmos, vou fazer mais consertos.

– A empresa não se incomoda que você fique fazendo esses favores para mim? – perguntou Morris, com um sarcasmo amargo.

– A empresa me considera o seu aicad. Uma fatura será enviada para o senhor ao final do mês. – O robô sacou uma caneta e um bloco com alguns formulários. – Vou lhe explicar os quatro planos fáceis de pagamento. Dez mil unidades de valor em ouro, à vista, ganham um desconto de 3%. Além disso, uma série de itens domésticos podem ser incluídos na troca, itens dos quais o senhor não vai mais precisar. Se quiser dividir a compra em quatro vezes, a primeira parcela é paga na hora, e a última vence em 90 dias.

– Eu sempre pago à vista – resmungou Morris, redefinindo cuidadosamente as posições da rota no painel de controle.

– Não há acréscimo de juros para o plano de 90 dias. Para o plano de 6 meses, tem uma taxa anual de 6%, que totaliza aproximadamente... – Ele interrompeu o que dizia. – Nós mudamos de trajeto.

– É isso mesmo.

– Saímos da via oficial de tráfego. – O aicad afastou a caneta e o bloco e foi apressado na direção do painel de controle. – O que está fazendo? O senhor pode levar uma multa de 2 unidades por isso.

Morris o ignorou. Estava segurando os controles com um ar sombrio e mantinha os olhos na tela. A nave estava ganhando velocidade rapidamente. Boias de alerta emitiam sons raivosos enquanto ele disparava, deixando-as para trás e adentrando a escuridão sombria do espaço que havia além. Em poucos segundos, tinham ultrapassado todo o trânsito. Estavam sozinhos, avançando rapidamente para longe de Júpiter e adentrando o espaço profundo.

O aicad computou o percurso.

– Estamos nos afastando do Sistema Solar. Rumo a Centaurus.

– Você adivinhou.

– Não seria melhor o senhor ligar para sua esposa?

Morris grunhiu e subiu a alavanca de direção mais para cima. A nave deu um pinote e se lançou para o alto, então se endireitou.

Os jatos começaram a soltar ganidos abomináveis. Os indicadores mostravam as turbinas principais começando a se aquecer. Ele as ignorou e ativou o tanque de combustível de emergência.

– Vou ligar para a sra. Morris – propôs o aicad. – Estaremos além do alcance em pouquíssimo tempo.

– Não precisa se incomodar.

– Ela vai ficar preocupada. – O aicad foi rapidamente até a traseira e examinou os jatos novamente; depois voltou para a cabine se agitando, alarmado. – Sr. Morris, esta nave não é equipada para viagens entre sistemas distintos. É um modelo doméstico Classe D, com quatro eixos, destinado somente a consumo do lar. Nunca foi pensado para aguentar essa velocidade.

– Para chegar a Proxima – respondeu Morris –, precisamos dessa velocidade.

O aicad conectou seus cabos de energia ao painel de controle.

– Eu posso aliviar um pouco da tensão do sistema elétrico. Mas, a menos que o senhor retorne à aceleração normal, não posso me responsabilizar pela deterioração dos jatos.

– Que se danem os jatos.

O aicad ficou em silêncio. Estava ouvindo atentamente os ganidos que aumentavam debaixo deles. A nave toda chacoalhava violentamente. Pedaços de tinta descascavam. O chão estava quente por causa dos eixos sobrecarregados. O pé de Morris continuava no acelerador. A nave ganhava mais velocidade conforme o Sol ficava para trás. Eles estavam fora da área mapeada. O Sol foi desaparecendo rapidamente.

– É tarde demais para fazer uma chamada de vídeo para sua esposa – disse o aicad. – Tem três foguetes de emergência na popa. Se o senhor quiser, posso dispará-los na esperança de atrair algum transporte militar de passagem.

– Por quê?

– Eles podem nos rebocar e levar de volta para o Sistema Solar. Isso dá uma multa de 600 unidades de ouro, mas, sob tais circunstâncias, me parece ser a melhor política a se adotar.

Morris deu as costas para o aicad e afundou o pé no acelerador com toda a força que tinha. O ganido cresceu e se transformou num violento rugido. Alguns instrumentos se romperam e quebraram. Fusíveis explodiram e derrubaram o painel. As luzes baixaram e se apagaram, depois reacenderam, relutantes.

– Sr. Morris – disse o aicad –, o senhor precisa se preparar para a morte. As probabilidades estatísticas de uma explosão da turbina são de 70-30. Vou fazer o que posso, mas o limiar de perigo já foi ultrapassado.

Morris voltou para a tela. Por um momento, ficou encarando avidamente aquele ponto crescente que era a estrela gêmea de Centaurus.

– Eles parecem legais, não parecem? Proxima é aquela maior. Vinte planetas. – Ele avaliou os instrumentos que palpitavam, desenfreados. – Como é que os jatos estão aguentando? Não consigo identificar por aqui; a maioria deles já colapsou.

O aicad hesitou. Começou a falar, depois mudou de ideia.

– Vou lá atrás para examiná-los – disse ele, e foi para a traseira da nave, desaparecendo na rampa que descia até a câmara do motor, que fazia seus estrondos e vibrações.

Morris se inclinou e sacou seus cigarros. Esperou por um momento, depois se esticou e colocou os controles no máximo, o último marcador possível no painel.

Uma explosão rompeu a nave ao meio. Partes do casco colidiam ao redor dele, que foi erguido sem peso algum e lançado contra o painel de controle. Pedaços de metal e plástico caíam sobre ele. Pontos incandescentes piscavam e se apagavam, até que finalmente arrefeciam em silêncio. Não havia nada além de cinzas frias.

Aquele assovio tedioso das bombas de ar de emergência trouxe sua consciência de volta. Ele estava preso sob os escombros do painel de controle, com um braço quebrado e dobrado embaixo de si. Ele tentou mexer as pernas, mas não sentia mais nada da cintura para baixo.

Os estilhaços dos destroços do que um dia fora sua nave ainda se arremessavam na direção de Centaurus. Equipamentos de vedação do casco ainda tentavam debilmente selar os buracos escancarados. Transmissores de temperatura e gravidade emitiam baques espasmódicos com suas baterias independentes. Na tela, a ampla massa flamejante dos sóis gêmeos crescia silenciosa e inexoravelmente.

Ele estava satisfeito. No silêncio da nave arruinada, estava enterrado sob os escombros, assistindo com gratidão àquela massa que aumentava de tamanho. Era uma vista e tanto. Fazia tempo que queria ver aquilo. Lá estava, se aproximando a cada instante. Em um ou dois dias, a nave acabaria por mergulhar naquela massa flamejante e seria consumida. Mas ele ainda poderia aproveitar esse intervalo; não havia nada que pudesse interromper sua felicidade.

Ele pensou em Sally, profundamente adormecida debaixo das lentes de radiação. Será que ela iria gostar de Proxima? Provavelmente não. Talvez fosse querer voltar para casa o quanto antes. Aquilo era algo que ele teria que aproveitar sozinho. Algo só para ele. Uma paz ampla tomou conta de si. Daria para ficar deitado ali, sem se mexer, e aquela magnificência incandescente ficaria mais e mais próxima...

Um som. Daquelas pilhas de destroços fundidos, alguma coisa surgia. Uma forma retorcida e amassada, vagamente visível pela luz cintilante da tela de visualização. Morris conseguiu virar sua cabeça.

O aicad cambaleou até ficar de pé. A maior parte de seu tronco se fora, quebrada e esmigalhada. Ele vacilou, depois se inclinou para frente, dando uma batida estrondosa. Lentamente, foi avançando na direção de Morris, até se acomodar numa pausa sombria não muito distante dele. As engrenagens zumbiam e rangiam. Os relés pipocavam, abrindo-se e fechando-se. Uma vida erma e desalentada animava aquele trambolho devastado.

– Boa noite – arranhou sua voz, metálica e estridente.

Morris gritou. Ele tentou mexer o corpo, mas aquelas vigas arruinadas o mantinham bem preso. Soltou um guincho, gritou e tentou se arrastar para longe daquilo. Pôs-se a cuspir, lamentar e chorar.

– Eu gostaria de lhe mostrar um aicad – continuou a voz metálica. – O senhor poderia chamar sua esposa, por favor? Eu gostaria de mostrar o aicad para ela também.

– Saia daqui! – berrou Morris. – Saia de perto de mim!

– Boa noite – continuou o aicad, feito uma fita quebrada. – Boa noite. Por favor, sentem-se. Estou contente em conhecê-los. Qual é o seu nome? Obrigado. Os senhores são as primeiras pessoas desta área a ver um aicad. Onde o senhor trabalha?

Suas inanimadas lentes de visão o encaravam, vazias e vagas.

– Por favor, sente-se – ele disse novamente. – Isso só vai demorar um segundo. Só um segundo. Esta demonstração só vai demorar um...

Introdução de Matthew Graham

TÍTULO DO CONTO E DO EPISÓDIO: THE HOOD MAKER
[O FABRICANTE DE GORROS]

MATTHEW GRAHAM, roteirista e produtor de TV, é conhecido pela criação e roteiro das séries Life on Mars e Ashes to Ashes. Graham também é responsável pelo roteiro e pela produção executiva da minissérie televisiva Childhood's End [O fim da infância], baseada no romance homônimo de Arthur C. Clarke.

No meu tempo de formação como leitor, dos 10 aos 18 anos, devorei tudo de ficção científica que me caía nas mãos – o que, considerando que a biblioteca local me permitia pegar cinco livros a cada duas semanas, era uma quantidade considerável. Asimov, Herbert, Heinlein, Bradbury, Clarke, todos tiveram grande influência na minha imaginação. Sem nenhuma dúvida, Philip K. Dick foi o mais desafiador e o mais empolgante.

PKD solta você de uma grande altura para dentro de seu mundo, sem dar nenhuma explicação nem pedir desculpas. Dentro da mente dele, as regras normais não se aplicam, e a velocidade vai de 0 a 100 num milissegundo, então é bom se manter alerta. A frase de abertura poderia facilmente ser algo como: "Catoran Malovich usava sua eco-scooter para fugir pela cidade. Mas o Cérebro Verde vinha logo atrás, bem perto".

Ok, isso fui eu que inventei. Mas você entende aonde quero chegar. Estamos lá dentro e sempre correndo. A prosa dele tinha uma energia ao mesmo tempo densa e econômica que me impulsionava adiante e mantinha meus batimentos cardíacos acelerados. PKD sabia como pintar um quadro dentro da cabeça de alguém, mas também sabia que, apesar da qualidade cinemática inerente a seu trabalho, isto aqui é literatura, não um disfarce para uma apresentação de roteiro a estúdios de cinema (como muitos romancistas fazem hoje em dia). Chega a ser irônico que cineastas façam fila para adaptar seu trabalho.

Ao ler suas antologias de contos, eu costumava avançar muito rápido. Perdia coisas pelo caminho porque tinha pressa em devorar as histórias e chegar à próxima. Ler seus contos era como colecionar Pokémon. Temos que pegar! Tudo bem, eu ficava empolgado e perdia algumas coisas, eu era criança, processe-me se quiser. Como resultado disso, quando li "O fabricante de gorros" deixei passar a pista, logo na primeira página, que indica que o "gorro" em questão, usado por um homem chamado Franklin e projetado para impedir que lessem sua mente, não era de fato um gorro, e sim uma faixa de metal escondida.

Ao revisitar o conto alguns anos depois, me dei conta do erro, mas era tarde demais. A imagem de um homem andando na rua de uma cidade populosa usando um gorro na cabeça ficara cravada em minha mente. Parecia algo tão etéreo e tão perturbador. De uma só tacada, era um ato corajoso de provocação pública e declaração de identidade pessoal, mas também o exato oposto – um modo de se esconder, de ser arredio e de guardar segredo. Tinha a ver com o tema do conto – quais segredos temos o direito de manter? Todos os nossos pensamentos devem ser considerados sagrados, mesmo que sejam obscuros ou perigosos? Será que tenho o direito de ler a sua mente se eu julgar que é de interesse da nação? Posso me esconder? Isso é errado?

Quando tive o grande privilégio de escolher um conto de PKD para adaptar para a série *Electric Dreams*, retomei "O fabricante de gorros" e decidi manter minha interpretação original, mais infantilizada. Fiquei com os gorros, porque eles me perturbavam e eu queria encontrar um imaginário que fosse perturbador e um pouco icônico para as telas. E também porque, devida ou indevidamente, eu havia respondido ao material de um jeito pessoal e sentia que isso devia ser preservado. Afinal, fazer adaptações de seus heróis é algo profundamente pessoal. Assim como ler o trabalho deles também o é. E isso vale para PKD mais do que para qualquer outro. Sua obra começa como uma leitura, depois se torna diálogo e evolui para se tornar uma verdadeira relação.

Então, aproveite esta leitura que também é conversa e relação. Ela será breve, mas, se tiver sorte, vai te acompanhar para sempre. Como aconteceu comigo.

O fabricante de gorros

– Um gorro!
– Tem alguém usando gorro!
Trabalhadores e pessoas que faziam suas compras correram pela calçada, juntando-se à multidão que se formava. Um jovem meio pálido largou sua bicicleta e saiu correndo também. A multidão aumentou, com homens de negócios e seus casacos cinza, secretárias de aparência cansada, vendedores e demais trabalhadores.
– Pega ele! – A multidão se aglomerou e seguiu. – Aquele homem velho!
O jovem pálido sacou uma pedra da sarjeta e lançou-a. A pedra não atingiu o velho, mas acabou acertando a vitrine de uma loja.
– Ele está de gorro mesmo!
– Tire isso!
Mais pedras se seguiram. O velho arfava de medo, tentando empurrar para trás dois soldados que bloqueavam seu caminho. Uma pedra o atingiu bem nas costas.
– O que você tem para esconder? – O jovem pálido correu para a frente dele. – Por que tem medo de ser investigado?
– Ele tem algo a esconder! – Um trabalhador apanhou o chapéu do velho, enquanto outras mãos ávidas tentavam alcançar aquela fina faixa de metal que ele trazia na cabeça.
– Ninguém tem o direito de se esconder!

O velho caiu, esparramando mãos e joelhos; seu guarda-chuva rolava pela rua. Um vendedor alcançou o gorro e o puxou. A multidão surtou, digladiando para pegar a faixa de metal. De repente, o jovem deu um grito. Depois se afastou, erguendo o gorro.

– Eu peguei! Eu peguei! – Ele foi correndo até sua bicicleta e disparou, pedalando apressadamente e segurando firme aquele gorro entortado.

Um carro de policiais robôs encostou na sarjeta, com as sirenes berrando. Os policiais robôs saltaram para fora, dispersando a multidão.

– Você está ferido? – perguntaram, ajudando o velho a se levantar.

O homem balançou a cabeça, meio atordoado. Seus óculos estavam pendurados numa orelha. Sangue e saliva cobriam seu rosto.

– Tudo bem. – Os dedos metálicos do policial o soltaram. – É melhor sair da rua. Entrar em algum lugar. Para o seu próprio bem.

Ross, diretor da Liberação, afastou de si a placa do memorando.

– Mais um. Vou ficar contente quando o projeto de lei anti-imunidade for aprovado.

Peters olhou para cima.

– Outro?

– Outra pessoa usando um gorro, um escudo contra investigação. Já são dez nas últimas 48 horas. Eles estão mandando mais pelo correio o tempo todo.

– Mandando pelo correio, colocando debaixo de portas, nos bolsos, deixando em cima de mesas... São incontáveis os modos de distribuição.

– Se pelo menos mais pessoas nos notificassem...

Peters deu um sorriso amarelo.

– É surpreendente que ninguém faça isso. Existe um motivo para esses gorros serem enviados a essas pessoas. Elas não são escolhidas aleatoriamente.

– Por que elas são escolhidas?

– Elas têm algo a esconder. Por que outro motivo enviariam gorros a elas?

– Mas e aqueles que notificam a gente *de fato*?

– Têm medo de usar isso. Passam os gorros para as nossas mãos... para evitar suspeitas.

– Suponho que sim – refletiu Ross, com certa melancolia.

– Um homem inocente não tem motivo para ocultar seus pensamentos. De toda a população, 99% está satisfeita em ter a mente escaneada. A maioria das pessoas *quer* provar sua lealdade. Mas esse 1% que resta é culpado por alguma coisa.

Ross abriu uma pasta de documentos, tirou dela uma faixa de metal toda torta e ficou avaliando-a, atentamente.

– Olhe para isto. É só uma tira de alguma liga metálica, mas consegue impedir qualquer investigação. Os teeps ficam malucos. A tira produz um zumbido quando eles tentam passar por ela. Tipo um choque.

– Você já mandou amostras para o laboratório, claro.

– Não. Não quero nenhum funcionário do laboratório inventando os próprios gorros. Já temos problemas o suficiente!

– Esse aí foi pego com quem?

Ross bateu num botão em sua mesa.

– Vamos descobrir. Tenho que pedir um relatório para o teep.

A porta se dissolveu e um jovem todo murcho, de cara pálida, entrou na sala. Ele viu a faixa de metal na mão de Ross e deu um sorriso leve e alerta.

– Vocês queriam falar comigo?

Ross examinou aquele jovem. Cabelos loiros, olhos azuis. Um garoto de aspecto normal, talvez no segundo ano da faculdade. Mas Ross sabia mais do que isso. Ernest Abbud era um mutante telepata – um teep. Um entre as várias centenas de mutantes empregados pelo Departamento de Liberação para fazer investigações de lealdade.

Antes dos teeps, essas investigações eram meio caóticas. Juramentos, avaliações, grampos não eram o suficiente. A teoria de que cada pessoa deveria provar sua lealdade era válida – como teoria. Na prática, poucos conseguiam dar conta disso.

Era como se o conceito de "culpado até que se prove o contrário" tivesse de ser abandonado e a lei romana, restabelecida.

O problema, aparentemente insolúvel, encontrara uma resposta na explosão de Madagascar em 2004. Ondas severas de radiação atingiram centenas de tropas localizadas na área. Das pessoas que sobreviveram, poucas produziram progênie depois. No entanto, das várias centenas de crianças nascidas dos sobreviventes da explosão, muitas demonstraram características neurológicas de um tipo radicalmente diferente. Um mutante humano entrara em existência – pela primeira vez em milhares de anos.

Os teeps surgiram por acidente, mas resolveram o problema mais urgente encarado pela União Livre: a detecção e punição de casos de deslealdade. Os teeps eram inestimáveis para o governo da União Livre – e eles sabiam disso.

– Foi você quem pegou isto? – perguntou Ross, dando umas batidinhas no gorro.

– Sim – respondeu Abbud, com um aceno de cabeça.

O jovem estava seguindo seus pensamentos, e não as palavras que ele falava. Ross ruborizou, irritado:

– Como era esse homem? – perguntou ele, cruamente. – A placa do memorando não dá detalhes.

– Dr. Franklin é o nome dele. Diretor da Comissão de Recursos Federais. Tem 77 anos. Estava aqui em visita a um parente.

– Walter Franklin! Já ouvi falar dele. – Ross olhou para cima, encarando Abbud. – Então você já...

– Assim que tirei o gorro, consegui fazer o escaneamento dele.

– Para onde Franklin foi depois do ataque?

– Para algum lugar fechado. Instruções da polícia.

– E eles chegaram?

– Depois que o gorro foi pego, claro. Tudo aconteceu perfeitamente. Franklin foi visto por outro telepata, não por mim. Fui informado de que Franklin estava indo na minha direção. Quando chegou a mim, gritei que ele estava usando um gorro. Formou-se uma multidão e outras pessoas também começaram a gritar. O outro telepata chegou e nós manipulamos a multidão até que nos aproximamos dele. Eu mesmo peguei o gorro... O resto você já sabe.

Ross ficou em silêncio por um momento.

– Você sabe como ele conseguiu esse gorro? Você escaneou isso?

– Ele recebeu por correio.

– Será que ele...

– Ele não faz ideia de quem enviou ou de onde possa ter vindo.

Ross franziu o rosto.

– Então ele não pode nos dar nenhuma informação sobre eles. Os remetentes.

– Os Fabricantes de Gorros – disse Abbud, com toda frieza.

– O quê? – disse Ross, olhando rapidamente para cima.

– Os Fabricantes de Gorros. Tem *alguém* encarregado de fazê-los. – O rosto de Abbud estava inflexível. – *Alguém* está fazendo proteções contra investigações para nos manter afastados.

– E você tem certeza...

– O Franklin não sabe de nada! Chegou à cidade ontem à noite. Hoje de manhã, sua máquina de correio lhe trouxe o gorro. Ele ficou pensando por um tempo, depois comprou um chapéu e o colocou por cima do gorro. Então saiu a pé em direção à casa de sua sobrinha. Nós o avistamos vários minutos depois, quando ele entrou em nosso alcance.

– Parece que tem mais dessas coisas por aí esses dias. Mais gorros sendo enviados. Mas você sabe disso. – Ross contraiu o maxilar. – Nós temos que localizar os remetentes.

– Isso vai levar tempo. Aparentemente eles usam gorros o tempo todo. – O rosto de Abbud se retorceu. – Nós temos que chegar muito perto! Nosso alcance de escaneamento é extremamente limitado. De todo modo, mais cedo ou mais tarde vamos localizar um deles. Cedo ou tarde vamos tirar o gorro de alguém... e chegar a *ele*...

– No último ano, 5 mil usuários de gorros foram detectados – afirmou Ross. – Nenhum dos 5 mil sabe de nada. Não sabem de onde vêm esses gorros ou quem é que os fabrica.

– Quando somos mais numerosos, temos chances maiores de encontrar – disse Abbud sombriamente. – Agora mesmo nós somos muito poucos. Mas em algum momento...
– Você vai fazer a investigação do Franklin, não é? – Peters perguntou a Ross. – Como procedimento normal.
– Imagino que sim. – Ross fez um meneio de cabeça para Abbud. – Você também pode seguir em frente com ele. Peça a alguém do seu grupo para fazer a investigação completa de praxe e verificar se não tem nenhuma informação de interesse enterrada na região neurológica não consciente dele. Os resultados devem ser reportados a mim, como de costume.

Abbud pegou seu casaco. Dele, tirou uma bobina de fita e lançou-a na mesa diante de Ross.

– Aí está.
– O que é isso?
– A investigação completa do Franklin. De todos os níveis, tudo vasculhado e registrado.

Ross encarou o jovem.

– Mas você...
– Nós seguimos em frente com ele. – Abbud foi em direção à porta. – É um bom trabalho. Foi o Cummings quem fez. Encontramos deslealdades consideráveis. Mais ideológicas do que manifestas. Você provavelmente vai querer pegá-lo. Quando ele tinha 24 anos, encontrou alguns livros e registros musicais antigos. Foi fortemente influenciado por isso. A última parte da fita discute inteiramente a nossa avaliação das divergências dele.

A porta se dissolveu e Abbud saiu.

Ross e Peters ficaram encarando-o. Por fim, Ross pegou a bobina de fita e a colocou junto com o gorro de metal torcido.

– Vou me ferrar – disse Peters. – Eles fizeram a investigação por conta.

Ross deu um aceno de cabeça, absorto em seus pensamentos:

– É. E não tenho certeza se gosto disso.

Os dois homens trocaram olhares – e, ao fazer isso, souberam que do lado de fora do escritório **Ernest Abbud** estava escaneando os pensamentos deles.

– Cacete! – disse Ross inutilmente – Cacete!

Walter Franklin respirava afobado, espiando em volta. Com a mão trêmula, ele limpou o suor de seu rosto sulcado.

No fim do corredor, ecoavam e tiniam sons emitidos pelos agentes da Liberação, cada vez mais altos.

Ele tinha se afastado da multidão – fora poupado por um instante. Aquilo acontecera quatro horas antes. Agora o sol tinha se posto e a noite se instaurava sobre a Grande Nova York. Ele tinha conseguido atravessar metade da cidade, quase até a periferia – e agora havia um alerta público para prendê-lo.

Por quê? Ele trabalhara para o governo da União Livre a vida toda. Não tinha feito nada de desleal. Nada, exceto abrir o correio da manhã, encontrar o gorro, ponderar a respeito daquilo e finalmente vesti-lo. Ele se lembrou da pequena etiqueta com instruções:

SAUDAÇÕES!
Este escudo contra investigação lhe está sendo enviado com os cumprimentos do fabricante e o sincero desejo de que ele possa ter algum valor para você. Obrigado.

Mais nada. Nenhuma outra informação. Ele ficou matutando por um longo momento. Será que deveria usar aquilo? Ele nunca fizera nada. Não tinha nada a esconder – nada que fosse desleal à União. Mas aquela ideia o fascinava. Se usasse o gorro, sua mente seria só dele. Ninguém poderia ver o que havia lá dentro. Voltaria a pertencer a ele, algo privado e secreto, para pensar como desejasse, pensamentos sem fim para o consumo de mais ninguém além dele mesmo.

Por fim, tomou a decisão e colocou o gorro, acomodando seu velho chapéu de feltro por cima. Ele saiu, e, num intervalo de dez minutos, uma multidão estava gritando, berrando em volta dele. Agora havia um alerta geral para que fosse preso.

Franklin se afundou no próprio cérebro, desesperadamente. O que ele podia fazer? Iam levá-lo diante de um Conselho de Liberação. Nenhuma acusação viria à tona: caberia a ele defender a si mesmo, provar que era de fato leal. *Será* que ele havia feito alguma coisa errada na vida? Estaria ele se esquecendo de algo? Ele vestira o gorro. Talvez fosse isso. Havia algum tipo de projeto de lei anti-imunidade tramitando no Congresso para tornar o uso de proteção contra investigação um crime grave, mas ainda não fora aprovado...

Os agentes da Liberação estavam perto, quase em cima dele. Ele bateu em retirada pelo corredor do hotel, olhando desesperadamente em volta. Uma indicação brilhava em tons de vermelho: SAÍDA. Ele correu em direção a ela e subiu apressado um lance de escadas que dava para o porão, saindo numa rua escura. Não era bom estar nas ruas, onde havia multidões. Ele havia tentado ficar em algum lugar fechado o máximo possível; mas agora não tinha mais escolha.

Atrás dele, uma voz esganiçada se pronunciou bem alto. Alguma coisa passou cortante e o deixou para trás, fazendo fumegar um pedaço da pavimentação. Um raio Slem. Franklin saiu correndo, arfando em busca de ar, virou uma esquina e desceu uma ruazinha. Pessoas olhavam curiosamente para ele, que passava em alta velocidade.

Ele atravessou uma rua movimentada e foi se deslocando junto com um grupo agitado de pessoas que ia ao teatro. Será que os agentes o haviam visto? Ele espiou ao redor com certo nervosismo. Não tinha nenhum à vista.

Na esquina, atravessou no farol. Chegou à zona de segurança ao centro, observando um carro da Liberação que ia em direção a ele. Será que o tinham visto indo até a zona de segurança? Ele saiu dali, tentando chegar à calçada na outra extremidade. O carro da Liberação se lançou adiante repentinamente, ganhando velocidade. Mais um apareceu, vindo do outro lado.

Franklin chegou à calçada.

O primeiro carro foi aterrissando até parar. Agentes da Liberação se aglomeraram do lado de fora, indo feito um enxame em direção à calçada.

Ele estava encurralado. Não havia onde se esconder. Ao seu redor, pessoas que faziam compras com ar cansado e trabalhadores de escritório observavam com curiosidade, os rostos desprovidos de qualquer simpatia. Alguns sorriam na direção dele, num certo divertimento vazio. Franklin espiou os arredores freneticamente. Não havia nenhum lugar, nenhuma porta, nenhuma pessoa...

Um carro parou na sua frente, deslizando as portas até abrir.

– Entre. – Uma jovem garota se inclinou em direção a ele; seu belo rosto revelava pressa. – Entre, caramba!

Ele entrou. A garota bateu as portas e o carro logo ganhou velocidade. Um carro da Liberação estava suspenso na frente deles, com toda sua massa brilhosa bloqueando a rua. Um segundo carro da Liberação vinha atrás.

A garota se inclinou para frente, agarrando os comandos com firmeza. De repente, o carro se ergueu. Ele deixou a rua, ultrapassando os carros à frente e ganhando altitude rapidamente. Um clarão violeta acendeu o céu atrás deles.

– Fique abaixado! – disparou a garota.

Franklin se afundou em seu lugar. O carro se movia num arco bastante amplo, passando por cima das colunas de proteção de uma fileira de prédios. No solo, os carros da Liberação tinham desistido e dado meia-volta.

Franklin se recostou, esfregando a testa e tremendo.

– Obrigado – murmurou ele.

– Não tem de quê.

A garota aumentou a velocidade do carro. Eles estavam saindo da zona de negócios da cidade, passando por cima dos subúrbios residenciais. Ela dirigia silenciosamente, atenta ao céu que estava adiante.

– Quem é você? – perguntou Franklin.

A garota lançou algo em direção a ele:

– Vista isso.

Um gorro. Franklin desatou o objeto e deslizou-o de um jeito meio esquisito sobre a cabeça.

– Já está colocado.

– Senão eles vão nos pegar com um escaneamento dos teeps. Temos que tomar cuidado o tempo todo.

– Aonde estamos indo?

A garota se virou para ele, avaliando-o com seus calmos olhos cinzentos, mantendo uma mão no volante.

– Vamos até o Fabricante de Gorros – disse ela. – O alerta público contra você é de alta prioridade. Se eu te deixasse ali, você não duraria uma hora.

– Mas eu não estou entendendo. – Franklin balançou a cabeça, atordoado. – Por que eles estão atrás de mim? O que eu fiz?

– Você está sendo enquadrado. – A garota fez um contorno com o carro, traçando um amplo arco, com o vento assoviando estridente nas proteções e suportes do veículo. – Enquadrado pelos teeps. As coisas estão acontecendo muito rápido. Não há tempo a perder.

O homenzinho careca tirou seus óculos e esticou a mão para Franklin, espiando meio míope:

– Estou feliz em conhecê-lo, doutor. Acompanhei seu trabalho no Conselho com grande interesse.

– Quem é você? – perguntou Franklin.

O homenzinho sorriu timidamente.

– Sou James Cutter. O Fabricante de Gorros, como os teeps costumam me chamar. Esta é a nossa fábrica – explicou, fazendo um gesto para mostrar a sala. – Dê uma olhada.

Franklin observou em volta. Ele estava num depósito, um antigo prédio de madeira do século anterior. Vigas gigantes carcomidas por traças se erguiam, todas secas e rachadas. O chão era de concreto. Luzes fluorescentes à moda antiga cintilavam e piscavam no telhado. As paredes estavam cobertas de manchas de infiltração e encanamentos salientes.

Franklin se deslocou pela sala, com Cutter ao lado. Ele estava desnorteado. Tudo tinha acontecido rápido demais. Ele parecia estar fora de Nova York, num subúrbio industrial arruinado. Havia homens trabalhando por todos os lados à sua volta, inclinados sobre prensas e moldes. O ar era quente. Um arcaico ventilador chiava. O depósito ecoava e vibrava num estrépito constante.

– Isso... – murmurou Franklin. – Isso é...

– Isso é onde fazemos os gorros. Não é muito impressionante, não é mesmo? Mais para frente esperamos nos mudar para uma nova sede. Venha aqui, vou te mostrar o resto.

Cutter abriu uma portinha lateral e eles entraram em um pequeno laboratório, com frascos e réplicas por toda parte, numa confusão atulhada de coisas.

– É aqui que fazemos nossas pesquisas. Puras e aplicadas. Conseguimos descobrir algumas coisas. Algumas delas podem ser úteis, outras esperamos que não sejam necessárias. E isso também mantém nossos refugiados ocupados.

– Refugiados?

Cutter afastou alguns equipamentos e sentou-se em uma mesa do laboratório.

– A maior parte dos outros está aqui pelo mesmo motivo que você. Foram enquadrados pelos teeps. Acusados de divergência. Mas conseguimos pegá-los antes.

– Mas por quê...

– Por que você foi enquadrado? Por causa do seu cargo. Diretor de um departamento governamental. Todos esses homens eram proeminentes... e todos acabaram enquadrados pelas investigações dos teeps. – Cutter acendeu um cigarro, apoiando-se na parede com manchas de infiltração. – Nós existimos por causa de uma descoberta feita dez anos atrás num laboratório do governo. – Ele deu umas batidinhas em seu gorro. – Esta liga de metal, que é opaca para as investigações, foi descoberta por acidente por um desses homens. Os teeps foram atrás dele na mesma hora, mas ele conseguiu escapar. Fez uma série de gorros e foi passando adiante para outros trabalhadores da mesma área. Foi assim que nós começamos.

– São quantas pessoas aqui?

Cutter gargalhou.

– Não posso te contar isso. O suficiente para produzir os gorros e mantê-los em circulação. Para pessoas de destaque no governo. Pessoas que ocupam cargos de autoridade. Cientistas, oficiais, educadores...

– Por quê?

– Porque queremos chegar a eles primeiro, antes dos teeps. Chegamos até você tarde demais. Um relatório completo de investigação sobre você *já* tinha sido feito, antes mesmo que o gorro fosse colocado no correio.

– Os teeps não podem registrar um relatório de enquadramento – continuou ele – para um homem cuja mente seja opaca para investigações. A Liberação não é tão estúpida assim. Os teeps têm que tirar os gorros. Qualquer um que use um gorro é um homem fora dos limites. Até agora eles conseguiram o que queriam incitando as multidões... mas isso é inútil. Agora estão trabalhando nesse projeto de lei no Congresso. O projeto de lei anti-imunidade do senador Waldo. Isso tornaria ilegal o uso de gorros. – Cutter deu um sorriso irônico. – Se um homem é inocente, por que ele não iria querer que sua mente fosse investigada? O projeto torna o uso de escudo contra investigação um crime grave. As pessoas que recebem gorros acabam por entregá-los à Liberação. Não haverá um homem em 10 mil que manterá seu gorro, se isso representar prisão e confisco de propriedade.

– Eu encontrei o Waldo uma vez. Não acho que ele entenda o que esse projeto pode representar. Se tivesse algum jeito de fazê--lo entender...

– Exatamente. Se tivesse algum jeito de fazê-lo entender. Esse projeto de lei precisa ser interrompido. Se ele for adiante, estaremos lascados. E os teeps estão dentro. Alguém tem que falar com o Waldo para fazê-lo entender a situação. – Os olhos de Cutter

brilhavam. – Você conhece o cara. Ele vai se lembrar de você.
– O que quer dizer com isso?
– Franklin, estamos te mandando de volta... para encontrar o Waldo. É a nossa única chance de impedir esse projeto de lei. E ele tem que ser impedido.

O veículo bramia sobre as Montanhas Rochosas, com uma floresta densa e emaranhada exibindo-se embaixo.
– Tem uma planície toda de pasto à direita – disse Cutter. – Vou aterrissar lá, se conseguir encontrar esse lugar.
Ele desligou os jatos num estalo. O zumbido arrefeceu até ficar em silêncio. Eles estavam seguindo sobre as colinas.
– À direita – disse Franklin.
Cutter desceu com o veículo, planando com amplitude.
– Isso vai nos permitir ir a pé até a propriedade do Waldo. Faremos o resto do caminho andando.
Um rugido estremecedor chacoalhou os dois, conforme os estabilizadores verticais de pouso se fincaram no chão; então, eles pousaram.
Ao redor deles, árvores elevadas se moviam ligeiramente com o vento. A manhã já avançava. O ar estava fresco e escasso. Eles estavam a uma grande altitude, ainda nas montanhas, na parte do Colorado.
– Quais são as nossas chances de chegar até ele? – perguntou Franklin.
– Não muito boas.
– Por quê? Por que não? – começou Franklin.
Cutter empurrou a porta do veículo para trás e saltou para o chão.
– Vamos – disse; então ajudou Franklin a sair, batendo a porta logo em seguida. – O Waldo tem guardas. Ele tem uma muralha de robôs em volta. É por isso que nunca tentamos antes. Se não fosse essencial, não estaríamos tentando agora.
Eles deixaram o pasto, abrindo caminho colina abaixo por uma trilha estreita e toda coberta de mato.

– Por que eles estão fazendo isso? – perguntou Franklin. – Falo dos teeps. Por que eles querem tomar o poder?

– É a natureza humana, imagino.

– Natureza *humana*?

– Os teeps não são diferentes dos jacobinos, dos cabeças redondas, dos nazistas, dos bolcheviques. Sempre tem algum grupo querendo liderar a raça humana. E para benefício próprio, claro.

– Os teeps acreditam nisso?

– A maioria dos teeps acredita ser líder natural da humanidade. Humanos não telepáticos são uma espécie inferior. Teeps são o próximo passo, o *Homo superior*. E por serem superiores, é natural que assumam a liderança. Que tomem todas as decisões por nós.

– E você não concorda com isso – concluiu Franklin.

– Os teeps são diferentes de nós... mas isso não significa que sejam superiores. Uma capacidade telepática não implica superioridade como um todo. Os teeps não são uma raça superior. São apenas seres humanos com uma capacidade especial. Mas isso não lhes dá o direito de nos dizer o que fazer. Não é um problema novo.

– Então quem deveria liderar a humanidade? – perguntou Franklin. – Quem deveriam ser esses líderes?

– *Ninguém* deveria liderar a humanidade. Ela deveria liderar a si mesma. – De repente, Cutter se inclinou para a frente, com o corpo todo tenso, e continuou: – Estamos quase lá. A propriedade do Waldo fica logo em frente. Prepare-se. Tudo depende dos próximos minutos.

– Alguns robôs de guarda – Cutter disse, baixando os binóculos. – Mas isso não é o que me preocupa. Se o Waldo tiver um teep por perto, ele vai detectar nossos gorros.

– E nós não podemos tirá-los.

– Não. Todo o esquema acabaria vazando, passando de um teep a outro. – Cutter avançou cautelosamente. – Os robôs vão nos parar e pedir identificação. Temos que contar com o seu distintivo de diretor.

Eles saíram dos arbustos e cruzaram o campo aberto até os prédios que compunham a propriedade do senador Waldo. Saíram numa estrada de terra e seguiram-na, enquanto nenhum dos dois falava nada, apenas observavam a paisagem adiante.

– Parem! – Surgiu um guarda-robô, atravessando o campo em disparada na direção deles. – Identifiquem-se!

Franklin mostrou seu distintivo.

– Tenho nível de diretor. Viemos encontrar o senador. Sou um velho amigo dele.

Transmissores automáticos emitiram alguns cliques enquanto o robô avaliava o distintivo de identificação.

– Nível de diretor?

– Isso mesmo – confirmou Franklin, um pouco desconfortável.

– Saia do nosso caminho – ordenou Cutter, com impaciência. – Nós não temos tempo para perder.

O robô se afastou com alguma incerteza.

– Desculpe por tê-lo parado, senhor. O senador está dentro do prédio principal. É só seguir em frente.

– Tudo bem. – Cutter e Franklin foram avançando e deixaram o robô para trás; o rosto redondo de Cutter começou a suar. – Conseguimos – murmurou ele. – Agora vamos torcer para que não haja nenhum teep lá dentro.

Franklin chegou à varanda. Foi subindo lentamente, com Cutter atrás de si. Na porta, ele parou e fitou o homenzinho.

– Será que eu devo...

– Vá em frente – Cutter estava tenso. – Vamos entrar de uma vez. É mais seguro.

Franklin ergueu a mão. A porta fez um clique brusco enquanto suas lentes o fotografavam e conferiam sua imagem. Franklin estava rezando em silêncio. Se o alarme da Liberação tivesse chegado até ali, tão longe...

A porta se dissolveu.

– Para dentro – disse Cutter, apressadamente.

Franklin entrou, olhando em volta naquela semiescuridão. Ele piscou algumas vezes, ajustando a vista à luz vaga do saguão. Alguém estava vindo na direção dele. Uma forma bem pequena, que avançava rápido e com agilidade. Seria o Waldo?

Um jovem todo murcho e de cara pálida entrou no saguão, com um sorriso fixo no rosto:

– Bom dia, dr. Franklin – disse ele.

Então ergueu sua pistola Slem e atirou.

Cutter e Ernest Abbud encararam aquela massa esvaída que outrora fora o dr. Franklin. Nenhum deles disse nada. Até que finalmente, com o rosto lívido, Cutter ergueu a mão.

– Isso era mesmo necessário?

Abbud se moveu, tomando consciência de si repentinamente.

– Por que não? – Ele deu de ombros, com a pistola Slem apontada para a barriga de Cutter. – Ele era velho. Não teria durado muito no campo de custódia de proteção.

Cutter tirou seu maço e acendeu um cigarro lentamente, com os olhos pregados na cara do jovem. Ele nunca tinha visto Ernest Abbud antes, mas sabia de quem se tratava. Ele ficou observando aquele jovem de cara pálida chutando com indolência os restos que estavam no chão.

– Então o Waldo é um teep – disse Cutter.

– Sim.

– Franklin estava errado então. Ele tem, *sim,* plena consciência de seu projeto de lei.

– É claro! O projeto de lei anti-imunidade é parte integrante da nossa atividade. – Abbud balançou a ponta da pistola Slem. – Tire o seu gorro. Não posso escanear você assim, e isso me deixa incomodado.

Cutter hesitou. Ele derrubou seu cigarro refletidamente no chão e o amassou com o pé.

– O que está fazendo aqui? Você geralmente fica em Nova York. É uma boa distância até aqui.

Abbud sorriu.

– Nós captamos os pensamentos do dr. Franklin enquanto ele entrava no carro da garota, antes que ela lhe entregasse o gorro. Ela demorou demais. Nós conseguimos uma imagem nítida dela, vista do banco de trás, claro. Mas ela se virou para dar o gorro para ele. Duas horas atrás, a Liberação a prendeu. Ela sabia bastante coisa... nosso primeiro contato real. Assim pudemos localizar a fábrica e arrebanhar a maioria dos trabalhadores.

– Oh? – murmurou Cutter.

– Eles estão em custódia de proteção. Os gorros deles já eram... bem como todo o abastecimento para distribuição. As prensas foram desmontadas. Até onde sei, pegamos todo o grupo. Você é o último.

– Então faz alguma diferença se eu ficar com o meu gorro?

Os olhos de Abbud faiscaram.

– Tire isso. Quero escanear você... sr. Fabricante de Gorros.

Cutter soltou um grunhido.

– O que você quer dizer com isso?

– Vários dos seus homens nos deram imagens suas... e também detalhes da sua vinda até aqui. Eu decidi vir pessoalmente, notificando o Waldo antecipadamente, usando nosso sistema de transmissão. Eu queria estar aqui pessoalmente.

– Por quê?

– É uma ocasião. Uma ocasião muito importante.

– Qual cargo *você* ocupa? – perguntou Cutter.

O rosto pálido de Abbud de repente se revirou, desagradável.

– Vamos lá! Tire esse gorro! Eu poderia te liquidar agora. Mas quero escanear você antes.

– Tudo bem. Eu vou tirar. Você pode me escanear se quiser. Pode esquadrinhar tudo o que puder. – Cutter fez uma pausa, refletindo com sobriedade. – É o seu funeral.

– O que você quer dizer?

Cutter tirou seu gorro, jogando-o sobre uma mesa perto da porta.

– E então? O que você está vendo? O que eu sei... *que nenhum dos outros sabia?*

Por um momento, Abbud ficou em silêncio. De repente, seu rosto se contraiu; a boca ainda se mexia. A pistola Slem balançou. Abbud cambaleou, com um violento tremor saltando de seus contornos empalidecidos. Ele ficou boquiaberto encarando Cutter, tomado por um horror cada vez maior.

– Só fiquei sabendo disso recentemente – disse Cutter –, no nosso laboratório. Eu não queria fazer uso disso... mas você me forçou a tirar o gorro. Eu sempre considerei a liga metálica minha descoberta mais importante. Até que veio isso. De algumas maneiras, é algo ainda mais importante. Você não concorda?

Abbud não disse nada. Seu rosto assumira um tom cinza doentio. Seus lábios se mexiam, mas nenhum som saía deles. Cutter continuou:

– Eu tive um palpite... e o levei adiante até as últimas consequências. Eu sabia que vocês, telepatas, tinham nascido de um único grupo, oriundos de um acidente. A explosão de hidrogênio de Madagascar. Isso me fez pensar. A maioria dos mutantes que conhecemos se espalha por todo o universo pela espécie que atingiu o estágio de mutação, não por um grupo isolado numa região, mas no mundo todo, onde quer que a espécie exista. Danos ao plasma de origem de um grupo específico de humanos é a causa da sua existência. Vocês não eram mutantes no sentido de representar um desenvolvimento natural do processo evolutivo. Não seria possível dizer de jeito nenhum que o *Homo sapiens* tinha atingido o estágio de mutação. Por isso, talvez vocês não fossem mutantes. Eu comecei a fazer estudos, alguns biológicos, outros meramente estatísticos. Pesquisa sociológica. Começamos a correlacionar os fatos sobre vocês, sobre cada integrante do seu grupo que conseguíamos localizar. Qual a idade de vocês. O que faziam para se sustentar. Quantos eram casados. A quantidade de filhos. Depois de algum tempo, deparei com os fatos que você está escaneando agora mesmo.

Cutter se inclinou na direção de Abbud, observando o jovem atentamente, e prosseguiu:

– Você não é um mutante de verdade, Abbud. Seu grupo só existe por conta do acaso de uma explosão. Vocês são diferentes de nós por causa de danos ao aparelho reprodutor dos seus pais. Vocês não têm uma característica específica que os mutantes de verdade possuem. – Um leve sorriso contraiu os traços de Cutter. – Muitos de vocês são casados. Mas nenhum nascimento foi relatado. Nenhum nascimento! Nenhuma criança teep sequer! Vocês não podem se reproduzir, Abbud. Vocês são *estéreis*, todo o seu bando. Quando morrerem, não vão surgir outros. Vocês não são mutantes. São aberrações!

Abbud grunhiu com uma voz rouca, o corpo trêmulo:

– Estou vendo isso na sua mente. – Ele se recompôs com algum esforço. – E você guardou esse segredo, não foi? Você é o único que sabe.

– Mais alguém sabe – disse Cutter.

– Quem?

– *Você* sabe. Você me escaneou. E como você é um teep, todos os outros...

Abbud disparou, e a pistola Slem cavou profunda e freneticamente bem no meio dele mesmo. Ele se dissolveu, transformando-se numa chuva de fragmentos. Cutter se afastou, com as mãos sobre o rosto. Ele fechou os olhos e segurou a respiração.

Quando olhou de novo, não havia nada.

Cutter balançou a cabeça.

– Tarde demais, Abbud. Não foi rápido o suficiente. O escaneamento é instantâneo... e o Waldo está no alcance. O sistema de transmissão... e mesmo que eles não pegassem a informação de você, não podem evitar pegá-la de mim.

Um som. Cutter se virou. Agentes da Liberação entravam rapidamente no saguão, fitando aqueles restos no chão e olhando para cima em direção a Cutter.

O diretor Ross protegeu Cutter relutantemente, confuso e tremendo.

– O que aconteceu? Onde...

– Façam o escaneamento dele! – disparou Peters. – Chamem um teep aqui logo. Tragam o Waldo. Descubram o que aconteceu.

Cutter sorria ironicamente.

– Claro – disse ele, dando um aceno de cabeça enquanto tremia; estava fraquejando de alívio. – Pode me escanear. Não tenho nada a esconder. Chame um teep aqui para uma investigação. Se é que vão conseguir encontrar algum...

Introdução de
Kalen Egan e Travis Sentell

TÍTULO DO CONTO: FOSTER, VOCÊ JÁ MORREU
TÍTULO DO EPISÓDIO: SAFE & SOUND [SÃO E SALVO]

TRAVIS SENTELL *é o autor da biografia de não ficção* In the Shadow of Freedom *e do romance* Fluid. *Seus contos de ficção já foram publicados em diversas revistas e jornais literários.*

KALEN EGAN *trabalha para a* Electric Shepherd Productions *desde 2007. É coprodutor executivo da série original da Amazon* The Man in the High Castle [O homem do castelo alto] *e produtor executivo de* Electric Dreams, *ambas inspiradas em obras de Philip K. Dick.*

Quase 25 anos depois de sua morte, Philip K. Dick nos apresentou um ao outro.

Assim como muitas das frases de abertura de PKD, essa afirmação é aparentemente impossível, completamente verdadeira e também o início de uma longa e estranha jornada. Eu (oi, eu sou o Travis) estava largando meu emprego numa agência literária que representava a obra de PKD, e eu (olá, aqui é o Kalen) estava em treinamento para entrar no lugar dele. Imediatamente, encontramos afinidades no amor pelos livros e filmes, mas também – e mais do que qualquer outra coisa – por Philip K. Dick. Pouco depois, começamos a escrever roteiros juntos.

O que aprendemos depois de trabalhar bem de perto com a

obra de PKD ao longo de quase uma década é que, contrariamente às descrições populares, ele não era um profeta excepcional com uma conexão direta com o futuro. Hoje em dia pode parecer que fosse isso, mas apenas porque as questões que o orientavam diziam respeito à essência da própria vida: o que é humano? O que é real? Ele usava a ficção científica como seu laboratório pessoal, testando os limites da humanidade e da realidade repetidamente, vendo onde se rompiam e onde se mantinham unidos. Como essas duas questões centrais são perpetuamente relacionáveis e totalmente irrespondíveis, a obra de PKD permanece tão verdadeira e sagaz hoje quanto era 60 anos atrás – e como continuará sendo daqui a outros 60 anos.

"Foster, você já morreu" não é uma exceção a isso. Publicado originalmente em 1955 e abordando ostensivamente a ansiedade da Guerra Fria, o conto nos atingiu primeiro como um estudo hábil e cínico acerca de entidades corporativas que exploram a ansiedade dos jovens em busca de lucro. Mas, enfiado logo abaixo da superfície do comentário social, vimos um retrato profundamente honesto dos seres humanos e de suas relações. Temos ali um pai bastante real e um filho idem, cada um deles com reações plausíveis e dolorosamente verdadeiras a um mundo injusto, cujo relacionamento estava sendo devastado porque seus pontos de vista subjetivos eram irreconciliáveis – o pai, desesperado para não sucumbir às pressões da sociedade; o filho, desesperado para se conformar a ela. Todos nós conhecemos essa situação. E também essas pessoas. Talvez nós mesmos sejamos eles, ou já tenhamos sido, ou ainda sejamos no futuro. Como em várias instâncias da obra de PKD, "Foster, você já morreu" nos diz que a segurança significa mais do que mera sobrevivência; que os instintos tribais são capazes de sobrepujar relações sanguíneas; que gadgets de consumo podem falar tanto sobre identificação cultural como sobre assistência ou proteção funcional; que adolescentes que se situam fora de suas bolhas precisam de mais do que simples reconforto. Muita coisa neste conto parece relevante, porque os instintos e emoções continuam sendo extremamente familiares para nós.

Fizemos nossa adaptação para a série *Electric Dreams* durante a ascensão e eleição de um homem que está surfando numa nova onda de populismo norte-americano, e achamos que não seria possível escapar de pelo menos uma meia dúzia de ressonâncias involuntárias. Medos culturais que envolvem invasores estrangeiros, segurança pessoal, percepção de perda de status cultural, lacunas ideológicas entre diferentes gerações... Cada novo ciclo de notícias trazia novas e inesperadas reverberações para a ficção que estávamos adaptando – e não pretendíamos abordar especificamente nenhuma delas, mas todas acabaram se tornando parte indissociável da história toda. É claro que o negócio é este mesmo: a obra de PKD sempre vai ser relevante, porque ele via o mundo e as pessoas a seu redor com clareza ímpar. Ele pensava e escrevia sobre a humanidade com precisão extraordinária e, embora as circunstâncias externas estejam em constante mudança, esses atributos fundamentalmente humanos continuam sendo estagnados de uma maneira ao mesmo tempo linda e aterradora. O cinismo avança, mas também a empatia o faz e, no mundo de PKD, esses dois atributos seguem de mãos dadas, apoiando e combatendo um ao outro em igual medida.

E, claro, ele esgueirou tudo isso sob o pretexto de ficção científica sensacionalista, atiçando-nos a acreditar que talvez isso tudo seja apenas fantasia. Acontece que só depois que o conto acaba e damos mais uma conferida no mundo à nossa volta é que percebemos: *tudo é completamente verdade*.

Foster, você já morreu

O dia na escola estava sendo um suplício, como sempre – mas ainda pior que o habitual. Mike Foster terminou de tecer seus dois cestos impermeáveis e se sentou rigidamente, enquanto as outras crianças brincavam ao redor dele. Do lado de fora do edifício de ferro e concreto, o sol de fim de tarde brilhava ameno. O verde e o marrom das montanhas cintilava na brisa fresca de outono. No céu, a patrulha da Força Aérea rondava lentamente sobre a cidade.

A figura larga e ameaçadora da professora, a sra. Cummings, aproximava-se silenciosamente de sua mesa.

– Foster, você já terminou?

– Sim, senhora – respondeu ele ansioso, erguendo as cestas. – Posso ir embora agora?

A sra. Cummings examinou os cestos dele com um olhar crítico.

– E a armadilha? – questionou.

Atrapalhado, ele tateou a mesa e sacou uma complexa armadilha para pequenos animais.

– Tudo pronto, sra. Cummings. E a minha faca também está pronta. – Ele mostrou a ela a lâmina afiada de sua faca, o metal brilhante que havia moldado a partir de um tambor de gasolina descartado. Ela pegou a faca e passou seus dedos treinados pela lâmina, um pouco hesitante.

– Não está firme o bastante – afirmou. – Você afiou demais. Ela vai perder o fio na primeira vez que for usada. Vá até o laboratório de armas e examine as facas que eles têm por lá. Depois, tente se aprimorar para conseguir uma lâmina mais grossa.

– Sra. Cummings – implorou Mike Foster –, posso consertar a faca amanhã? Posso ir embora agora, por favor?

Todos os colegas na sala de aula acompanhavam a cena, interessados. Mike Foster ficou vermelho. Ele odiava ser apontado e colocado em evidência assim, mas precisava ir embora. Não podia continuar na escola nem mais um minuto.

Inflexível, a sra. Cummings resmungou:

– Amanhã é dia de cavar. Você não vai ter tempo de trabalhar na sua faca.

– Vou, sim – ele assegurou, rapidamente. – Depois de cavar.

– Não, você não é bom em cavar. – A velha senhora media os braços e pernas compridos e finos do menino. – Acho melhor você terminar sua faca hoje. E passar o dia inteiro de amanhã em campo.

– Para que serve cavar? – questionou Mike Foster, em desespero.

– Todo mundo precisa saber cavar – respondeu a sra. Cummings, com certa paciência; as crianças estavam deixando escapar risadinhas por todos os lados, até que ela mandou que se calassem, com um olhar hostil. – Todos vocês sabem qual é a importância de cavar. Quando a guerra começar, toda a superfície ficará coberta de entulho e destroços. Para ter alguma esperança de sobrevivência, vamos precisar cavar, não é? Vocês já viram um esquilo cavando em volta das raízes das plantas? O esquilo sabe que vai encontrar algo de valor sob a superfície do chão. Todos nós seremos esquilinhos marrons. E todos teremos que aprender a cavar no entulho e encontrar coisas boas, porque é lá que elas estarão.

Mike Foster se sentou e sacou a faca, entristecido, enquanto a sra. Cummings se afastava de sua mesa e seguia entre as fileiras. Algumas crianças riram dele com desdém, mas nada era capaz de adentrar sua aura de desamparo. Cavar não lhe faria bem algum. Quando as bombas viessem, ele morreria imediatamente. Todas as vacinas espalhadas por seus braços, coxas e nádegas de nada serviriam. Ele teria gastado toda a sua mesada: Mike Foster não estaria vivo para pegar nenhuma das pragas bacterianas. A não ser que...

Ele se levantou de um salto e seguiu a sra. Cummings até a mesa dela. Na agonia de seu desespero, disparou:

– Por favor, eu preciso ir embora. Preciso fazer uma coisa.

Os lábios cansados da sra. Cummings se entortaram de raiva, mas os olhos amedrontados do menino a fizeram parar.

– O que houve? – perguntou ela. – Não está se sentindo bem?

O menino ficou estático, incapaz de respondê-la. Satisfeita com a cena, a classe cochichava e dava risadinhas, até que a sra. Cummings, irritada, começou a bater na mesa com uma caneta.

– Fiquem quietos – disse ela com rispidez; em seguida, sua voz se tornou mais terna. – Michael, se você não está funcionando bem, desça até a clínica de psicologia. Não vale a pena tentar trabalhar quando seus sentimentos estão conflituosos. A srta. Groves ficará contente em otimizar você.

– Não – disse Foster.

– Então, qual é o problema?

A classe se alvoroçou. Vozes responderam por Foster; sua língua travou de tanto sofrimento e humilhação.

– O pai dele é um anti-P – explicaram as vozes. – Eles não têm um abrigo e ele não está nem registrado na Defesa Cívica. O pai dele nem sequer contribuiu com a patrulha da Força Aérea. Eles não fizeram nada.

A sra. Cummings olhou assombrada para o garoto emudecido.

– Vocês não têm um abrigo?

Ele balançou a cabeça. Um sentimento de estranheza tomou conta da mulher.

– Mas... – ela começou a dizer "mas você vai morrer aqui na superfície"; então mudou o discurso. – Mas para onde você vai?

– Para lugar nenhum – responderam por ele aquelas vozes brandas. – Todos os outros vão estar em seus abrigos e ele vai ficar aqui em cima. Ele não tem licença nem para o abrigo da escola.

A sra. Cummings estava chocada. Com seu jeito tedioso e pedagógico, ela presumiu que todas as crianças na escola tinham uma licença para as elaboradas câmaras subterrâneas sob o edifício. Mas era claro que não. Somente as crianças cujos pais eram membros da Defesa Cívica e contribuíam com o armamento da comunidade tinham a licença. Se o pai de Foster fosse um anti-P, então...
– Ele está com medo de ficar aqui – brandiram as vozes, calmamente. – Ele está com medo de tudo acontecer enquanto ele estiver aqui em cima e todos os outros estiverem seguros no abrigo lá embaixo.

Ele saiu perambulando lentamente, com as mãos enfiadas nos bolsos, chutando algumas pedras escuras na calçada. O sol estava se pondo. Foguetes de transporte público com pontas arrebitadas descarregavam pessoas cansadas e felizes em voltar para suas casas, vindas da região das fábricas, localizadas algumas centenas de quilômetros a oeste dali. Nas montanhas distantes, algo piscava: uma torre de radar girava silenciosamente na escuridão do anoitecer. A patrulha da Força Aérea rondando aumentara em quantidade. As horas do crepúsculo eram as mais perigosas; observadores não conseguiam avistar a olho nu os mísseis de alta velocidade que se aproximavam do solo. Supondo que os mísseis viriam.

Uma máquina mecânica de notícias gritava animada em sua direção enquanto ele passava. Guerra, morte, novas armas incríveis desenvolvidas aqui e no estrangeiro. Ele arqueou os ombros e continuou, passando pelas pequenas conchas de concreto que serviam de casas, todas exatamente idênticas, robustas casamatas reforçadas. À sua frente, letreiros de neon brilhavam na escuridão que se estabelecia: era o distrito de negócios, agitado com o trânsito e as pessoas que perambulavam.

A meio quarteirão daquele luminoso aglomerado de neons, ele parou. À sua direita, estava o abrigo público, uma entrada escura em formato de túnel com uma catraca que reluzia meio fosca. A entrada custava 50 centavos. Se ele estivesse ali, na rua, e tivesse 50 centavos, ficaria tudo bem. Ele já havia entrado em abrigos públicos muitas vezes, durante simulações de ataque. Mas nas outras vezes, momentos terríveis de pesadelo que nunca abandonavam seus pensamentos, ele não tinha o dinheiro. Ficara parado, mudo e apavorado, enquanto as pessoas passavam por ele, empurrando-se agitadas, e os guinchos estridentes das sirenes ecoavam por toda parte.

Ele seguiu lentamente até chegar ao ponto mais luminoso: as enormes e reluzentes vitrines da General Electronics, que ocupavam dois quarteirões, iluminadas por todos os lados. Um vasto bloco de pura cor e radiação. Ele parou e examinou pela milionésima vez aquelas formas fascinantes, aquela tela que sempre o fazia parar hipnotizado ao passar por ali.

No centro da ampla sala havia um único objeto: uma elaborada bolha pulsante de maquinário e escoras de suporte, vigas, paredes e vedações. Todos os holofotes estavam voltados para aquilo. Enormes placas anunciavam suas 101 vantagens – como se pudesse existir alguma dúvida.

CHEGOU O NOVO ABRIGO SUBTERRÂNEO 1972 À PROVA DE BOMBAS E RADIAÇÃO! CONFIRA ESTES RECURSOS ESPETACULARES:

- elevador automático à prova de obstrução, energia autônoma, bloqueio fácil
- casco triplo com garantia de resistência a até 5 g de pressão sem torção
- sistema de aquecimento e refrigeração automático – rede de purificação de ar autônoma
- três etapas de descontaminação para alimentos e água
- quatro etapas de higiene para exposição pré-queimaduras
- processamento antibiótico completo
- plano de pagamento fácil

Ele fitou o abrigo por bastante tempo. Era essencialmente um tanque grande, com um túnel em uma extremidade – o tubo de descida – e uma escotilha de saída de emergência na outra. Completamente autônomo, era um mundo em miniatura com fornecimento próprio de energia, calor, ar, água, medicamentos e um suprimento de comida quase inesgotável. Quando totalmente abastecido, contava com fitas de vídeo e áudio, entretenimento, camas, cadeiras, telas de vídeo, tudo o que compunha uma casa na superfície. Era, na verdade, uma casa abaixo do solo. Não faltava nada que pudesse ser necessário ou desfrutável. Uma família estaria a salvo, até mesmo confortável, durante os mais severos ataques de bomba de hidrogênio e pulverizações bacterianas.

O abrigo custava 20 mil dólares.

Enquanto ele encarava silenciosamente aquela tela imensa, um dos vendedores saiu para a calçada escura, a caminho da cafeteria.

– Olá, jovenzinho – disse automaticamente, enquanto passava por Mike Foster. – Nada mau, não é?

– Posso entrar? – perguntou Foster rapidamente. – Posso descer até lá?

O vendedor parou quando reconheceu o menino.

– Você é aquele menino – disse ele, com calma. – Aquele maldito menino que está sempre importunando a gente.

– Eu gostaria de descer até lá. Só por uns minutos. Não vou quebrar nada... Prometo. Não vou nem tocar em nada.

O vendedor era loiro e jovem, um homem bonito com seus vinte e poucos anos. Ele hesitou; suas reações estavam divididas. O menino era uma peste, mas tinha uma família, o que significava uma possível venda futura. Os negócios iam mal; setembro já chegava ao fim, e a baixa sazonal ainda estava acontecendo. Não havia lucro nenhum em dizer ao menino para sair distribuindo suas videonotícias; mas, por outro lado, era mau negócio encorajar um peixe pequeno a ficar passeando pela mercadoria. Eles perdiam tempo, quebravam coisas e afanavam miudezas quando ninguém estava olhando.

– Sem chance – disse o vendedor. – Olhe, mande seu pai vir aqui. Ele já viu o que temos?

– Sim – disse Mike Foster, com firmeza.

– O que o está impedindo? – O vendedor acenou efusivamente para a grande tela que reluzia. – Vamos propor a ele um excelente negócio na troca do abrigo antigo, levando em conta a desvalorização e obsolescência. Qual modelo ele tem?

– Não temos nenhum – disse Mike Foster.

– Como é? – O vendedor piscou.

– Meu pai diz que é um desperdício de dinheiro. Diz que estão tentando assustar as pessoas para que comprem coisas de que não precisam. Ele diz...

– Seu pai é um anti-P?

– Sim – respondeu Mike Foster com tristeza.

O vendedor suspirou.

– Certo, rapaz. Sinto muito por não podermos fechar negócio. Não é sua culpa. – Então emendou: – O que diabos há de errado com ele? Ele contribui para a patrulha da Força Aérea?

– Não.

O vendedor praguejou baixinho. Um preguiçoso, aproveitador, seguro porque o resto da comunidade abria mão de 30% de sua renda para manter um sistema constante de defesa em operação. Havia sempre alguns desses em todas as cidades.

– Como a sua mãe se sente? – perguntou o vendedor. – Ela concorda com ele?

– Ela diz... – Mike Foster se interrompeu. – Eu não poderia descer lá só um pouquinho? Não vou quebrar nada. É só uma vez.

– Como conseguiríamos vender depois se deixarmos as crianças correrem soltas lá dentro? Isso não é um modelo para demonstração... Já nos engambelaram muitas vezes desse jeito. – A curiosidade do vendedor fora despertada. – Como uma pessoa vira anti-P? Ele sempre se sentiu assim ou foi picado por algo?

– Ele diz que venderam às pessoas tantos carros, máquinas de lavar e televisores quanto podiam. Diz que a patrulha da Força Aérea e os abrigos de bombas não servem para nada, por isso as pessoas nunca têm acesso a tudo o que poderiam usar. Diz que as fábricas vão continuar produzindo armas e máscaras de gás para sempre e que, enquanto as pessoas tiverem medo, vão continuar pagando, porque pensam que podem morrer se não fizerem isso; que talvez um homem se sinta cansado de pagar por um novo carro todos os anos e pare, mas nunca vai parar de comprar abrigos para proteger seus filhos.

– Você acredita nisso? – perguntou o vendedor.

– Queria que a gente tivesse aquele abrigo – respondeu Mike Foster. – Se a gente tivesse um abrigo desse, eu desceria e dormiria nele todas as noites. Ele estaria lá quando a gente precisasse.

– Talvez a guerra não aconteça – disse o vendedor, sentindo a tristeza e o medo do menino, e lhe ofereceu um sorriso bondoso. – Não fique preocupado o tempo inteiro. Você provavelmente assiste a muitas fitas... Saia e brinque, para variar um pouco.

– Ninguém está seguro na superfície – disse Mike Foster. – Precisamos estar embaixo da terra. E não tem nenhum lugar aonde eu possa ir.

– Fale para seu pai vir aqui – resmungou o vendedor, um pouco desconfortável. – Talvez a gente consiga convencê-lo. Temos muitos planos de pagamento a longo prazo. Peça a ele para procurar o Bill O'Neill, sim?

Mike Foster saiu dali perambulando, descendo a rua já escura com o anoitecer. Ele sabia que deveria estar em casa, mas seus pés se arrastavam e seu corpo estava pesado e sem vida. Seu cansaço o fazia se lembrar do que o treinador dissera no dia anterior, durante os exercícios. Estavam praticando apneia, segurando o pulmão cheio de ar e correndo. Ele não tinha se saído bem; os outros ainda estavam com os rostos vermelhos e correndo quando Mike parou, expeliu o ar e engasgou, tentando respirar freneticamente.

– Foster – chamou o treinador, irritado –, você já morreu. Entende isso? Se isto aqui tivesse sido um ataque de gás... – Ele balançou a cabeça, combalido. – Vá para aquele canto e treine sozinho. Você precisa melhorar se pretende sobreviver.

Mas ele não esperava sobreviver.

Quando chegou à varanda de casa, viu que as luzes da sala de estar ainda estavam acesas. Ele conseguia ouvir a voz de seu pai e, um pouco mais abafada, também a de sua mãe, vindo da cozinha. Fechou a porta atrás de si e começou a tirar o casaco.

– É você? – perguntou o pai. Bob Foster estava esparramado em sua cadeira, com o colo coberto por fitas e relatórios de sua loja de móveis. – Por onde andou? O jantar já está pronto há meia hora.

Ele havia tirado o casaco e arregaçado as mangas. Seus braços eram pálidos e finos, mas musculosos. Ele estava cansado; tinha os olhos grandes e escuros; os cabelos estavam ficando ralos. Ele movia as fitas incansavelmente de uma pilha para outra.

– Desculpe – disse Mike Foster.

O pai examinou seu relógio de bolso. Com certeza ele era o único homem que ainda carregava um relógio.

– Vá lavar as mãos. O que você andou fazendo? – perguntou, esquadrinhando o filho. – Você está estranho. Está se sentindo bem?

– Eu estava no centro – respondeu Mike.

– O que você estava fazendo?

– Vendo os abrigos.

Sem dizer nada, o pai apanhou um punhado de relatórios e os enfiou numa pasta. Seus lábios finos se esticaram; linhas rígidas enrugavam sua testa. Ele bufava com raiva enquanto as fitas se espalhavam por todos os lados. Inclinou-se com dificuldade para apanhá-las. Mike Foster não fez nenhum movimento para ajudá-lo; foi até o armário e pendurou o casaco no cabide. Quando se virou, sua mãe estava conduzindo a mesa de jantar para a sala.

Eles comeram sem conversar, atentos à comida, sem trocar olhares. Por fim, seu pai disse:

– O que você viu? As mesmas velharias de sempre, imagino.

– Há novos modelos 1972 – respondeu Mike Foster.

– Eles são idênticos aos modelos 1971. – Seu pai largou o garfo com brutalidade; a mesa o apanhou e absorveu. – Algumas geringonças novas, um pouco mais de cromo. É só isso. – De repente, ele começou a olhar para o filho com um ar desafiador. – Certo?

Mike Foster brincava desconsolado com seu frango cremoso.

– Os novos têm um elevador à prova de obstrução. Não tem como a pessoa ficar presa no meio do caminho. Tudo o que precisa fazer é entrar, e o elevador cuida do resto.

– No ano que vem vai ter um novo que vai te pegar no colo e te levar para baixo. Esse aí vai ficar obsoleto assim que as pessoas comprarem. É isso que eles querem... que você continue comprado. Eles continuam lançando novos modelos o mais rápido que conseguem. Não estamos em 1972, ainda é 1971. Por que já lançaram esse troço? Eles não podem esperar?

Mike Foster não respondeu. Ele ouvira isso muitas vezes antes. Não havia nada de novo, apenas cromo e geringonças; mesmo assim, os modelos antigos ficavam obsoletos de qualquer jeito. Os argumentos de seu pai eram espalhafatosos, inflamados, quase frenéticos, mas não faziam sentido.

– Vamos comprar um antigo, então – soltou ele. – Eu não ligo, qualquer um serve. Até um de segunda mão.

– Não, você quer o novo. Brilhante e luminoso, para impressionar os vizinhos. Muitos mostradores, botões e equipamentos. Quanto eles cobram por isso?

– Vinte mil dólares.

Seu pai apenas suspirou.

– Simples assim.

– Eles têm planos de pagamento fácil a longo prazo.

– Claro. Você passa o resto da vida pagando. Juros, taxas de manutenção... e a garantia é de quanto tempo?

– Três meses.

– O que acontece quando ele quebra? Ele vai parar de purificar e descontaminar. Vai se desmontar assim que passarem os três meses.

Mike Foster balançou a cabeça.

– Não. Ele é grande e resistente.

Seu pai enrubesceu. Ele era um homem pequeno, esguio e

leve, de ossatura frágil. Repentinamente, pensou em sua vida inteira de batalhas perdidas, lutando da forma mais difícil, cuidadosamente colecionando e se apegando a algo – um emprego, dinheiro, sua loja de móveis, de escriturário a gerente e, por fim, proprietário.

– Eles estão assustando a gente para manter as engrenagens funcionando – gritou ele, desesperado, na direção da mulher e do filho. – Não querem outra Depressão.

– Bob – disse sua esposa, tranquila e lentamente –, você precisa parar com isso. Eu não aguento mais.

Bob Foster piscou.

– Do que você está falando? – resmungou ele. – Estou cansado. Esses malditos impostos. Assim não é possível manter uma loja pequena aberta. Não com as grandes redes por aí. Deveria existir uma lei. – Sua voz estremeceu. – Acho que já terminei de comer. – Ele se levantou, empurrando a mesa. – Vou me deitar no sofá e tirar um cochilo.

O rosto fino de sua esposa começou a arder.

– Você precisa comprar um! Não aguento a forma como eles falam sobre nós. Todos os vizinhos e comerciantes, todo mundo que sabe. Não posso ir a lugar nenhum nem fazer nada sem ouvir falar disso. Desde que eles hastearam aquela bandeira. Anti-P. O último que resta na cidade inteira. Essas coisas rondando lá em cima e todo mundo pagando por elas, menos nós.

– Não – disse Bob Foster. – Não posso comprar um.

– Por que não?

– Porque – respondeu ele, com certa simplicidade – eu não posso pagar por isso.

Fez-se um silêncio.

– Você colocou tudo o que tinha naquela loja – disse Ruth, por fim. – E ela está fracassando do mesmo jeito. Você é como um rato, acumulando tudo naquele buraquinho na parede. Ninguém mais quer móveis de madeira. Você é uma relíquia, uma curiosidade! – Ela bateu na mesa que, por sua vez, saltou desenfreada para recolher os pratos vazios, feito um animal assustado. Então, a mesa correu furiosamente de volta para a cozinha, enquanto a louça girava na máquina de lavar.

Bob Foster suspirou cansado.

– Não vamos brigar. Estarei na sala. Me deixe tirar um cochilo por uma hora e pouco. Talvez a gente possa conversar sobre isso mais tarde.

– Sempre mais tarde – disse Ruth, meio amarga.

Seu marido desapareceu na direção da sala – uma figura pequena e encurvada, de cabelos desalinhados e grisalhos, as omoplatas parecendo asas quebradas.

Mike se pôs de pé.

– Vou fazer meu dever de casa – disse ele, e saiu atrás de seu pai com um olhar estranho no rosto.

A sala estava silenciosa; o aparelho de vídeo estava desligado e a luminária, abaixada. Ruth, na cozinha, configurava os controles do forno para as refeições do próximo mês. Bob Foster, descalço, estava estirado no sofá, com a cabeça recostada numa almofada. Seu rosto estava cinzento de cansaço. Mike hesitou por um momento e, então, disse:

– Posso perguntar uma coisa?

Seu pai resmungou e se mexeu, abrindo os olhos.

– O quê?

Mike se sentou de frente para o pai.

– Me conte de novo sobre o conselho que você deu ao presidente.

Seu pai se levantou.

– Eu não dei nenhum conselho ao presidente. Eu só conversei com ele.

– Me conte como foi.

– Já contei um milhão de vezes. Conto de tempos em tempos, desde que você nasceu. Você estava comigo. – Sua voz amolecia à medida que ia se lembrando. – Você era apenas um bebê, a gente tinha que te carregar.

– Como ele era?

— Bem — o pai começou, dando início àquele número que já havia treinado e cristalizado ao longo dos anos. — Ele tem mais ou menos a mesma cara que aparece na tela de vídeo. Só que menor.

— Por que ele estava aqui? — perguntou Mike avidamente, apesar de conhecer cada detalhe; o presidente era seu herói, o homem que ele mais admirava em todo o mundo. — Por que ele veio lá de longe até aqui, na nossa cidade?

— Ele estava em excursão. — Uma amargura se infiltrou na voz do pai. — Calhou de estar passando por aqui.

— Que tipo de excursão?

— Visitando cidades em todo o país. — A aspereza da voz estava aumentando. — Queria ver como estávamos nos saindo. Se tínhamos comprado uma patrulha da Força Aérea grande o suficiente, além de abrigos de bomba, vacinas contra a praga, máscaras de gás e redes de radares para repelir ataques. A General Electronics Corporation estava só começando a instalar seus grandes showrooms e telas; tudo muito brilhante, luminoso e caro. Os primeiros equipamentos de defesa disponíveis para compra doméstica. — Seus lábios se retorceram. — Todos com planos de pagamento facilitado. Anúncios, cartazes, lanternas e também gardênias e louças gratuitas para as senhoras.

A respiração de Mike Foster arquejou em sua garganta.

— Aquele foi o dia em que recebemos nossa Bandeira da Prontidão — disse, avidamente. — O dia em que ele veio nos dar a nossa bandeira. Logo a hastearam no mastro no meio da cidade, e todos estavam gritando e comemorando.

— Você se lembra disso?

— Acho... que sim. Me lembro das pessoas e dos sons. E fazia calor. Foi em junho, não foi?

— Dia 10 de junho de 1965. Uma bela ocasião. Poucas cidades tinham a grande bandeira verde naquela época. As pessoas ainda estavam comprando carros e televisores; ainda não tinham descoberto que aqueles dias haviam chegado ao fim. Televisores e carros eram bons para uma coisa: você podia fabricá-los e vender aos montes.

– Ele deu a bandeira para você, não foi?
– Bem, ele ofereceu a todos nós, comerciantes. A Câmara de Comércio organizou tudo. A competição entre cidades, para ver quem comprava mais em menos tempo. Melhorar nossa cidade ao mesmo tempo que se estimulavam os negócios. Claro, da forma como colocaram as coisas, a ideia é que, se tivéssemos que comprar nossas máscaras de gás e abrigos de bombas, teríamos mais cuidado com eles. Como se a gente ficasse estragando nossos telefones e calçadas. Ou as estradas, porque haviam sido fornecidas pelo estado. Ou exércitos. Os exércitos não existem desde sempre? O governo não foi sempre responsável pela defesa do povo? Acho que a defesa custa muito. Acho que eles economizam muito dinheiro e reduzem a dívida nacional desse jeito.
– Me conte o que ele falou – sussurrou Mike Foster.
Seu pai procurou desajeitadamente pelo cachimbo e o acendeu, com as mãos trêmulas.
– Ele disse: "Aqui está a bandeira de vocês, rapazes. Vocês fizeram um bom trabalho". – Bob Foster engasgou com a fumaça forte do cachimbo. – Ele tinha o rosto vermelho, queimado de sol, nada envergonhado. Estava transpirando e sorrindo. Sabia como lidar consigo mesmo. Sabia o primeiro nome de várias pessoas. Contou uma piada engraçada.
Os olhos do menino estavam arregalados de fascínio.
– Ele veio até aqui. E você falou com ele.
– Sim – disse o pai. – Eu falei com ele. Todo mundo estava gritando e comemorando. A bandeira estava sendo hasteada, a enorme Bandeira da Prontidão, toda verde.
– Você disse...
– Eu disse a ele: "É só isso que você nos trouxe? Um pedaço de tecido verde?". – Bob Foster tragou seu cachimbo, tenso. – Foi aí que me tornei um anti-P. Só que eu não sabia disso na época. Tudo que eu sabia é que estávamos por conta própria, a não ser por um pedaço de tecido verde. Devíamos ter sido um país, uma nação inteira, 170 milhões de pessoas trabalhando juntas pela própria defesa. E, em

vez disso, somos várias cidadezinhas separadas, pequenos fortes murados, resvalando de volta para a Idade Média. Criando nossos exércitos separados...

– O presidente vai voltar algum dia? – perguntou Mike.

– Duvido. Ele estava... só de passagem.

– Se ele voltar – cochichou Mike, tenso e sem ousar ter esperanças –, podemos ir vê-lo? Podemos olhar para ele?

Bob Foster se ergueu para ficar sentado. Seus braços ossudos estavam descobertos e eram brancos; o rosto enxuto estava enfadonho de exaustão. E resignação.

– Quanto custava aquela maldita coisa que você viu? – perguntou Bob, num tom áspero. – Aquele abrigo de bombas.

O coração de Mike parou de bater.

– Vinte mil dólares.

– Hoje é quinta-feira. Vou com você e sua mãe lá no sábado. – Bob Foster largou seu cachimbo ainda em brasa, meio aceso. – Vou comprá-lo no plano de pagamento fácil. A época das festas está quase chegando. Eu geralmente faturo bem, as pessoas compram móveis de madeira para dar de presente de Natal – disse, levantando-se bruscamente do sofá. – Estamos combinados?

Mike não conseguia responder, apenas acenar com a cabeça.

– Certo – assentiu o pai, com uma animação desesperada. – Agora você não vai precisar ir até lá e olhar pela vitrine.

O abrigo fora instalado – por 200 dólares adicionais – por uma ágil equipe de trabalho, cujos membros vestiam casacos marrons com os dizeres GENERAL ELECTRONICS bordados nas costas. O quintal foi rapidamente restabelecido, a sujeira e os arbustos posicionados em seus lugares, a superfície alisada e a conta respeitosamente passada por debaixo da porta. O pesado caminhão de entregas, agora vazio, chacoalhava pela rua afora, e a vizinhança voltou a ficar silenciosa.

Mike Foster permaneceu parado com sua mãe e um pequeno grupo de vizinhos, todos admirados no quintal da casa.

– Bem – disse a sra. Carlyle, por fim –, agora vocês têm um abrigo. O melhor que existe.

– Isso mesmo – concordou Ruth Foster. Ela estava ciente das pessoas ao redor, porque fazia tempo que tanta gente não aparecia de uma vez. Uma satisfação sombria, quase um ressentimento, tomou conta de sua forma abatida. – Certamente faz diferença – falou, com frieza.

– Sim – concordou o sr. Douglas, do fim da rua. – Agora vocês têm um lugar para onde ir. – Ele havia apanhado o grosso manual de instruções deixado pelos trabalhadores. – Aqui diz que vocês podem estocá-lo para um ano todo; morar lá por doze meses sem nunca precisar subir – continuou, balançando a cabeça em admiração. – O meu é um velho modelo 1969. Serve apenas para seis meses. Acho que talvez...

– Ainda é bom o bastante para nós – sua mulher o interrompeu, com um tom melancólico na voz. – Podemos descer para dar uma olhada, Ruth? Já está tudo pronto, não está?

Mike emitiu um som sufocado e se moveu bruscamente para a frente. Sua mãe sorriu em compreensão:

– Ele precisa descer primeiro. Tem que ser o primeiro a olhar. Isso é para ele, na verdade, sabe?

Seus braços se encolheram contra o corpo naquele vento fresco de setembro. O grupo de homens e mulheres ficou parado assistindo, enquanto o menino se aproximava do túnel do abrigo e parava a alguns passos da entrada.

Ele entrou no abrigo com cuidado, quase com medo de tocar em qualquer coisa. A porta era muito grande para ele; fora construída para permitir a entrada de um adulto. Assim que seu corpo tocou o elevador, ele desceu. Com um zunido ofegante, o elevador submergiu no breu do tubo até chegar ao interior do abrigo. O elevador bateu com força contra os amortecedores e o menino desceu cambaleante. O elevador disparou de volta para a superfície isolando o abrigo subterrâneo, vedando-o ao mesmo tempo, como se fosse uma rolha impenetrável de aço e plástico naquela entrada estreita.

Luzes se acenderam ao seu redor automaticamente. O abrigo estava desmobiliado e vazio; nenhum suprimento fora trazido ainda. Um cheiro de verniz e óleo de motor emanava. Abaixo dele, os geradores vibravam monotonamente. Sua presença ativou os sistemas de purificação e descontaminação; na limpa parede de concreto, medidores e botões se moveram de repente.

Ele se sentou no chão com os joelhos dobrados, o rosto solene, os olhos bem abertos. Não havia som nenhum a não ser o dos geradores; o mundo lá em cima fora completamente cortado. Ele estava num pequeno cosmos autossuficiente; tudo que era necessário estava ali – ou estaria em breve: comida, água, ar, coisas para fazer. Nada mais era desejado. Ele podia esticar os braços e tocar o que quer que precisasse. Poderia ficar ali para sempre, o tempo todo, sem se mover. Por completo. Sem ausência, sem medo, só com o som dos geradores ronronando debaixo dele, mais aquelas paredes e o teto, puros e ascéticos ao seu redor, cercando-o por todos os lados, levemente quentes, totalmente amigáveis, como um contêiner para morar.

De repente ele gritou – um grito alto e estridente que ecoou por todas as paredes. Mike foi ensurdecido pela reverberação. Fechou seus olhos com força e cerrou os punhos. A alegria tomou conta de si. Ele gritou outra vez e deixou que o som tomasse conta dele, sua própria voz fortalecida pelas paredes, tão próximas, rígidas e incrivelmente poderosas.

Os colegas na escola já sabiam de tudo antes mesmo de ele aparecer na manhã seguinte. Eles o cumprimentavam conforme ia se aproximando, todos sorrindo e cutucando uns aos outros.

– É verdade que seus pais compraram um novo General Electronics modelo S-72ft? – perguntou Earl Peters.

– Isso mesmo – respondeu Mike, com o coração preenchido por uma confiança pacífica que ele nunca sentira antes. – Apareça lá – disse, tão casualmente quanto pôde. – Eu posso te mostrar.

Ele seguiu em frente, ciente das caras invejosas.

– Bem, Mike – disse a sra. Cummings quando ele estava saindo da sala de aula no fim do dia –, como você se sente?

Ele parou perto da mesa dela, tímido e cheio de um orgulho silencioso.

– Muito bem – admitiu ele.

– Seu pai está contribuindo com a patrulha da Força Aérea?

– Sim.

– E você tem a licença para o abrigo da escola?

Ele mostrou, contente, o pequeno selo azul preso em seu pulso.

– Ele enviou um cheque por correio para a prefeitura e tudo. E disse: "Como já me rendi a tudo isso, posso fazer o pacote completo".

– Agora você tem o que todo mundo tem. – A velha senhora sorriu para ele. – Estou feliz por isso. Você é agora um pró-P, apesar de esse termo não existir. Você é apenas... como todo mundo.

No dia seguinte, as máquinas de notícias berravam as novidades. Fazia-se a primeira revelação dos novos projéteis perfurantes soviéticos.

Bob Foster parou no meio da sala com a videonotícia nas mãos, seu rosto magro corando de raiva e desespero.

– Porra, é uma conspiração! – Ele levantou a voz num furor desnorteado. – Acabamos de comprar essa coisa e agora olhe. Olhe! – Ele empurrou a videonotícia para sua mulher. – Viu? Eu disse!

– Eu vi – disse Ruth bruscamente. – Imagino que esteja pensando que o mundo inteiro só estava esperando você comprar um abrigo para fazer isso. Eles estão sempre aprimorando as armas, Bob. Na semana passada foram aqueles flocos de impregnação granular. Nesta semana são os projéteis perfurantes. Você não quer que eles parem de evoluir porque você finalmente cedeu e comprou um abrigo, quer?

O homem e a mulher se encararam.

– Que diabos a gente vai fazer? – perguntou Bob Foster calmamente.

Ruth voltou tranquila para a cozinha.

– Ouvi dizer que eles iam lançar adaptadores.
– Adaptadores! Como assim?
– Para as pessoas não precisarem comprar abrigos novos. Eu vi um comercial na tela de vídeo. Vão colocar uma espécie de grade de metal no mercado assim que o governo aprovar. Eles a espalham pelo chão e interceptam os projéteis perfurantes. Ela os repele, fazendo com que explodam na superfície, para que não consigam atravessar até o abrigo.
– Por quanto?
– Não disseram.

Mike Foster se encolheu no sofá, só ouvindo. Ele ficara sabendo das notícias na escola. Estavam fazendo a prova sobre identificação de pequenos frutos, avaliando amostras isoladas de frutas silvestres para distinguir os inofensivos dos tóxicos, quando o sinal tocou anunciando uma assembleia geral. O diretor leu as notícias sobre os projéteis perfurantes e, em seguida, deu uma palestra rotineira sobre o tratamento de emergência de uma nova variante de tifo que se desenvolvera recentemente.

Seus pais ainda estavam discutindo.

– Vamos ter que comprar um – disse Ruth Foster calmamente. – Senão não vai fazer diferença nenhuma a gente ter um abrigo ou não. Os projéteis perfurantes foram criados especificamente para penetrar a superfície e procurar calor. Assim que os russos colocarem isso em produção...

– Eu compro um – disse Bob Foster. – Vou comprar uma grade antiprojéteis e o que mais eles tiverem. Vou comprar tudo o que colocarem no mercado. Nunca vou parar de comprar.

– Não é tão ruim assim.

– Sabe, essa brincadeira é mais vantajosa do que vender carros e televisores para as pessoas. Nós temos que comprar esse tipo de coisa. Não é um luxo, algo grande e vistoso para impressionar os vizinhos, algo que a gente pudesse viver sem. Se não comprarmos isso, nós morremos. Eles sempre disseram que para vender alguma coisa era preciso criar ansiedade nas pessoas. Criar um senti-

mento de insegurança, dizer a elas que cheiram mal ou têm um ar esquisito. Mas isso transforma desodorantes e óleos capilares em piada. Você não tem como escapar. Se não comprar, eles te matam. O discurso de vendas perfeito. Compre ou morra, um novo slogan. Tenha um abrigo de bombas de hidrogênio da General Electronics novinho em folha em seu quintal ou seja executado.
– Pare de falar assim! – interrompeu Ruth.
Bob Foster se esparramou na mesa da cozinha.
– Tudo bem, eu desisto. Vou entrar nessa.
– Você vai comprar uma? Acho que estarão no mercado na época do Natal.
– Ah, sim – disse Foster. – Elas vão estar à venda na época do Natal. – Ele tinha um olhar estranho no rosto. – Vou comprar uma dessas porcarias de Natal, igual a todo mundo.

Os adaptadores de rede de proteção da GEC foram um estouro.
Mike Foster caminhava lentamente pela rua apinhada de dezembro, sob o crepúsculo. Os adaptadores brilhavam em todas as vitrines. De todos os formatos e tamanhos, para todo tipo de abrigo. De todos os preços, para todos os bolsos. As multidões estavam alegres e animadas, aglomerações típicas de Natal, se empurrando amavelmente, carregadas de sacolas e vestindo seus casacos pesados. O ar estava branco com rajadas de neve. Carros avançavam com cuidado pelas ruas abarrotadas. Luzes e neons, muito brilho emanando das vitrines luminosas por todos os lados.

Sua própria casa estava escura e silenciosa. Seus pais ainda não estavam em casa. Ambos estavam na loja trabalhando; os negócios andavam mal e sua mãe estava substituindo um dos vendedores. Mike ergueu a mão até o codificador de entrada e a porta da frente se abriu para ele. A lareira automática mantivera a casa aquecida e agradável. Ele tirou o casaco e guardou os livros da escola.

Mike não ficou dentro da casa por muito tempo. Com o coração disparado de emoção, ele seguiu para a porta dos fundos e irrompeu para o quintal.

Ele se forçou a parar, voltar e entrar novamente em casa. Era melhor que não apressasse as coisas. Já tinha arquitetado cada segundo do processo, desde o primeiro momento que vira a dobradiça da entrada do abrigo, erguendo-se firme e sólida em contraste com o céu da noite. Tinha feito disso uma arte; nenhum movimento havia sido desperdiçado. Seu procedimento se moldara até se transformar em algo belo. Experimentou a primeira e sufocante sensação de presença quando a entrada do abrigo foi até ele. Então veio uma lufada de ar frio de congelar o sangue, enquanto o elevador chacoalhava até chegar lá embaixo.

E a grandiosidade do abrigo em si.

Todas as tardes, assim que chegava em casa, ele ia até lá embaixo, sob a superfície, encoberto e protegido naquele silêncio de aço, como vinha fazendo desde o primeiro dia. Agora a câmara estava cheia, preenchida com uma infinidade de latas de comida, almofadas, livros, fitas de vídeo e de áudio, quadros nas paredes, tecidos brilhantes, texturas e cores, até mesmo vasos de flores. O abrigo era o seu lugar; era onde ele podia se aninhar rodeado de tudo aquilo de que precisava.

Atrasando as coisas o máximo possível, ele corria de volta para casa e revirava os arquivos de fitas de áudio. Ficava sentado no abrigo até a hora do jantar, ouvindo *O vento nos salgueiros*. Seus pais sabiam onde encontrá-lo; estava sempre lá embaixo. Duas horas ininterruptas de felicidade, sozinho no abrigo. E então, depois do jantar, ele voltava correndo lá para baixo, onde ficava até a hora de dormir. Às vezes, tarde da noite, quando seus pais estavam em sono profundo, ele se levantava em silêncio e ia para fora, até a entrada do abrigo, e descia para suas silenciosas profundezas, para lá se esconder até chegar a manhã.

Ele encontrou a fita de áudio e correu pela casa, passando pelo terraço até chegar ao quintal. O céu tinha um tom cinzento sombrio, respingado por tiras de nuvens escuras e feias. As luzes da cidade apareciam aqui e ali. O quintal estava frio e hostil. Ele foi descendo os degraus com alguma insegurança – até que congelou.

Uma vasta e enorme cavidade surgiu. Uma boca aberta, vazia

e sem dentes, escancarada para o céu da noite. Não havia mais nada. O abrigo havia desaparecido.

Ele ficou parado por uma infinidade de tempo, a fita apertada em uma mão, e a outra mão no parapeito do terraço. A noite chegava, e o buraco morto se dissolvia na escuridão. Pouco a pouco o mundo inteiro foi colapsando até atingir o silêncio e uma melancolia abismal. O brilho fraco de algumas estrelas começou a aparecer; luzes na vizinhança vinham chegando intermitentes, frias e tênues. O menino não viu nada. Ficou imóvel, o corpo duro como pedra, ainda encarando o enorme buraco onde estivera o abrigo.

E de repente seu pai estava parado ao lado dele.

– Há quanto tempo você está aqui? – perguntou o pai. – Há quanto tempo, Mike? Me responda!

Com um esforço descomunal, Mike conseguiu se arrastar de volta para a realidade.

– Você chegou em casa mais cedo – murmurou ele.

– Saí da loja mais cedo de propósito. Queria estar aqui quando você... chegasse em casa.

– Ele sumiu.

– Sim. – A voz de seu pai estava fria, sem emoção. – O abrigo foi levado embora. Sinto muito, Mike. Eu telefonei para eles e pedi para pegarem de volta.

– Por quê?

– Eu não tinha como pagar por ele. Não neste Natal, com todas as redes de proteção que as pessoas estão comprando. Não posso competir com eles. – Ele parou e depois retomou, lamurioso: – Eles foram honestos pra caramba. Devolveram metade do dinheiro que eu tinha pagado. – Sua voz estremeceu com ironia. – Eu sabia que, se fizesse um acordo com eles antes do Natal, me daria bem. Eles podem revendê-lo para outra pessoa.

Mike não disse nada.

– Tente entender – continuou seu pai, duramente. – Precisei investir na loja todo capital que consegui raspar do tacho. Tenho

que mantê-la em funcionamento. Fiquei entre desistir da loja ou do abrigo. E se eu desistisse da loja...
– Daí não teríamos nada.
O pai segurou o braço dele.
– Daí teríamos que desistir do abrigo também. – Seus dedos magros e fortes o apertavam espasmodicamente. – Você está crescendo... Já tem idade para entender. Compramos outro depois, talvez não o maior e mais caro, mas alguma coisa. Foi um erro, Mike. Não consegui dar conta da situação, não com todas aquelas porcarias de adaptador para bancar. De todo modo, vou continuar a pagar pelas patrulhas. E pela escola. Vou continuar com isso. Esta não é uma questão de princípios – concluiu ele, aflito. – Não consigo evitar. Você entende, Mike? Eu tive que fazer isso.
Mike se afastou.
– Onde você está indo? – O pai correu atrás dele. – Volte aqui! – Em desespero, tentou agarrar seu filho, mas, como estava escuro, acabou tropeçando e caindo. As estrelas o cegaram e sua cabeça bateu na quina da casa. Ele se pôs de pé, todo dolorido, e tentou se apoiar em algo.

Quando conseguiu enxergar novamente, o quintal estava vazio. Seu filho tinha sumido.
– Mike! – gritou ele. – Onde está você?
Não houve resposta. O vento da noite soprava nuvens de neve ao seu redor, uma espessa e amarga rajada de ar frio. Vento e escuridão, mais nada.

Bill O'Neill olhava cansado para o relógio na parede. Eram nove e meia: ele finalmente podia fechar as portas e trancar aquela grande e deslumbrante loja. Empurrar para fora aquelas hordas de pessoas que perambulavam e cochichavam e mandá-las para casa.
– Graças a Deus – suspirou ele, enquanto deixava a porta aberta para uma última senhora carregada com pacotes e presentes. Ele colocou o trinco com código no lugar e baixou as persianas. – Que multidão. Nunca vi tanta gente!

– Tudo pronto – disse Al Conners, na caixa registradora. – Vou contar o dinheiro... Você dá uma olhada para conferir as coisas. Vá ver se não deixamos ninguém para trás.

O'Neill colocou seus cabelos loiros para trás e afrouxou a gravata. Acendeu um cigarro agradecidamente e começou a andar pela loja, conferindo os interruptores, desligando as enormes telas e aparelhos da GEC. Por fim, se aproximou do enorme abrigo de bombas que ocupava o centro do pavimento.

Ele subiu a escada para a entrada e entrou no elevador. O elevador desceu com um zunido, e um segundo depois ele estava no interior cavernoso do abrigo.

Em um canto, Mike Foster estava sentado, todo encolhido; os joelhos encostados no queixo, os braços magros envolvendo seus calcanhares. Seu rosto estava voltado para baixo e só se via seu cabelo castanho desgrenhado. Ele não se moveu quando o vendedor se aproximou dele, perplexo.

– Meu Deus! – exclamou O'Neill. – É aquele menino.

Mike não disse nada. Abraçou as pernas com ainda mais força e afundou a cabeça o máximo possível.

– O que raios você está fazendo aqui? – perguntou O'Neill, surpreso e irritado; sua indignação só aumentava. – Pensei que seus pais tinham comprado um desses. – Então, ele se lembrou: – Ah, é verdade, tivemos que tomá-lo de volta.

Al Conners apareceu no elevador.

– O que está te atrasando? Vamos sair logo daqui e... – Ele viu Mike e se interrompeu. – O que ele está fazendo aqui? Tire-o daqui e vamos embora.

– Vamos, rapaz – disse O'Neill com gentileza. – É hora de ir para casa.

Mike não se moveu.

Os dois homens se entreolharam.

– Acho que vamos ter que arrastá-lo para fora – disse Conners, mal-humorado; ele tirou seu casaco e o jogou na instalação de descontaminação. – Vamos lá, vamos acabar logo com isso.

Tiveram que fazer aquilo juntos. O menino lutou desesperadamente, sem dar um pio, se agarrando, lutando e arranhando os dois com suas unhas, dando chutes, batendo neles e dando mordidas quando conseguiram pegá-lo. Eles o levaram até o elevador, meio arrastado, meio carregado, e o enfiaram lá dentro o suficiente para que o mecanismo fosse ativado. O'Neill subiu com ele; Conners veio logo em seguida. Carrancudos e eficientes, expulsaram o menino porta afora, puseram-no na rua e fecharam os trincos na sequência.

– Nossa – suspirou Conners, afundando-se no balcão; sua manga estava rasgada e sua bochecha, arranhada e cortada. Os óculos pendiam de uma orelha, os cabelos estavam amarrotados e ele, exausto. – Você acha que precisamos chamar a polícia? Tem alguma coisa errada com esse menino.

O'Neill ficou parado na porta, recobrando o fôlego e fitando a escuridão. Ele conseguia ver o menino sentado na calçada.

– Ele ainda está lá fora – resmungou.

As pessoas empurravam o menino por todos os lados, até que, por fim, uma delas parou e o levantou. O menino relutou e desapareceu na noite escura. Aquela figura larga apanhou seus pacotes, hesitou por um momento e depois prosseguiu. O'Neill se virou e continuou:

– Que raio de história. – Ele limpou o rosto com um lenço. – Com certeza esse aí é bom de briga.

– Qual era o problema dele? Ele não falou nada, nem uma palavra.

– O Natal é uma época terrível para reaver coisas assim – disse O'Neill, tentando alcançar seu casaco, todo trêmulo. – É uma pena. Queria que eles tivessem podido ficar com o abrigo.

Conners deu de ombros e disse:

– Sem grana, não tem conversa.

– Por que raios não podemos dar um desconto a eles? Talvez... – O'Neill se esforçou para conseguir falar. – Talvez vender o abrigo em preço de atacado para pessoas assim.

Conners olhou feio para ele.

– *Preço de atacado*? Aí todo mundo ia querer a preço de atacado. Não seria justo... E quanto tempo a gente continuaria em atividade? Quanto tempo duraria a GEC desse jeito?

– Acho que não por muito tempo – admitiu O'Neill, um pouco triste.

– Use a cabeça. – Conners riu com rispidez. – O que você precisa é de uma boa bebida, bem forte. Venha para o armário dos fundos... tenho meio litro de um Haig & Haig numa gaveta lá atrás. Uma coisinha para aquecer antes de você ir embora. É disso que você precisa.

Mike Foster caminhou sem rumo na rua escura por entre a confusão de compradores que se apressavam para chegar em casa. Ele não enxergava nada; as pessoas o empurravam, mas ele nem as notava. Luzes, risadas, buzinas de carros, o tinido dos semáforos. Ele estava oco, com a mente vazia e morta. Seguiu caminhando automaticamente, sem consciência ou sentimentos.

À sua direita, uma placa luminosa de neon piscava e reluzia nas sombras profundas da noite. Uma placa enorme, toda brilhante e colorida.

PAZ NA TERRA ENTRE OS HOMENS DE BOA VONTADE
ENTRADA NO ABRIGO PÚBLICO $0,50

Introdução de
Michael Dinner

**TÍTULO DO CONTO E DO EPISÓDIO:
THE FATHER-THING [A COISA-PAI]**

MICHAEL DINNER é um diretor, produtor e roteirista norte-americano. É conhecido por seu trabalho como produtor executivo e diretor de Anos incríveis e Justified. Recentemente, Dinner vem trabalhando como produtor executivo da popular série Sneaky Pete, produzida pela Amazon.

Todos nós temos problemas com nossos pais.
"A coisa-pai" aborda o tema fundamental de seu gênero com a seguinte pergunta: o que significa ser humano?
Esta é uma história de substituição – um conto sobre humanos substituídos por versões replicadas de si mesmos. Embora parta de uma premissa presente em ficções de outros gêneros, gosto deste conto porque fala tanto sobre a invasão de uma família como sobre a invasão de uma comunidade, de um país ou do mundo todo.
Ele é narrado pela perspectiva de uma criança – um garoto que é o herói da própria história. E isso é algo que me espanta.
Acho que o poder do conto de Dick vem da questão que ele nos coloca: o que você faria se a pessoa que você mais ama no mundo fosse, na verdade, um monstro? Esta é a história de um garoto que, ajudado por seus amigos, se rebela para lutar contra um mal indescritível. É sombria. Divertida. Assustadora. Freudia-

na. E extremamente emotiva. *Em meio a folhas secas e pedaços de papelão rasgado, restos pútridos de revistas e cortinas, a sujeira que sua mãe tinha arrastado até o porão com a intenção de um dia queimar. Aquilo ainda se parecia um pouco com seu pai, o suficiente para que pudesse reconhecê-lo. Ele o havia encontrado – e aquela visão fazia seu estômago se revirar. Ele se apoiou no barril e fechou os olhos, até finalmente conseguir olhar de novo. No barril, estavam os restos de seu pai, seu pai de verdade. Pedaços que não tinham mais serventia para a coisa-pai. Pedaços que tinham sido descartados.*

A abordagem ao adaptar o conto foi relativamente simples. Eu queria preservar o núcleo emocional, mas também posicioná-lo com firmeza no meu próprio mundo.

Tenho dois filhos, de 11 e 13 anos. Fiz a adaptação para eles. E para o meu próprio pai.

A coisa-pai

– O jantar está pronto – decretou a sra. Walton. – Vá chamar o seu pai e diga a ele para lavar as mãos. O mesmo se aplica a você, mocinho. – Ela levava uma travessa fumegante à mesa habilmente posta. – Ele deve estar lá na garagem.

Charles hesitou. Ele tinha apenas 8 anos, e o problema que o vinha incomodando seria capaz de confundir até mesmo Hilel.

– Eu... – começou a dizer, hesitante.

– O que há de errado? – June Walton pescou o tom de incerteza na voz do filho e seu peito de matrona se alvoroçou, alarmado. – O Ted não está lá fora, na garagem? Pelo amor de Deus, ele estava aparando a cerca-viva agora há pouco. Ele não foi até a casa dos Anderson, foi? Eu disse a ele que o jantar estava praticamente servido.

– Ele está na garagem – disse Charles. – Mas ele... está falando sozinho.

– Falando sozinho! – A sra. Walton tirou seu brilhante avental de plástico e o pendurou na maçaneta. – O Ted? Mas por quê? Ele nunca fala sozinho. Vá lá e diga a ele para entrar. – Ela despejou um café preto fervendo nas xícaras de porcelana azul e branca e começou a servir o creme de milho. – O que há de errado com você? Vá avisá-lo!

– Não sei qual dos dois avisar – Charles deixou escapar, com desespero. – Os dois são iguais.

Os dedos de June Walton se soltaram da travessa de alumínio. Por um momento, quase derramou o creme de milho.

– Mocinho... – começou a dizer, com certa raiva; mas, no mesmo instante, Ted Walton entrou na cozinha a passos largos, farejando e sentindo aquele cheiro, esfregando as mãos.

– Ah – exclamou ele, alegremente. – Cozido de cordeiro.

– Cozido de carne de vaca – murmurou June. – Ted, o que você estava fazendo lá fora?

Ted se atirou em seu lugar habitual à mesa e desdobrou o guardanapo.

– Estava afiando a tesoura de poda, ficou uma lâmina. Está bem lubrificada e afiada. É melhor não encostar nela, é capaz até de arrancar sua mão. – Ted era um homem bonito de trinta e poucos anos, com cabelos loiros espessos, braços fortes, mãos competentes, rosto quadrado e olhos castanhos brilhantes. – Nossa, esse cozido está com a cara boa. Que dia difícil no escritório... Sexta-feira, já viu. As coisas se acumulam e temos que entregar todas as contas até as cinco horas. O Al McKinley diz que o departamento conseguiria lidar com uma carga de trabalho 20% maior se organizássemos nosso horário de almoço, se nos revezássemos para que alguém estivesse lá o tempo todo. – Ele acenou para Charles se aproximar. – Sente-se e vamos comer.

A sra. Walton serviu as ervilhas.

– Ted – disse ela, enquanto se sentava em sua poltrona. – Tem alguma coisa te incomodando?

– Me incomodando? – Ele piscou. – Não, nada fora do comum. Só as coisas de sempre. Por quê?

Com algum desconforto, June Walton olhou de relance para o filho. Charles estava sentado, ereto, feito um parafuso bem apertado, o rosto sem nenhuma expressão, branco como giz. Não tinha se mexido, desdobrado seu guardanapo ou sequer tocado no copo de leite. Havia uma tensão no ar – ela conseguia sentir. Charles afastara a cadeira da de seu pai e se aninhara num montinho compacto, o mais distante possível de Ted. Os lábios dele se moviam, mas ela não conseguia entender o que estava dizendo.

– O que foi? – perguntou ela, inclinando-se na direção dele.
– *Aquele outro* – Charles sussurrava. – Foi o outro que entrou.
– O que você quer dizer, querido? – June Walton perguntou, em voz alta. – Que outro?

Ted se sacudiu. Uma expressão estranha percorreu seu rosto e desapareceu de uma só vez; mas, naquele breve instante, o rosto de Ted Walton perdeu toda a familiaridade. Algo de frio e alheio reluziu, uma massa que se retorcia e ziguezagueava. Os olhos se embaçaram e recuaram, como se um brilho arcaico os recobrisse. O olhar ordinário de um marido cansado de meia-idade tinha desaparecido.

E então ele estava de volta – ou quase isso. Ted arreganhou os dentes e começou a devorar seu prato de cozido, ervilhas e creme de milho. Ele riu, mexeu seu café, fez uma brincadeira qualquer e comeu. Mas havia algo errado. Algo terrível.

– Aquele outro – murmurou Charles, com o rosto pálido e mãos que começavam a tremer. De repente, ele se levantou num salto e se afastou da mesa. – Vá embora! – gritou ele. – Saia daqui!

– Ei – Ted resmungou, ameaçador. – O que deu em você? – Ele apontou severamente para a cadeira do garoto. – Sente-se aí agora e coma o seu jantar, mocinho. Sua mãe não preparou tudo isso por nada.

Charles se virou e saiu correndo da cozinha, subindo as escadas até seu quarto. June Walton suspirou e se agitou, entristecida.

– O que será que deu...

Ted continuou comendo. Seu rosto estava grave; os olhos, rígidos e sombrios.

– Esse menino – chiou ele – vai ter que aprender algumas coisas. Talvez eu e ele precisemos ter uma conversinha.

Charles se agachou e ficou ouvindo escondido.

A coisa-pai estava subindo as escadas, aproximando-se cada vez mais.

– Charles! – gritou ele, raivoso. – Você está aí em cima?

Ele não respondeu. Foi andando em direção ao quarto, sem emitir nenhum ruído, e fechou a porta. Seu coração batia forte.

A coisa-pai tinha chegado ao corredor; num instante, estaria entrando em seu quarto.

Charles foi correndo até a janela, aterrorizado. A coisa já estava tateando no corredor escuro em busca da maçaneta. Ele ergueu a janela e saltou para o telhado. Com um grunhido, pulou no canteiro que dava para a porta de entrada, cambaleou e soltou um suspiro; então se pôs de pé num salto e escapou da luz que se projetava da janela, um caminho amarelado na escuridão da noite.

Encontrou a garagem que pairava adiante, um cubo preto contra a linha do horizonte. Ofegando ligeiramente, mexeu no bolso, procurando a lanterna, então deslizou a porta cuidadosamente para cima e entrou.

A garagem estava vazia. O carro estava estacionado em frente, do lado de fora. À esquerda estava a bancada de trabalho de seu pai. Martelos e serras pendurados nas paredes de madeira. Na parte de trás, havia o cortador de grama, o rastelo, a pá e a enxada. Um tambor de querosene. Placas de carros pregadas por toda parte. O chão era puro concreto e sujeira; uma grande poça de gasolina maculava o centro, e ervas daninhas se mostravam oleosas e pretas no feixe de luz que saía da lanterna.

Logo do lado de dentro havia um grande barril de lixo. Em cima do barril, pilhas de jornais e revistas estavam empapadas, emboloradas e úmidas. Um denso cheiro de podridão emanava delas à medida que Charles as movia. Aranhas caíam no chão de concreto e disparavam até sumir. Ele as esmagava com o pé e continuava olhando em volta.

A visão daquilo o fez soltar um guincho. Ele derrubou a lanterna e saltou desenfreadamente para trás. A garagem foi absorvida por uma escuridão instantânea. Ele se forçou a ficar de joelhos e, por um momento que pareceu uma eternidade, tateou no escuro em busca da lanterna, entre aranhas e ervas daninhas nojentas. Finalmente ele a tinha consigo de novo. Conseguiu direcionar a luz para o barril, mirando lá embaixo, no poço que abrira ao afastar as pilhas de revistas. A coisa-pai tinha socado aquilo bem no fundo do barril. Em meio a folhas secas e pedaços de papelão rasgado, restos pútridos de revistas e cortinas, a sujeira que sua mãe tinha arrastado até o porão com a intenção de um dia queimar. Aquilo ainda se parecia um pouco com seu pai, o suficiente para que pudesse reconhecê-lo. Ele o havia encontrado – e aquela visão fazia seu estômago se revirar. Ele se apoiou no barril e fechou os olhos, até finalmente conseguir olhar de novo. No barril, estavam os restos de seu pai, seu pai de verdade. Pedaços que não tinham mais serventia para a coisa-pai. Pedaços que tinham sido descartados.

Charles pegou o rastelo e o enfiou lá dentro para mexer naqueles restos. Eles estavam secos. Rachavam-se e se quebravam com um simples toque da ferramenta. Eram como a pele descartada de uma cobra, escamosa e fragmentada, e farfalhavam só com um toque. *Uma pele vazia.* Não havia mais entranhas. A parte que importava. Aquilo era tudo o que sobrara: só a pele quebradiça, toda rachada e enfiada bem no fundo do barril de lixo num montinho. Era tudo o que a coisa-pai havia deixado, pois comera o resto. Tinha pegado as entranhas – e também o lugar de seu pai.

Um som.

Ele derrubou o rastelo e foi correndo até a porta. A coisa-pai estava descendo pelo caminho da entrada em direção à garagem. Seus sapatos amassavam o cascalho, sentindo o trajeto com alguma incerteza.

– Charles! – chamou ele, irritado. – Você está aí dentro? Espere só até eu colocar minhas mãos em você, mocinho!

Dava para ver os contornos da forma ampla e nervosa de sua mãe na entrada iluminada da casa.

– Ted, por favor, não machuque o menino. Ele está muito chateado com alguma coisa.

– Não vou fazer mal a ele – disse a coisa-pai com aspereza, até que parou para acender um fósforo. – Só ter uma conversinha. Ele precisa aprender a ter modos. Deixar a mesa desse jeito e sair correndo noite adentro, pulando o telhado...

Charles escapuliu da garagem. O brilho do fósforo apanhou sua forma em movimento, e, com um berro, a coisa-pai se precipitou para a frente.

– *Venha aqui!*

Charles saiu correndo. Conhecia aquela região melhor do que a coisa-pai. A coisa tinha aprendido bastante, absorvido muito de seu pai ao se apropriar das entranhas dele, mas ninguém conhecia aquele caminho do jeito que *ele* conhecia. Ele chegou até a cerca, subiu nela e saltou para o jardim da família Anderson; então correu, deixando o varal deles para trás, e desceu o trajeto que contornava a casa pela lateral, até sair na rua Maple.

Agachado e sem respirar, ficou ali, ouvindo. A coisa-pai não tinha ido atrás dele. Ou tinha voltado atrás, ou estava dando a volta pela calçada.

Ele respirou profundamente, num calafrio. Tinha que continuar em movimento. Mais cedo ou mais tarde, acabaria sendo encontrado. Espiou à direita e à esquerda, para ter certeza de que ninguém estava olhando, e saiu em disparada, trotando rapidamente feito um cão.

– O que você quer? – perguntou Tony Peretti, com um tom beligerante. Tony tinha 14 anos e estava sentado à mesa na sala de jantar toda revestida de carvalho dos Peretti, com livros e lápis espalhados ao seu redor, metade de um sanduíche de presunto com pasta de amendoim e uma Coca-Cola ao lado. – Você é o Walton, não é?

Tony Peretti tinha um emprego na Johnson's Eletrodomésticos, onde desembalava fogões e geladeiras depois da escola, no centro da cidade. Ele era grande e tinha uma cara bruta. Cabelos pretos, pele morena, dentes brancos. Havia batido em Charles algumas vezes; na verdade, havia batido em todas as crianças do bairro.

Charles inverteu a situação:

– E aí, Peretti, pode me fazer um favor?

– O que você quer? – perguntou ele, incomodado. – Quer ganhar um roxo?

Olhando para baixo, aborrecido e com os punhos cerrados, Charles explicou o que tinha acontecido, balbuciando algumas poucas palavras.

Quando terminou, Peretti deixou escapar um assovio baixinho:
– Está brincando.
– É verdade – respondeu, acenando rapidamente. – Vou te mostrar. Venha que eu te mostro.

Peretti ficou de pé lentamente.
– Sim, me mostre. Quero ver.

Ele pegou a arma de chumbinho em seu quarto e os dois foram subindo a rua escura em silêncio, rumo à casa de Charles. Nenhum deles falou muito. Peretti estava absorto em seus pensamentos, com uma expressão séria e solene. Charles ainda estava atordoado, sua mente completamente vazia.

Os dois viraram na entrada da garagem dos Anderson, atravessaram o quintal, pularam a cerca e se abaixaram cautelosamente no quintal de Charles. Não havia nenhum movimento. O quintal estava silencioso. A porta da frente da casa estava fechada.

Eles espiaram pela janela da sala. As persianas estavam abaixadas, mas uma fenda amarelada estreita se projetava para fora. Sentada no sofá estava a sra. Walton, costurando uma camiseta de algodão. Seu rosto grande trazia um olhar triste e confuso. Ela trabalhava com indiferença, sem nenhum interesse. Do lado oposto a ela estava a coisa-pai. Reclinado na poltrona confortável do papai, sem sapatos, lendo o jornal da noite. A TV estava no canto, ligada para ninguém. Uma lata de cerveja repousava sobre o braço da poltrona. A coisa-pai se sentava exatamente como seu pai teria se sentado. Tinha aprendido muita coisa.

– Parece igualzinho a ele – sussurrou Peretti com suspeita. – Tem certeza de que você não está me enganando?

Charles o levou até a garagem e mostrou a ele o barril de lixo. Peretti enfiou seus braços longos e bronzeados até o fundo e tirou cuidadosamente aqueles restos secos que se desfaziam. Eles se espalharam e se desdobraram, até que toda a figura de seu pai se mostrou. Peretti colocou os restos no chão e juntou de volta as partes quebradas. Aquelas ruínas não tinham cor. Eram quase transparentes. De um tom amarelo âmbar, finas feito papel. Uma coisa seca e totalmente inanimada.

– Isso é tudo – disse Charles, e algumas lágrimas se represaram em seus olhos. – Isso é tudo o que restou dele. A coisa se apropriou das entranhas.

Peretti ficou pálido. Trêmulo, amontoou os restos de volta no barril de lixo.

– De fato, tem coisa aí – murmurou ele. – Você disse que viu os dois juntos?

– Conversando. Eles eram exatamente iguais. Eu voltei correndo para dentro. – Charles esfregou suas lágrimas e deu uma fungada; ele não conseguia aguentar aquilo nem um segundo mais. – A coisa comeu meu pai enquanto eu estava lá dentro. Depois entrou em casa. Fingiu que era ele. Mas não é. Ele matou meu pai e comeu suas entranhas.

Por um instante, Peretti ficou em silêncio.

– Vou te dizer uma coisa – disse ele, repentinamente. – Já ouvi falar desse tipo de coisa. É um negócio do mal. Você tem que usar a cabeça e não ficar assustado. Você não está assustado, está?

– Não – murmurou Charles.

– A primeira coisa que precisamos fazer é descobrir como matar essa coisa. – Ele chacoalhou sua arma de chumbinho. – Não sei se isto vai funcionar. O negócio deve ser bem resistente para ter conseguido pegar o seu pai. Ele era grandalhão – ponderou Peretti. – Vamos sair daqui. A coisa pode voltar. Dizem que é isso que um assassino faz.

Eles saíram da garagem. Peretti se agachou e espiou pela janela de novo. A sra. Walton tinha levantado e estava falando ansiosamente. Alguns sons vagos escapavam para fora. A coisa-pai jogou seu jornal no chão. Eles estavam discutindo.

– Pelo amor de Deus! – gritou a coisa-pai. – Não faça uma coisa estúpida dessas.
– Tem algo errado – resmungou a sra. Walton. – Algo terrível. Deixe-me ligar para o hospital para ver.
– Não ligue para ninguém. Ele está bem. Provavelmente está brincando aqui na rua.
– Ele nunca fica fora até tão tarde assim. Nunca desobedece. Ele estava terrivelmente chateado... com medo de você! Não posso culpá-lo. – A voz dela se interrompeu com pesar. – O que há de errado com você? Está tão estranho. – Ela saiu da sala e seguiu pelo corredor. – Vou ligar para alguns dos vizinhos.

A coisa-pai fez uma cara feia em direção à sra. Walton, até que ela sumiu de vista. Então, algo aterrador aconteceu. Charles arquejou. Até mesmo Peretti deixou escapar um grunhido.

– Olhe – sussurrou Charles. – O quê...
– Minha nossa – disse Peretti, com seus olhos pretos arregalados.

Assim que a sra. Walton saiu da sala, a coisa-pai se afundou na poltrona. Ficou murcha. Sua boca se arreganhou. Os olhos espiavam, sem expressão. A cabeça caiu para a frente, feito um boneco de pano jogado fora.

Peretti se afastou da janela.
– É isso – cochichou ele. – É esse o negócio.
– O que é isso? – perguntou Charles, chocado e desnorteado.
– Parece que alguém desligou a energia da coisa.
– Exatamente – Peretti acenou com a cabeça, lentamente. – Ele é controlado por algo do lado de fora.

Um horror tomou conta de Charles.
– Você quer dizer algo de fora do nosso mundo?

Peretti balançou a cabeça, enojado.
– De fora da casa! No quintal! Você sabe como encontrar isso?
– Não sei muito bem – Charles recompôs as ideias. – Mas conheço alguém que é bom em encontrar coisas. – Ele forçou sua mente para lembrar o nome. – O Bobby Daniels.

– Aquele menino negro pequenininho? Ele é bom em encontrar coisas?
– É o melhor.
– Beleza – disse Peretti. – Vamos buscá-lo. Temos que encontrar a coisa que está do lado de fora. Foi ela que fez *isso* lá dentro e que continua fazendo...

– É perto da garagem – disse Peretti para o menino negro pequenino e de rosto fino que se agachava ao lado deles na escuridão. – Quando pegou o pai dele, foi na garagem. Então dê uma olhada lá.
– Na garagem? – perguntou Daniels.
– *Perto* da garagem. O Walton já conferiu a garagem por dentro. Dê uma olhada em volta, do lado de fora. Nos arredores.

Havia um pequeno canteiro de flores brotando perto da garagem, e um grande emaranhado de bambus e restos descartados entre a garagem e a parte de trás da casa. A lua tinha aparecido. Uma luz fria e enevoada se projetava sobre todas as coisas.

– Se não acharmos isso logo – disse Daniels –, preciso voltar para casa. Não posso ficar acordado até muito tarde. – Ele não era mais velho que Charles; talvez tivesse uns 9 anos.

– Tudo bem – concordou Peretti. – Então vá procurar.

Os três se espalharam e começaram a averiguar o chão com todo o cuidado. Daniels trabalhava com uma velocidade incrível. Seu corpo pequeno e magro se movia num borrão conforme ele engatinhava entre as flores, revirava pedras, espiava embaixo da casa, separava caules de diferentes plantas, percorria com suas ágeis mãos as folhas e os caules, montes de adubo e de ervas daninhas. Nenhum centímetro passava incólume.

Peretti parou depois de um tempo.

– Vou ficar de guarda. Isso pode ser perigoso. A coisa-pai pode aparecer e tentar impedir a gente.

Ele se postou no último degrau com sua arma de chumbinho, enquanto Charles e Bobby Daniels faziam as buscas. Charles trabalhava lentamente. Ele estava cansado; seu corpo, frio e anestesiado. Aquela coisa-pai e o que acontecera a seu próprio pai, seu pai de verdade, pareciam algo impossível. Mas o terror o incitava a continuar. E se acontecesse algo à sua mãe, ou a ele mesmo? Ou a todas as pessoas? Talvez ao mundo inteiro.

– Encontrei! – chamou Daniels com uma voz fina e alta. – Venham todos aqui, rápido!

Peretti ergueu sua arma e se pôs de pé cuidadosamente. Charles se apressou na direção deles e direcionou o feixe amarelado de luz da lanterna para o lugar onde Daniels estava.

O garoto negro tinha levantado um bloco de concreto. Naquele chão úmido e pútrido, a luz brilhou sobre um corpo metálico. Uma coisa esguia e articulada com incontáveis perninhas tortas estava cavando freneticamente. Era coberta de metal e parecia uma formiga. Um inseto de tom marrom-avermelhado, que desapareceu rapidamente diante dos olhos deles. Suas fileiras de perninhas cavavam e se espremiam. O chão logo cedeu debaixo daquilo. A cauda de aspecto bizarro se retorcia furiosamente enquanto se enfiava com esforço pelo túnel que se abrira.

Peretti correu para a garagem, pegou o rastelo e espetou a cauda do inseto com ele.

– Rápido! Atirem nisso com a arma de chumbinho.

Daniels agarrou a arma e mirou. O primeiro tiro rasgou e soltou a cauda do bicho, que passou a se contorcer e se revirar num frenesi. A cauda se arrastava inutilmente, e algumas das perninhas se desprenderam, como uma centopeia gigante. O inseto se esforçava, desesperado, para fugir do próprio buraco.

– Atire de novo – ordenou Peretti.

Daniels se atrapalhou com a arma. O inseto escorregou e soltou um chiado. Sua cabeça se sacudiu para frente e para trás, depois se virou e ficou mordendo o rastelo, segurando-o por baixo. Aquele punhado de olhinhos perversos luzia de ódio. Por um momento, a coisa ficou lutando contra o rastelo, em vão; então, repentinamente, ricocheteou numa convulsão frenética que fez todos eles recuarem, amedrontados.

Algo zumbiu no cérebro de Charles. Um murmúrio alto, metálico e áspero, como um bilhão de fios de metal que dançavam e vibravam de uma só vez. Ele foi arremessado violentamente por essa força. O estrondo o deixou surdo e confuso. Ele tropeçou nos próprios pés e se afastou, enquanto os outros faziam o mesmo, trêmulos, de cara pálida.

– Se não conseguirmos matá-lo com a arma – suspirou Peretti –, podemos tentar afogá-lo. Ou queimá-lo. Ou enfiar um alfinete no cérebro dele. – Ele lutava para segurar o rastelo e manter o inseto espetado.

– Eu tenho um pote de formaldeído – murmurou Daniels. Seus dedos se atrapalhavam com a arma de chumbinho. – Como funciona esse negócio? Parece que eu não...

Charles tomou a arma dele.

– Vou matar isso.

Ele se agachou, com um olho posicionado na mira, e segurou o gatilho. O inseto chicoteava e relutava. Seu campo de força martelava nos ouvidos do garoto, mas ele segurou firme na arma. Seu dedo apertou...

– Está bem, Charles – disse a coisa-pai.

Dedos poderosos agarraram o garoto, fazendo uma pressão paralisante em seus pulsos. A arma caiu no chão enquanto ele se debatia futilmente. Então, a coisa-pai investiu contra Peretti. O menino saltou para longe, e o inseto, livre do rastelo, deslizou triunfante em seu túnel.

– Você vai levar umas palmadas, Charles – tagarelava a coisa-pai, repetidamente. – O que deu em você? A coitada da sua mãe está fora de si de tão preocupada.

A coisa estivera ali, se escondendo nas sombras. Agachada na escuridão, assistindo a eles. A voz dela, calma e desprovida de emoção, uma pavorosa paródia da de seu pai, resmungava perto de seu ouvido enquanto o puxava implacavelmente em direção à garagem. Aquele hálito frio soprava em seu rosto, um cheiro gélido e adocicado, igual ao solo em putrefação. Sua força era imensa, e não havia nada que ele pudesse fazer.

– Não lute comigo – dizia a coisa calmamente. – Vamos para a garagem. É para o seu próprio bem. Eu sei o que estou falando, Charles.

– Você conseguiu encontrá-lo? – perguntou a mãe, ansiosa, abrindo a porta dos fundos.

– Sim, consegui encontrá-lo.

– O que você vai fazer?

– Dar umas palmadas. – A coisa-pai puxou o portão da garagem para cima. – Na garagem. – À meia-luz, um sorriso vago, sem nenhum humor e absolutamente sem emoção, tocou seus lábios. – Volte lá para a sala, June. Vou cuidar disso. É mais do meu feitio. Você nunca gostou de punir o menino.

A porta de trás foi fechada com relutância. Quando a luz foi interrompida, Peretti se inclinou e tentou alcançar a arma de chumbinho. A coisa-pai congelou imediatamente.

– Vão para suas casas, garotos – disse a coisa, numa voz esganiçada.

Peretti ficou de pé, meio indeciso, segurando a arma de chumbinho.

– Tomem rumo – repetiu a coisa-pai. – Abaixe esse brinquedo e saia daqui. – Então, foi se movendo lentamente em direção a Peretti, segurando Charles com uma mão e tentando alcançar Peretti com a outra. – Armas de chumbinho não são permitidas nesta cidade, menino. Seu pai sabe que você tem uma dessas? É uma lei municipal. Acho que é melhor você me dar isso, antes que...

Peretti atirou no olho da coisa.

A coisa-pai deu um grunhido e colocou a mão no olho atingido. Repentinamente, tentou golpear Peretti, que foi descendo pelo caminho da garagem, tentando engatilhar a arma. A coisa-pai arremeteu. Seus poderosos dedos arrancaram a arma das mãos de Peretti. Em silêncio, a coisa-pai esmagou a arma contra a parede da casa.

Charles escapou e saiu correndo, entorpecido. Onde poderia se esconder? A coisa estava entre ele e a casa, e já vinha atrás dele – uma forma preta que se movia furtiva e cuidadosamente, espiando na escuridão, tentando identificá-lo. Charles se afastou. Se houvesse um único lugar onde pudesse se esconder...

Os bambus.

Ele foi engatinhando rapidamente em meio aos bambus. Os talos eram imensos e antigos. Iam se fechando com um vago farfalhar depois que ele passava. A coisa-pai estava mexendo no bolso; acendeu um fósforo e, então, toda a caixa começou a arder.

– Charles – disse a coisa –, sei que você está em algum lugar por aqui. Não adianta se esconder. Você só está tornando as coisas mais difíceis.

Com o coração disparado, Charles se agachou no meio dos bambus. Havia sujeira e restos apodrecendo ali. Ervas daninhas, lixo, papéis, caixas, roupas velhas, tábuas, latas, garrafas. Aranhas e lagartixas se contorciam ao redor dele. Os bambus se sacudiam com o vento da noite. Insetos e sujeira.

E algo mais.

Uma forma silenciosa e inerte crescia naquela pilha de sujeira, feito um cogumelo noturno. Uma coluna branca, uma massa polpuda que cintilava úmida ao luar. Teias cobriam aquilo, um casulo mofado. Tinha braços e pernas meio vagos. Uma cabeça meio indistinta pela metade. Até então, seus traços ainda não tinham se formado. Mas ele conseguia identificar o que era.

Uma coisa-mãe. Crescendo bem ali, na sujeira e na umidade, entre a garagem e a casa. Atrás daqueles bambus altos.

Estava quase pronta. Mais alguns dias e ficaria madura. Ainda era uma larva, branca, mole e polpuda. Mas o sol acabaria por secá-la e aquecê-la. Endureceria sua casca. Ficaria escura e forte. Conseguiria sair de seu casulo, até que um dia, quando sua mãe fosse à garagem... Atrás da coisa-mãe, havia outras larvas brancas gordinhas, botadas recentemente pelo inseto. Pequeninas. Recém-chegadas à existência. Ele conseguia ver de onde a coisa-

-pai tinha se desgarrado, o local onde crescera. Tinha amadurecido ali. E foi na garagem que seu pai a encontrara.

Charles começou a se afastar, meio anestesiado. Deixou para trás as tábuas que apodreciam, toda a sujeira e os restos, aquelas larvas polpudas de cogumelo. Com fraqueza, ele se esticou para tentar segurar na cerca – e recuou de uma vez só.

Outra coisa. Outra larva. Ele não vira aquela de início. Não era branca. Já tinha ficado escura. A teia, a umidade, o aspecto molenga e polpudo haviam ido embora. Estava pronta. A coisa mexeu-se um pouco e esticou o braço debilmente.

Era a coisa-Charles.

Os bambus foram afastados e as mãos da coisa-pai seguraram com firmeza o pulso do garoto.

– Fique paradinho aí – disse a criatura. – Este é o local exato para você. Não se mexa. – Com a outra mão, ela rasgou os restos do casulo que envolvia a coisa-Charles. – Vou ajudá-lo a sair, ainda está um pouco fraco.

O último pedaço cinza ainda úmido foi arrancado, e a coisa-Charles cambaleou para fora. Foi se debatendo com incerteza, conforme a coisa-pai abria caminho em direção a Charles.

– Por aqui – grunhiu a coisa-pai. – Vou segurá-lo para você. Quando estiver alimentado, você vai ficar mais forte.

A boca da coisa-Charles se abriu e fechou. A criatura chegou toda voraz até Charles. O garoto lutava loucamente, mas a imensa mão da coisa-pai o mantinha parado.

– Pare com isso, mocinho – ordenou a coisa-pai. – Vai ser muito mais fácil para você mesmo se...

De repente, a coisa-pai começou a gritar e se agitar. Largou Charles e cambaleou para trás. Seu corpo se contraía violentamente. Debateu-se contra as paredes da garagem, chacoalhando os membros. Por algum tempo, ficou rolando e se batendo, em uma dança de agonia. Choramingou, gemeu e tentou rastejar para longe. Pouco a pouco, foi se aquietando. A coisa-Charles se acalmou num montinho silencioso. Ficou parada ali, meio estúpi-

da, entre os bambus e os restos em putrefação, com o corpo frouxo e o rosto vazio e branco.
Por fim, a coisa-pai parou de se mexer. Restava apenas o discreto farfalhar dos bambus sob o vento da noite.
Charles se levantou, sentindo-se um pouco esquisito, e começou a descer o caminho de cimento da garagem. Peretti e Daniels se aproximaram, cautelosos e de olhos arregalados.
– Não se aproxime daquilo – ordenou Daniels bruscamente. – Ainda não está morto. Leva um tempinho.
– O que vocês fizeram? – murmurou Charles.
Daniels pôs o tambor de querosene no chão, dando um suspiro de alívio.
– Encontrei isso aqui na garagem. Nós, os Daniels, sempre usávamos querosene para matar os mosquitos, quando morávamos na Virgínia.
– O Daniels jogou querosene no túnel do inseto – explicou Peretti, ainda impressionado. – Foi ideia dele.
Daniels chutou cuidadosamente o corpo todo contorcido da coisa-pai.
– Ele está morto agora. Morreu assim que o inseto foi morto.
– Acho que o outro vai morrer também – completou Peretti.
Ele afastou os bambus para examinar as larvas que cresciam aqui e ali em meio aos restos. A coisa-Charles não se movia enquanto Peretti golpeava seu peito com um graveto.
– Este aqui está morto.
– É melhor a gente garantir – disse Daniels, soturno. Depois, pegou o tambor pesado de querosene e o arrastou até os bambus.
– Ele derrubou alguns fósforos no caminho da garagem. Vá buscá-los, Peretti.
Os dois se entreolharam.
– Claro – assentiu Peretti, com suavidade.
– É melhor a gente abrir a mangueira – sugeriu Charles –, para garantir que não se espalhe.
– Vamos lá – disse Peretti, impaciente.

Ele começou a se afastar. Charles não demorou a segui-lo, e os dois procuraram pelos fósforos, naquela escuridão iluminada pela lua.

Introdução de David Farr

**TÍTULO DO CONTO E DO EPISÓDIO:
THE IMPOSSIBLE PLANET [O PLANETA IMPOSSÍVEL]**

DAVID FARR é diretor e escreve para teatro e cinema. Conhecido pelo roteiro da série de TV *O gerente noturno* e por ter roteirizado e dirigido o longa-metragem *No andar de baixo*, Farr é responsável ainda pelo roteiro do *longa* Hanna, de 2011.

"O planeta impossível" é um conto bastante curto. Tem poucas páginas e se baseia em uma única ideia bem simples. No entanto, quando caiu nas minhas mãos, me apaixonei pela proposta – dois fulanos galácticos que acham que podem tirar uma grana de uma senhora MUITO velha, levando-a para uma viagem de nave espacial a lugar nenhum. Mas quem estaria enganando quem?

Um dos maiores talentos de Philip K. Dick é que mesmo suas histórias mais simples invocam temas atemporais. "O planeta impossível" lida com perda, passado, memória e o terror que nos provoca a possibilidade de que a vida na Terra seja efêmera e que, talvez, esteja condenada. Questiona o que significa ser humano e conta com um robô que talvez seja emocionalmente mais leal do que qualquer um de seus protagonistas mortais. Com isso, ele também questiona o que significa ter uma alma.

O coração do conto é uma fábula moral. Ao adaptá-lo, acrescentei um elemento estranhamente romântico que não existe de fato na história, mas que me ocorreu de repente. Esse é o prazer das adaptações. É como cavar o original em busca do que é inerente a ele, mas que nem sempre se expressa. Neste caso, o amor e o paraíso perdidos – e a possibilidade de reconquistar tudo isso.

Para um conto tão pequeno, "O planeta impossível" é repleto de uma estranha sensação de perda e nostalgia de muitas coisas, mas, acima de tudo, de uma Terra que não existe mais.

Ou será que existe?

O planeta impossível

– Ela só fica parada ali – disse Norton, um pouco nervoso. – Capitão, você vai ter que falar com ela.
– O que ela quer?
– Ela quer uma passagem. É surda como uma pedra. Só fica parada ali, encarando o nada, e não vai embora. Isso me dá faniquito.

O capitão Andrews se pôs de pé lentamente.
– Tudo bem. Vou falar com ela. Mande-a entrar.
– Obrigado – Norton disse, dirigindo-se ao corredor. – O capitão vai falar com você. Pode vir.

Houve um movimento do lado de fora da sala de controle. Um clarão metálico. O capitão Andrews empurrou o scanner de sua mesa para trás e ficou de pé, esperando.
– É aqui. – Norton foi entrando de costas na sala de controle. – Nesta direção. Bem aqui.

Atrás de Norton vinha uma senhorinha toda murcha. Ao lado dela, um criado-robô bem alto e brilhoso se movia junto, dando-lhe apoio com o braço. O criado-robô e a senhora diminuta entraram vagarosamente na sala de controle.

– Aqui estão os documentos dela. – Norton deslizou uma pasta na mesa com os gráficos. Sua voz parecia intimidada. – Ela tem 350 anos. É uma das mais velhas que se preservou. Vem de Riga II.

Andrews folheou o conteúdo da pasta sem pressa. Em frente

à mesa, aquela mulherzinha ficou parada em silêncio, olhando fixamente para a frente. Seus olhos esmaecidos eram de um azul pálido, como porcelana chinesa antiga.

– Irma Vincent Gordon – murmurou Andrews; então, olhou para o alto. – É isso mesmo?

A velha senhora não respondeu.

– Ela é totalmente surda, senhor – disse o criado-robô.

Andrews resmungou e voltou a se concentrar na pasta. Irma Gordon fora uma das colonizadoras originais do sistema Riga. De origem desconhecida, provavelmente nasceu em algum lugar pelo espaço, em uma daquelas antigas naves sub-C. Uma sensação estranha o percorreu de assalto. Aquela criaturinha velha. Os séculos que ela tinha visto! As mudanças!

– Ela quer viajar? – perguntou ele ao criado-robô.

– Sim, senhor. Ela veio de casa até aqui para comprar uma passagem.

– E ela aguenta uma viagem espacial?

– Ela veio de Riga até aqui em Fomalhaut IX.

– Aonde ela quer ir?

– Para a Terra, senhor – disse o criado-robô.

– *Terra!* – O queixo de Andrews caiu e ele começou a praguejar, agitadamente. – O que você quer dizer com isso?

– Ela gostaria de viajar para a Terra, senhor.

– Está vendo? – murmurou Norton. – Completamente louca.

Segurando-se firme em sua mesa, Andrews se dirigiu à velha senhora:

– Madame, nós não podemos lhe vender uma passagem para a Terra.

– Ela não consegue ouvi-lo, senhor – disse o criado-robô.

Andrews encontrou um pedaço de papel e escreveu, em letras bem grandes:

NÃO POSSO LHE VENDER UMA PASSAGEM PARA A TERRA

Ele ergueu o papel. Os olhos da velha senhora se moveram enquanto ela estudava aquelas palavras. Seus lábios se contraíram.

– Por que não? – disse ela, por fim; sua voz era fraca e seca, feito ervas daninhas a farfalhar.

Andrews rabiscou uma resposta.

ESSE LUGAR NÃO EXISTE

E acrescentou, com um tom sombrio:

MITO – LENDA – NUNCA EXISTIU

Os olhos esmaecidos da velha senhora abandonaram as palavras. Ela encarou Andrews diretamente, sem nenhuma expressão no rosto. Andrews ficou desconfortável. Ao lado dele, Norton suava de nervoso.

– Minha nossa! – resmungou Norton. – Tire-a daqui. Ela vai lançar um feitiço na gente.

Andrews se dirigiu ao criado-robô:

– Você não consegue fazê-la entender isso? Não existe essa tal de Terra. Isso já foi provado mil vezes. Nunca existiu um planeta primordial desse. Todos os cientistas concordam que a vida humana surgiu simultaneamente ao longo do...

– É o desejo dela viajar para a Terra – disse o criado-robô, com toda a paciência. – Ela tem 350 anos, e eles pararam de lhe fornecer o tratamento de sobrevivência. Ela quer visitar a Terra antes de morrer.

– Mas isso é um mito! – explodiu Andrews. Ele abria e fechava a boca, mas não emitia nenhuma palavra.

– Quanto custa? – perguntou a velha. – Quanto custa?

– Eu não posso fazer isso! – gritou Andrews. – Não existe...

– Nós temos um quilo de positivos – disse o criado-robô.

Repentinamente, Andrews ficou quieto.

– Mil positivos! – Ele empalideceu de espanto. Sua mandíbula se apertou até fechar, enquanto as cores se esvaíam do rosto.

– Quanto custa? – repetiu a velha mulher. – Quanto custa?
– Isso seria suficiente? – perguntou o criado-robô.
Por um instante, Andrews engoliu em seco, silenciosamente.
– Claro – disse ele. – Por que não?
– Capitão! – protestou Norton. – Você ficou maluco? Você sabe que não existe um lugar como a Terra! Que diabos a gente pode...
– Claro, nós vamos levá-la. – Andrews abotoou sua túnica lentamente, com as mãos trêmulas. – Vamos levá-la a qualquer lugar que ela queira ir. Diga isso a ela. Por mil positivos ficaremos felizes em levá-la até a Terra. Tudo bem?
– É claro – disse o criado-robô. – Ela economizou para isso por muitas décadas. Dará o quilo de positivos para você de uma só vez. Está com ela.

– Olhe – disse Norton –, você pode pegar vinte anos por causa disso. Vão tomar seus artigos, seu cartão e vão...
– Cale a boca! – Andrews apertou os botões do dispositivo de vídeo do sistema interno.
Debaixo deles, os jatos pulsavam e faziam um estrondo. Aquele pesado veículo atingira as profundezas do espaço.
– Quero falar com a biblioteca principal de dados em Centaurus II – disse ele pelo alto-falante.
– Nem mesmo por mil positivos você pode fazer isso. Ninguém pode fazer isso. Eles tentaram encontrar a Terra por gerações. Naves do diretório rastrearam todos os planetas devorados por traças em todo o...
O dispositivo de vídeo fez um clique.
– Centaurus II.
– Biblioteca de dados.
Norton segurou o braço de Andrews.
– Por favor, capitão. Nem mesmo por *dois* quilos de positivos...
– Quero a seguinte informação – disse Andrews, pelo alto-falante de vídeo. – Todos os fatos conhecidos a respeito do planeta Terra. O lendário local de origem da raça humana.

– Não há fatos conhecidos – respondeu a voz neutra do monitor da biblioteca. – O assunto é classificado como metaparticular.
– Quais relatórios sobre o tema, não verificados mas de ampla circulação, sobreviveram?
– A maioria das lendas sobre a Terra foi perdida durante o conflito entre Centaurus e Riga em 4-B33a. O que sobreviveu está fragmentado. A Terra é por vezes descrita como um grande planeta, circundado por um anel, com três luas; ou como um planeta pequeno e denso, com uma única lua; ou como o primeiro planeta de um sistema de dez situado ao redor de uma galáxia branca e anã...
– Qual é a lenda predominante?
– O Relatório Morrison de 5-C21r analisava todos os relatos étnicos e subliminares da lendária Terra. O resumo final observava que a Terra geralmente é considerada o terceiro planeta pequeno de um sistema com nove planetas ao todo, com uma única lua. Para além disso, não se pôde estabelecer nenhuma concordância entre as diferentes lendas.
– Entendo. O terceiro planeta de um sistema com nove. Com uma única lua. – Andrews interrompeu o circuito e a tela se apagou.
– E então? – disse Norton.
Andrews se pôs de pé rapidamente.
– Ela provavelmente conhece todas as lendas sobre o assunto. – Ele apontou para baixo, na direção da cabine de passageiros que ficava ali. – Quero esclarecer todos esses relatos.
– Por quê? O que você vai fazer?
Andrews abriu o mapa estelar principal. Seus dedos foram percorrendo o índice e largaram o escâner. Num instante, apareceu um cartão no mapa.
Ele pegou o mapa e colocou-o no criado-robô que pilotava.
– O Sistema Emphor – murmurou ele, refletidamente.
– Emphor? Nós vamos para lá?
– De acordo com o mapa, existem noventa sistemas cujo terceiro planeta de um total de nove tem uma única lua. Desses noventa, Emphor é o mais próximo. Estamos indo para lá agora.

– Não estou entendendo – protestou Norton. – Emphor é um sistema rotineiro de negócios. Emphor III não é sequer um posto de controle de Classe D.

O capitão Andrews deu um sorriso forçado.

– Emphor III tem uma única lua e é o terceiro de nove planetas. Isso é tudo o que queremos. Será que alguém sabe algo mais sobre a Terra? – disse, lançando um olhar para baixo. – Será que *ela* sabe algo mais sobre a Terra?

– Entendi – respondeu Norton, lentamente. – Estou começando a entender a ideia.

Emphor III girava silenciosamente debaixo deles. Um globo vermelho desbotado, suspenso em meio a nuvens fracas, com sua superfície chapada e corroída sobreposta aos resquícios solidificados dos antigos mares. Penhascos rachados e deteriorados sobressaíam duramente. As planícies achatadas tinham sido cavadas e exploradas até o fim. Imensas crateras escavadas formavam bolsões na superfície, como intermináveis feridas escancaradas.

O rosto de Norton se contorceu de repugnância.

– Olhe para isso. Será que tem alguma coisa viva lá embaixo?

O capitão Andrews franziu a testa.

– Não imaginei que fosse tão destruído. – Ele atravessou a nave, abruptamente, até o criado-robô que pilotava. – Supostamente existe um atracadouro de veículos em algum lugar lá embaixo. Vou tentar encontrá-lo.

– Atracadouro? Você quer dizer que essa ruína é habitada?

– Por alguns emphoritas. Há algum tipo de comércio colonial degenerado. – Andrews consultou o cartão. – Naves comerciais vêm para cá ocasionalmente. O contato com esta região é vago desde a guerra entre Centaurus e Riga.

O corredor de passagem soou com um barulho repentino. O brilhoso criado-robô e a sra. Gordon passaram pela porta e entraram na sala de controle. O rosto da velha senhora estava vívido de empolgação.

– Capitão! Essa é... É a Terra lá embaixo?

– Sim – disse Andrews, acenando com a cabeça.

O criado-robô levou a sra. Gordon até a grande tela de visualização. O rosto daquela velha mulher se contorceu, com ondas de emoção remexendo seus traços murchos.

– Mal posso acreditar que essa é a Terra de verdade. Parece impossível.

Norton lançou um olhar afiado para o capitão Andrews.

– É a Terra – afirmou Andrews, desviando o olhar de Norton.

– A lua deve aparecer por aí em breve.

A velha senhora não falou nada. Ela tinha dado as costas para eles.

Andrews contatou o atracadouro e conectou o criado-robô que pilotava. A nave estremeceu e depois começou a cair, como se um raio de Emphor a tivesse capturado e assumido.

– Estamos pousando – disse Andrews à velha senhora, tocando em seu ombro.

– Ela não consegue ouvi-lo, senhor – disse o criado-robô.

Andrews resmungou:

– Bom, ela consegue ver.

Debaixo deles, a superfície esburacada e arruinada de Emphor III crescia rapidamente. A nave tinha entrado no cinturão de nuvens e emergido, deslizando sobre uma planície infértil que se esticava até onde os olhos conseguiam alcançar.

– O que aconteceu lá embaixo? – Norton perguntou a Andrews.

– Foi a guerra?

– Guerra. Mineração. E também é tudo velho. Os buracos provavelmente são crateras de bombas. Algumas dessas longas trincheiras devem ser de escavações. Parece que eles realmente esgotaram esse lugar.

Embaixo deles, uma fileira toda retorcida com picos de montanhas quebradiços foi ficando para trás. Estavam se aproximando das ruínas de um oceano. Uma água escura e insalubre dava volteios abaixo, um amplo mar com uma crosta de sal e lixo, cujos contornos desapareciam nas margens de destroços empilhados.

– Por que isso está desse jeito? – perguntou a sra. Gordon de repente; seus traços foram atravessados pela dúvida. – Por quê?
– O que você quer dizer? – disse Andrews.
– Eu não entendo. – Ela encarava a superfície lá embaixo com um ar incerto. – Não era para ser desse jeito. A Terra é verde. Verde e viva. Com água azul e... – Sua voz foi se apagando ansiosamente. – *Por quê?*
Andrews pegou um papel e escreveu:

OPERAÇÕES COMERCIAIS ESGOTARAM A SUPERFÍCIE

A sra. Gordon estudou suas palavras, crispando os lábios. Um espasmo a percorreu, chacoalhando aquele corpo magro e ressequido.
– Esgotaram... – A voz dela cresceu num esganiçado desânimo. – Não era para ser desse jeito! Eu não *quero* que seja desse jeito!
O criado-robô segurou o braço dela.
– É melhor ela descansar. Vou levá-la de volta às suas instalações. Por favor, notifiquem-nos quando a aterrissagem tiver ocorrido.
– Claro. – Andrews fez um aceno esquisito com a cabeça enquanto o criado-robô levava a velha senhora para longe da tela de visualização. Ela se agarrou ao corrimão de orientação, com o rosto distorcido de medo e espanto.
– Tem alguma coisa errada! – lamentou ela. – Por que está desse jeito? Por que...
O criado-robô conduziu-a para fora da sala de controle. O fechamento das portas hidráulicas de segurança interrompeu abruptamente aquele choro fino.
Andrews relaxou; seu corpo cedeu.
– Meu Deus – disse ele, acendendo um cigarro, ainda trêmulo. – Que algazarra que ela faz.
– Estamos quase no chão – disse Norton, friamente.

Um vento gelado os açoitava enquanto eles desciam cautelosamente. O ar cheirava mal – um cheiro azedo e acre. Lembrava ovos podres. O vento soprava sal e areia em seus rostos. A poucos quilômetros dali estava aquele mar espesso. Eles podiam ouvir seus assobios vagos e pegajosos. Poucos pássaros passavam silenciosamente sobre suas cabeças, batendo as grandes asas sem emitir nenhum som.

– Caramba, que lugar deprimente – resmungou Andrews.

– É. Só imagino o que a senhorinha está pensando.

Descendo a rampa de saída vinha o reluzente criado-robô, ajudando a velha senhorinha. Ela se movia com hesitação e instabilidade, segurando-se no braço de metal do criado-robô. O vento frio chicoteava seu corpo frágil. Por um momento, ela cambaleou – então seguiu, deixando a rampa para trás e conquistando aquele solo irregular.

Norton balançou a cabeça.

– Ela parece estar mal. Esse ar. E o vento.

– Eu sei. – Andrews foi na direção da sra. Gordon e do criado-robô. – Como ela está? – perguntou ele.

– Não está bem, senhor – respondeu o criado-robô.

– Capitão – sussurrou a velha senhora.

– O que foi?

– Você precisa me dizer a verdade. Isto aqui é... é mesmo a Terra?

Ela observou os lábios dele bem de perto.

– Você jura que é? Você *jura*? – Sua voz cresceu num guincho de terror.

– É a Terra! – disparou Andrews, meio irritado. – Eu já falei antes. É claro que é a Terra.

– Não se parece com a Terra. – A sra. Gordon se agarrou à resposta dele, tomada pelo pânico. – Não se parece com a Terra, capitão. É mesmo a Terra?

– Sim!

O olhar dela foi vagueando na direção do oceano. Uma expressão estranha cintilou em seu rosto cansado, acendendo os olhos esmaecidos com uma fome repentina.

– Aquilo é água? Quero ir lá ver.

Andrews se virou para Norton.

– Tire a lancha. Leve-a aonde ela quer ir.

– Eu? – Norton se retraiu, irritado.

– É uma ordem.

– Tudo bem.

Norton voltou relutante até a nave. Andrews acendeu um cigarro, meio entristecido, e ficou esperando. Então, a lancha deslizou para fora da nave, percorrendo todas aquelas cinzas em direção a eles.

– Você pode mostrar tudo o que ela quiser – disse Andrews ao criado-robô. – O Norton vai levar vocês.

– Obrigado, senhor – disse o criado-robô. – Ela ficará muito agradecida. Quis pisar na Terra a vida toda. Lembra-se do avô falando sobre isso. Ela acredita que ele veio da Terra, muito tempo atrás. Ela é muito velha. É a última integrante viva de sua família.

– Mas a Terra é só uma... – Andrews se flagrou dizendo. – Quero dizer...

– Sim, senhor. Mas ela é muito velha. E esperou muitos anos por isso.

O criado-robô se virou para a velha senhora e conduziu-a gentilmente até a lancha. Andrews encarou, taciturno, o caminho que os dois percorriam, esfregando o queixo e franzindo o rosto.

– Ok – veio a voz de Norton, da lancha. Ele deslizou a porta para abri-la e o criado-robô conduziu a velha senhora cuidadosamente para dentro, até que a porta se fechou atrás deles.

Instantes depois, a lancha disparou sal adentro sem estremecer, rumo àquele oceano feio que a rodeava.

Norton e o capitão Andrews andavam irrequietos pela costa. O céu estava escurecendo. Camadas de sal eram sopradas contra eles. Superfícies de lama fediam na escuridão da noite que se for-

mava. Indistintamente, bem ao longe, uma linha de colinas desaparecia em meio ao silêncio e aos vapores.
— E então — disse Andrews —, o que aconteceu?
— Foi só isso. Ela saiu da lancha. Ela e o criado-robô. Eu fiquei do lado de dentro. Eles ficaram parados, olhando para o oceano. Depois de um tempo, a velha senhora mandou o criado de volta para a lancha.
— Por quê?
— Não sei. Ela queria ficar a sós, imagino. Ficou parada um tempo, sozinha. Na orla. Olhando para a água. O vento vinha aumentando. De repente, ela pareceu ter se acalmado. E se afundou num salto, dentro daquelas cinzas de sal.
— E depois?
— Enquanto eu estava me recompondo, o criado-robô saltou para fora e correu até ela. Ele pegou a senhora. Ficou parado um segundo para daí saltar na água. Eu pulei para fora da lancha, gritando. Ele entrou na água e desapareceu. Afundou-se na lama e na sujeira. Escafedeu-se. — Norton sentiu um calafrio. — Junto com o corpo dela.

Andrews arremessou ferozmente o seu cigarro para bem longe. O cigarro foi rolando e brilhando.
— Mais alguma coisa?
— Nada. Tudo aconteceu num segundo. Ela estava parada ali, olhando para as águas. De repente, estremeceu, feito um galho morto. Depois, simplesmente definhou. O criado-robô saiu da lancha e entrou na água junto dela, antes que eu conseguisse entender o que estava acontecendo.

O céu estava quase escuro. Nuvens imensas pairavam junto às vagas estrelas. Nuvens daqueles vapores insalubres da noite e partículas de lixo. Uma grande revoada de pássaros cruzou o horizonte, voando silenciosamente.

Contra aquelas colinas quebradiças, a lua vinha subindo. Um globo enfermo e infértil, ligeiramente tingido de amarelo. Igual a um pergaminho velho.

– Vamos voltar para a nave – disse Andrews. – Eu não gosto deste lugar.
– Não consigo entender por que isso aconteceu. Aquela velha senhora... – Norton balançou a cabeça.
– O vento. Toxinas radioativas. Conferi com Centaurus II. A guerra devastou todo o sistema. O planeta virou um destroço letal.
– Então nós não vamos...
– Não. Não teremos que responder por isso. – Eles continuaram em silêncio por algum tempo. – Não vamos ter que explicar. É óbvio o suficiente. Qualquer um que venha aqui, especialmente uma pessoa velha...
– Só que ninguém viria até aqui – interrompeu Norton, amargamente. – Especialmente uma pessoa velha.
Andrews não respondeu. Ele continuou andando, de cabeça baixa e mãos nos bolsos. Norton o seguia, silenciosamente. Acima deles, aquela única lua ia ficando maior e mais iluminada, conforme conseguia escapar das névoas e adentrava um pedaço de céu limpo.
– Aliás – disse Norton, com uma voz fria e distante, atrás de Andrews –, esta é a última viagem que faço com você. Enquanto estava na nave, fiz um pedido formal de nova atribuição.
– Oh.
– Achei que precisava informá-lo. Quanto à minha parte do quilo de positivos, pode ficar com ela.
Andrews corou e aumentou o ritmo, deixando Norton para trás. A morte da velha senhora o havia abalado. Ele acendeu outro cigarro e o jogou para longe.
Caramba – não era culpa *dele*. Ela já era velha. Tinha 350 anos. Senil e surda. Uma folha esmaecida, carregada pelo vento. Pelo vento venenoso que chicoteava e retorcia interminavelmente a face arruinada daquele planeta.
A face arruinada. Cinzas de sal e destroços. A linha quebradiça de colinas se desfazendo. E o silêncio. O silêncio eterno. Nada além do vento e da ondulação daquela água espessa e estagnada.
E os pássaros escuros lá no alto.

Alguma coisa cintilava. Algo aos pés dele, perdido naquelas cinzas de sal. Refletindo a palidez doentia da lua.

Andrews se inclinou e tateou na escuridão. Seus dedos se fecharam em algo duro. Ele pegou aquele pequeno disco e o avaliou.

– Estranho – disse ele.

Foi só depois de estarem novamente nas profundezas do espaço, zunindo de volta na direção de Fomalhaut, que se lembrou daquele pequeno disco.

Ele deslizou para longe do painel de controle, mexendo em seus bolsos para encontrá-lo.

O disco era fino e gasto. E terrivelmente velho. Andrews o esfregou e cuspiu nele até que ficasse limpo o suficiente para ser identificado. Uma impressão fraca – e nada mais. Ele virou o disco. Seria um símbolo? Uma arruela? Uma moeda?

Do lado de trás havia algumas letras insignificantes. Uma inscrição antiga e esquecida. Ele ergueu o disco na direção da luz até conseguir identificar as letras.

E PLURIBUS UNUM[*]

Andrews deu de ombros e arremessou aquele pedaço antigo de metal numa unidade de descarte de resíduos ao seu lado, retornando a atenção aos mapas estelares e à volta para casa...

---

[*] Do latim, "De todos, um". Trata-se do lema nacional dos Estados Unidos, cunhado em moedas do país desde o século XVIII. [N. de E.]

Introdução de Jack Thorne

TÍTULO DO CONTO E DO EPISÓDIO:
THE COMMUTER [O PASSAGEIRO HABITUAL]

JACK THORNE *é roteirista e produtor. Vencedor de cinco prêmios BAFTA, é conhecido por aclamados programas de TV como* The Last Panthers *e* National Treasure, *pelos roteiros originais de* The Scouting Book for Boys *e* War Book, *além da adaptação de* Uma longa queda, *de Nick Hornby. Suas peças já foram encenadas internacionalmente e incluem* Harry Potter & The Cursed Child, *no West End Theater, e* Woyzeck, *estrelado por John Boyega.*

O que eu poderia dizer sobre Philip K. Dick que ainda não tenha sido dito? Tenho certeza de que há uma série de pessoas neste livro elogiando sua visão e capacidade de transportar o leitor para lugares muito distantes num piscar de olhos. Sua imaginação é tão repleta, tão meticulosa! Como alguém que já leu muita ficção científica, acredito que exista uma diferença entre escritores que têm ideias e escritores que constroem mundos. PKD constrói universos.

Mas o que mais admiro nele – e o que acabou me atraindo para este conto – é que ele sempre encontra o ordinário no extraordinário. Os personagens de PKD não são super-heróis à espera. Ao contrário, estão mais para um zé-ninguém a quem foi concedida uma espiada pela janela, e reagem de acordo com isso. Eles não mudam repentinamente quem são; mas, conforme o mundo se transforma, também se transformam dentro dele.

Meu avô trabalhou a vida toda como bilheteiro na Euston Station, em Londres. Por isso, "O passageiro habitual" chamou minha atenção imediatamente: a ideia de que ele teria uma chance de visualizar novas possibilidades e visitar lugares que não existiam, mas que poderiam existir; lugares que ele pudesse amar, que lhe permitissem fugir de sua vida. Não vou dizer muito mais – porque não quero estragar a surpresa das reviravoltas da história –, mas, como em toda a obra de PKD, o conto acaba suscitando as mais profundas questões sobre o que queremos como humanos. E sobre o que está a caminho.

Passei o último ano mergulhado nesse conto – e sempre que o releio surge uma nova questão a respeito dele. Espero que vocês o considerem tão belo quanto eu o considero.

O passageiro habitual

O pequeno sujeito estava cansado. Ele foi abrindo caminho lentamente em meio à multidão, atravessando o saguão da estação até a bilheteria. Esperou por sua vez com impaciência, a fadiga evidente nos ombros caídos e no casaco marrom frouxo.

– Próximo – disse Ed Jacobson, o bilheteiro, com certa aspereza.

O pequeno sujeito lançou uma nota de 5 dólares no balcão.

– Quero um novo talão de bilhetes. Já gastei todo o anterior.

– Ele espiou o relógio de parede atrás de Jacobson. – Meu Deus, já é tarde assim?

Jacobson aceitou os 5 dólares.

– Ok, senhor. Um talão de bilhetes. Para onde?

– Macon Heights – afirmou o pequeno sujeito.

– Macon Heights. – Jacobson consultou seu quadro. – Macon Heights. Não tem nenhum lugar com esse nome.

– Você está bancando o engraçadinho? – O rosto do homenzinho se enrijeceu de suspeita.

– Senhor, não existe nenhuma Macon Heights. Não posso vender um bilhete para um lugar que não existe.

– O que você está querendo dizer? Eu moro lá!

– Não importa. Faz seis anos que vendo bilhetes e esse lugar não existe.

Os olhos do homenzinho saltaram de perplexidade.

– Mas eu tenho uma casa lá. Vou para lá todas as noites. Eu...
– Olhe aqui. – Jacobson lhe entregou o quadro de destinos. – Encontre você mesmo.

O homenzinho puxou o quadro para si. Avaliou-o freneticamente, com o dedo tremendo conforme descia pela lista de cidades.

– Encontrou? – perguntou Jacobson, apoiando os braços no balcão. – Não está aí, não é mesmo?

– Eu não entendo – disse o homenzinho balançando a cabeça, atordoado. – Isso não faz sentido. Alguma coisa deve estar errada. Com certeza tem algum...

De repente, ele desapareceu. O quadro caiu no chão de cimento. O pequeno sujeito tinha sumido – deixara a existência num piscar de olhos.

– Pelo espírito de César – suspirou Jacobson.

Sua boca se abriu e se fechou. Havia apenas o quadro sobre o chão de cimento.

O homenzinho tinha deixado de existir.

– Mas e daí? – perguntou Bob Paine.
– Eu dei a volta e fui pegar o quadro.
– Ele tinha desaparecido mesmo?
– Tinha desaparecido de fato. – Jacobson esfregou a testa. – Queria que você estivesse por perto. Ele sumiu feito uma luz. Completamente. Sem nenhum som. Sem nenhum movimento.

Paine acendeu um cigarro, recostando-se em sua cadeira.

– Você já o tinha visto antes?
– Não.
– A que horas do dia foi isso?
– Agorinha mesmo. Por volta das cinco. – Jacobson seguiu em direção à bilheteria. – Está chegando um monte de gente.
– Macon Heights – disse Paine, folheando o guia de cidades do estado. – Nenhuma listagem em nenhum dos registros. Se ele reaparecer, quero falar com ele. Peça que venha ao escritório.
– Claro. Não quero ter nada a ver com ele. Isso não é natural.

– Jacobson se virou para a janela. – Sim, senhora.

– Duas viagens de ida e volta para Lewisburg.

Paine apagou a bituca de um cigarro e acendeu outro.

– Continuo tendo a sensação de que já ouvi esse nome antes. – Ele se levantou e foi até o mapa de parede. – Mas ele não está listado.

– Não há listagem porque esse lugar não existe – disse Jacobson.

– Você acha que eu poderia passar os dias aqui vendendo bilhetes e mais bilhetes sem saber disso? – Ele se virou de volta para o guichê. – Sim, senhor.

– Eu gostaria de um talão de bilhetes para Macon Heights – disse o pequeno sujeito, olhando, nervoso, para o relógio de parede. – E depressa.

Jacobson fechou os olhos. Então esperou um pouco, com firmeza. Quando abriu os olhos de novo, o pequeno sujeito ainda estava lá. Um rosto pequenino e enrugado. Cabelo ralo. Óculos. Um casaco gasto, meio caído.

Jacobson se virou e cruzou o escritório na direção de Paine.

– Ele está de volta – Jacobson engoliu em seco, o rosto pálido.

– É ele de novo.

– Traga-o já para dentro – disse Paine, com os olhos cintilando.

Jacobson assentiu e voltou para o guichê.

– Senhor – ele chamou –, você poderia, por favor, entrar aqui? – Ele indicou a porta. – O vice-presidente gostaria de vê-lo por um instante.

O rosto do homenzinho escureceu.

– O que foi? O trem está quase saindo. – Resmungando sob a respiração, ele empurrou a porta e entrou no escritório. – Esse tipo de coisa nunca me aconteceu antes. Com certeza está ficando mais difícil comprar um talão de bilhetes. Se eu perder o trem, vou responsabilizar a sua empresa...

– Sente-se – disse Paine, indicando a cadeira em frente à sua mesa.

– Você é o homem que quer um talão de bilhetes para Macon Heights?

– Tem algo de estranho nisso? Qual o problema de vocês? Por que não podem me vender um talão de bilhetes como sempre fazem?

– Como assim... como *sempre* fazemos?

O homenzinho se conteve com grande esforço.

– Em dezembro minha mulher e eu nos mudamos para Macon Heights. Pego o trem de vocês dez vezes por semana, duas vezes por dia, há seis meses. Todo mês eu compro um novo talão de bilhetes.

Paine se inclinou na direção dele.

– Qual dos nossos trens exatamente você pega, senhor...

– Critchet. Ernest Critchet. Pego a linha B. Vocês não conhecem os próprios horários?

– A linha B? – Paine consultou uma tabela da linha B, percorrendo-a com o lápis. Não havia nenhuma Macon Heights listada ali. – Quanto tempo dura a viagem? Quanto tempo demora?

– Exatamente 49 minutos. – Critchet olhou para cima, na direção do relógio de parede. – Se é que eu vou conseguir pegá-lo.

Paine calculou mentalmente. Eram 49 minutos. Cerca de 50 quilômetros da cidade. Ele se levantou e cruzou a sala até o grande mapa que ficava na parede.

– Qual é o problema? – perguntou Critchet, com visível desconfiança.

Paine desenhou um círculo de 50 quilômetros no mapa. O círculo passava por uma série de cidades, mas nenhuma delas era Macon Heights. E na linha B não havia absolutamente nada naquele raio.

– Que tipo de lugar é Macon Heights? – questionou Paine. – Quantas pessoas você diria que vivem lá?

– Não sei. Talvez umas 5 mil. Passo a maior parte do meu tempo na cidade. Sou contador na Bradshaw Seguros.

– Macon Heights é um lugar relativamente novo?

– É bastante moderno. Temos uma pequena casa de dois quartos, construída alguns anos atrás. – Critchet se mexeu, irrequieto. – E cadê o meu talão de bilhetes?

– Temo que eu não possa – disse Paine, lentamente – vender um talão de bilhetes para você.

– O quê? Por que não?

– Não temos nenhum serviço até Macon Heights.

Critchet se levantou num salto.

– O que você está querendo dizer?
– Esse lugar não existe. Olhe você mesmo o mapa.

Critchet ficou boquiaberto, com o rosto ainda matutando. Então se virou, irritado, para o mapa na parede, fazendo cara feia para ele, atentamente.

– Esta é uma situação bastante curiosa, sr. Critchet – murmurou Paine. – Ela não está no mapa nem é listada no diretório de cidades do estado. Não temos nenhum itinerário que a inclua. Não existem talões de bilhetes feitos para lá. Nós não...

Ele parou de falar. Critchet tinha desaparecido. Num momento ele estava ali, estudando o mapa na parede. No instante seguinte, tinha desaparecido. Sumido. Evaporado.

– Jacobson! – ladrou Paine. – Ele sumiu!

Os olhos de Jacobson se arregalaram. O suor começou a brotar em sua testa.

– Então foi mesmo – murmurou ele.

Paine estava absorto em seus pensamentos, encarando o espaço vazio que pouco antes fora ocupado por Ernest Critchet.

– Tem alguma coisa acontecendo – resmungou ele. – Algo estranho pra burro. – Abruptamente, ele pegou o sobretudo e tomou a direção da porta.

– Não me deixe sozinho! – implorou Jacobson.

– Se precisar de mim, estarei no apartamento da Laura. O telefone de lá está em algum lugar da minha mesa.

– Não há tempo para ficar nesses joguinhos com garotas.

Paine empurrou a porta que dava para o saguão.

– Duvido muito – disse ele, soturno – que isto seja um jogo.

Paine foi subindo as escadas até o apartamento de Laura Nichols, avançando dois degraus de cada vez. Apertou repetidamente a campainha até que a porta se abriu.

– Bob! – disse Laura, piscando toda surpresa. – A que devo esta...

Paine passou por ela, entrando no apartamento.

– Espero que eu não esteja interrompendo nada.

– Não, mas...

– Afazeres importantes. Vou precisar de uma ajudinha. Posso contar com você?
– Comigo?
Laura fechou a porta atrás dele. Seu apartamento bem decorado estava à meia-luz. Na ponta do sofá verde-escuro havia uma única luminária acesa. As cortinas pesadas estavam fechadas. O fonógrafo estava ligado, com o volume bem baixinho, no canto.
– Talvez eu esteja enlouquecendo. – Paine se jogou no exuberante sofá verde. – É isso que quero descobrir.
– Como posso ajudar? – Laura se aproximava, lânguida, de braços cruzados, trazendo um cigarro nos lábios. Então jogou seus longos cabelos para trás, tirando-os da frente dos olhos. – O que exatamente você tinha em mente?
Paine sorriu com ternura para a garota.
– Você vai ficar surpresa. Quero que vá até o centro amanhã de manhã, bem cedinho, e...
– Amanhã de manhã! Eu tenho um emprego, lembra? E lá no escritório vamos começar uma nova série de relatórios esta semana.
– Que se dane. Tire a manhã de folga. Vá até a biblioteca principal, no centro. Se não conseguir encontrar as informações lá, vá até o tribunal do condado e comece a procurar nos registros de impostos atrasados. Continue procurando até encontrar.
– Encontrar o quê?
– Menções a um lugar chamado Macon Heights – disse Paine, acendendo um cigarro, pensativo. – Sei que já ouvi esse nome antes. Anos atrás. Entendeu o contexto? Confira todos os atlas antigos. Jornais velhos na sala de leitura. Revistas velhas. Relatórios. Projetos da cidade. Propostas feitas à legislatura estatal.
Laura sentou-se lentamente no braço do sofá.
– Você está brincando?
– Não.
– Quantos anos atrás?
– Talvez uns dez anos, se necessário.
– Minha nossa! Talvez eu tenha que...

– Fique lá até conseguir encontrar – Paine se levantou bruscamente. – Vejo você mais tarde.
– Você está indo embora. Não vai me levar para jantar?
– Desculpe – Paine andou em direção à porta. – Estarei ocupado. Muito ocupado.
– Fazendo o quê?
– Visitando Macon Heights.

Do lado de fora do trem, campos intermináveis se espraiavam, interrompidos ocasionalmente pela casa de alguma fazenda. Sombrios postes telefônicos sobressaíam rumo ao céu noturno.

Paine olhou para o relógio de pulso. Agora não estava longe. O trem passou por uma cidadezinha. Alguns postos de gasolina, bancas de beira de estrada, uma loja de televisores. Então parou na estação, rangendo os freios. Lewisburg. Alguns passageiros desceram; homens de sobretudo, com seus jornais da noite. As portas bateram e o trem deu partida novamente.

Paine voltou a se acomodar na poltrona, absorvido por seus pensamentos. Critchet desaparecera enquanto olhava para o mapa na parede. Na primeira vez, ele desaparecera depois de Jacobson lhe mostrar o quadro... que não incluía nenhum lugar chamado Macon Heights. Será que havia alguma pista aí? Toda aquela situação parecia irreal, como se fosse um sonho.

Paine olhou para fora. Estava quase lá – se é que tal lugar existia mesmo. Fora do trem, os campos se esticavam sem fim, num tom de marrom. Colinas e planícies. Postes telefônicos. Carros correndo na rodovia estadual, pontos pretos minúsculos que se apressavam no crepúsculo.

Mas nenhum sinal de Macon Heights.

O trem ia rugindo em seu caminho. Paine consultou o relógio. Tinham se passado 51 minutos. E ele não vira nada. Nada além de campos.

Ele foi andando pelo vagão e se sentou perto do condutor, um senhor já de idade, de cabelos brancos.

– Já ouviu falar de um lugar chamado Macon Heights? – perguntou Paine.
– Não, senhor.
Paine mostrou sua identificação.
– Tem certeza de que nunca ouviu falar de um lugar com esse nome?
– Positivo, sr. Paine.
– Há quanto tempo você faz esta rota?
– Onze anos, sr. Paine.

Paine seguiu até a parada seguinte, em Jacksonville. Desceu e pegou a linha B de volta para a cidade. O sol tinha se posto. O céu estava quase preto. Ele conseguia delinear vagamente o cenário do lado de fora da janela.

Ele ficou tenso, segurando a respiração. Faltava um minuto. Quarenta segundos. Será que havia algo ali? Planícies. Postes telefônicos sombrios. Uma paisagem estéril e desolada entre as cidades.

Entre? O trem se apressou em direção à escuridão. Paine olhou para fora fixamente. Será que tinha alguma coisa lá fora? Algo além daqueles campos?

Acima dos campos, uma longa massa de fumaça translúcida se espalhava. Uma massa homogênea, prolongando-se por mais de um quilômetro. O que seria aquilo? Fumaça de motor? Mas aquele era um motor a diesel. De um caminhão na estrada? Um incêndio florestal? Nenhum daqueles campos parecia queimado.

De repente, o trem começou a reduzir a velocidade. Instantaneamente, Paine ficou alerta. O trem estava chegando a uma parada, fazendo uma pausa. Os freios rangeram, os vagões cambalearam de um lado a outro. E então, silêncio.

Do outro lado do corredor, um homem alto vestindo um casaco claro se pôs de pé, colocou seu chapéu e avançou rapidamente em direção à porta. Ele saltou para fora do trem. Paine ficou observando-o, fascinado. O homem se afastou rapidamente do trem, atravessando os campos escuros. Movia-se decidido, rumo à massa de névoa acinzentada.

O homem se ergueu. Estava andando a um palmo acima do chão. Virou à direita. Ergueu-se novamente, agora a três palmos do chão. Por um momento, andou paralelo ao solo, ainda se afastando do trem. Depois desapareceu na massa de névoa. Tinha sumido.

Paine se apressou, seguindo pelo corredor. No entanto, o trem já começava a ganhar velocidade de novo. O chão ia ficando para trás do lado de fora. Paine localizou o condutor encostado na parede do vagão, um jovem de aspecto meio molenga.

– Escute – chiou Paine. – Que parada foi essa?!

– Desculpe, senhor?

– Aquela parada! Onde diabos a gente estava?

– Nós sempre paramos ali. – Lentamente, o condutor pegou seu casaco e tirou do bolso um punhado de itinerários; em seguida, conferiu todos eles e passou um para Paine. – A linha B sempre para em Macon Heights. Você não sabia disso?

– Não!

– Está no itinerário. – O jovem ergueu sua revista pulp novamente. – Sempre para ali. Sempre parou. Sempre vai parar.

Paine torceu o itinerário, abrindo-o. Era verdade. Macon Heights estava listada entre Jacksonville e Lewisburg, exatamente a 50 quilômetros da cidade.

A nuvem de névoa acinzentada. Aquela ampla nuvem que ganhava forma rapidamente, como se algo estivesse ganhando existência. Na verdade, algo *estava* ganhando existência.

Macon Heights!

Ele encontrou Laura no apartamento dela na manhã seguinte. Estava sentada à mesa de centro, vestindo uma blusa rosa-claro e calças escuras. Perto dela havia uma pilha de anotações, um lápis, uma borracha e um leite maltado.

– Como foram as coisas? – perguntou Paine.

– Tranquilo. Consegui sua informação.

– Qual é a história?

– Tinha bastante material. – Ela jogou sobre a mesa um maço de anotações, alinhando-as. – Eu reuni as partes mais importantes para você.

– Vamos ao resumo.

– Há sete anos, neste mês de agosto, o conselho de supervisores do condado votou para que três novos territórios suburbanos de moradia fossem estabelecidos fora da cidade. Macon Heights era um deles. Houve grande debate. A maioria dos comerciantes da cidade se opôs a esses novos territórios. Diziam que eles atrairiam muitos varejistas para fora da cidade.

– Continue.

– Houve uma longa briga. Finalmente, dois dos três territórios foram aprovados: Waterville e Cedar Groves. Mas não Macon Heights.

– Entendi – murmurou Paine, pensativo.

– Macon Heights foi derrotado. Um acordo; dois territórios em vez de três. Esses dois foram construídos logo em seguida. Você sabe. Passamos por Waterville uma tarde dessas. Um lugarzinho simpático.

– Mas nada de Macon Heights.

– Não. Abriram mão de Macon Heights.

Paine esfregou o queixo.

– Então essa é a história.

– Essa é a história. Você percebe que eu perdi meio dia de salário por causa disso? Você *precisa* me levar para sair hoje à noite. Talvez eu deva arrumar outro cara. Estou começando a achar que você não é lá uma aposta muito boa.

– Sete anos atrás. – Paine acenou com a cabeça distraidamente; de uma só vez, um pensamento lhe ocorreu. – A votação! Quanto faltou na votação para Macon Heights?

Laura consultou suas anotações.

– O projeto foi derrotado por um único voto.

– Um único voto. Sete anos atrás. – Paine foi andando em direção ao corredor. – Obrigado, querida. As coisas estão começando a fazer sentido. Muito sentido!

Ele pegou um táxi em frente ao prédio. O táxi atravessou a cidade correndo, levando-o até a estação de trem. Do lado de fora, placas e ruas deixavam seus rastros. Pessoas e lojas e carros.

O palpite dele estava correto. Ele *tinha* ouvido aquele nome antes. Sete anos antes. Um debate implacável no condado sobre uma proposta de território suburbano. Duas cidades aprovadas; a terceira, derrotada e esquecida.

Mas agora a cidade esquecida estava ganhando existência – sete anos depois. A cidade e uma fatia indeterminada de realidade junto com ela. *Por quê?* Será que algo tinha mudado no passado? Será que houvera alguma alteração no contínuo do passado? Aquela parecia ser a explicação. A votação fora acirrada. Macon Heights *quase* tinha sido aprovada. Talvez algumas partes do passado estivessem instáveis. Talvez aquele período em particular, sete anos antes, tivesse sido crítico. Talvez ela nunca tivesse se "consolidado" completamente. Um pensamento esquisito: o passado havia mudado, depois de já ter acontecido.

De repente, os olhos de Paine focaram. Ele se sentou rapidamente. Do outro lado da rua tinha uma placa de loja, bem no meio da quadra. Em cima de um estabelecimento pequeno, inconspícuo. Conforme o táxi seguia em frente, Paine espiava.

BRADSHAW SEGUROS
[OU]
TABELIÃO PÚBLICO

Ele refletiu. O local de trabalho de Critchet. Será que isso também fora e voltara? Será que sempre estivera ali? Algo naquele lugar lhe causava desconforto.

– Acelere – Paine ordenou ao motorista. – Vamos indo.

Quando o trem reduziu a velocidade em Macon Heights, Paine logo ficou de pé e foi subindo o corredor até chegar à porta. As rodas que rangiam foram se sacudindo até parar, e Paine saltou na lateral quente de cascalho. Ele olhou à sua volta.

Sob a luz do sol da tarde, Macon Heights cintilava e efervescia, com suas fileiras de casas uniformes se esticando em todas as direções. No centro da cidade, um letreiro de teatro se erguia. Tinha até um teatro. Paine atravessou os trilhos na direção da cidade. Para além da estação, havia um estacionamento. Ele entrou no terreno e o atravessou, seguindo um caminho que passava por um posto de gasolina até dar na calçada. Ele chegou à rua principal da cidade. Uma fila dupla de lojas se alongava diante dele. Uma loja de equipamentos. Duas farmácias. Uma loja de miudezas. Uma moderna loja de departamentos.

Paine seguiu passeando, de mãos nos bolsos, observando os arredores em Macon Heights. Um prédio residencial parecia se impor, alto e gordo. Um zelador estava lavando os degraus da entrada. Tudo parecia novo e moderno. As casas, as lojas, as ruas e calçadas. Os parquímetros. Um policial de uniforme marrom multava um carro. Árvores que cresciam em intervalos regulares, habilmente podadas e aparadas.

Ele passou por um grande supermercado. Do lado de fora, em frente, havia um cesto de frutas, com laranjas e uvas. Ele pegou uma uva e deu uma mordida.

A uva era real, de fato. Uma grande uva da casta Concord, bem escura, doce e madura. No entanto, 24 horas antes não havia nada ali além de um campo infértil.

Paine entrou em uma das farmácias. Ele folheou algumas revistas e depois se sentou ao balcão. Pediu uma xícara de café para a pequenina garçonete de bochechas avermelhadas.

– Esta cidade é agradável – disse Paine, quando ela lhe trouxe o café.

– É mesmo, não é?

Paine hesitou.

– Faz quanto... quanto tempo que você trabalha aqui?

– Três meses.

– Três meses? – Paine ficou avaliando aquela loirinha robusta. – Você vive aqui em Macon Heights?

– Ah, sim.

– Faz quanto tempo?

– Faz poucos anos, acho – ela respondeu, então se afastou para atender um jovem soldado que ocupara uma banqueta na outra ponta do balcão.

Paine ficou sentado tomando seu café e fumando, observando ociosamente as pessoas que passavam do lado de fora. Pessoas comuns. Homens e mulheres, principalmente mulheres. Algumas carregavam sacolas de compras e carrinhos de feira. Automóveis passavam lentamente para lá e para cá. Aquela era uma cidadezinha suburbana bem pacata. De classe média alta, moderna. Uma cidade ótima. Sem favelas por ali. Casas pequenas e atraentes. Lojas com um pequeno gramado na frente e seus letreiros de neon.

Alguns jovens estudantes irromperam farmácia adentro, rindo e tropeçando uns nos outros. Duas garotas com blusas coloridas se sentaram perto de Paine e pediram limonadas. Elas conversavam alegremente, e trechos da conversa flutuavam em direção a ele.

Ele olhou para as garotas, refletindo melancolicamente. Elas eram mesmo reais. De batom vermelho e unhas da mão da mesma cor. Blusas e braços carregados de livros escolares. Centenas de jovens estudantes, que se amontoavam avidamente na farmácia.

Paine esfregou a própria testa exaustivamente. Aquilo não parecia possível. Talvez ele estivesse fora de si. A cidade era *real*. Completamente real. Ela provavelmente sempre existira. Uma cidade inteira não poderia surgir assim, do nada, de uma nuvem de névoa cinzenta. Com 5 mil pessoas, casas e ruas e lojas.

Lojas. A Bradshaw Seguros.

Uma percepção penetrante o esfriou um pouco. De repente, ele entendeu. Aquilo estava se espalhando. Para além de Macon Heights. Chegando até a cidade. A cidade também estava mudando. A Bradshaw Seguros. O local de trabalho de Critchet.

Macon Heights não poderia existir sem distorcer a cidade. Elas se entrelaçavam. Aquelas 5 mil pessoas vinham da cidade. Seus empregos. Suas vidas. A cidade estava envolvida.

Mas até que ponto? O quanto a cidade estava mudando?

Paine jogou uma moeda no balcão e saiu apressado da farmácia, rumo à estação de trem. Ele precisava voltar à cidade. Laura, essas mudanças. Será que ela ainda estava lá? Será que a vida *dele próprio* estava a salvo?

O medo tomou conta de Paine. Laura, todos os seus pertences, planos, esperanças e sonhos. De repente, Macon Heights não tinha importância. Seu próprio mundo estava em risco. Apenas uma coisa importava agora. Ele tinha que se certificar disso; garantir que a própria vida ainda estava lá, intocada pelo círculo abrangente de mudança que se propagava a partir de Macon Heights.

– Para onde, camarada? – perguntou o taxista quando Paine apareceu, após sair correndo da estação de trem.

Paine deu a ele o endereço do apartamento. O táxi partiu, zunindo pelo trânsito. Paine se recostou agitadamente. Do lado de fora da janela, as ruas e prédios comerciais iam ficando para trás. Trabalhadores de colarinho branco já começavam a sair do trabalho, em enxurradas que tomavam as calçadas e se amontoavam em cada esquina.

O quanto as coisas haviam mudado? Ele se concentrou numa fileira de prédios. A grande loja de departamentos. Será que aquilo sempre estivera ali? A lojinha de engraxates logo ao lado. Ele nunca tinha reparado naquilo antes.

NORRIS MÓVEIS DOMÉSTICOS

Ele não se lembrava *daquilo*. Mas como poderia ter certeza? Sentiu-se confuso. Como poderia distinguir?

O táxi o deixou em frente ao apartamento. Paine ficou parado ali por um momento, olhando em volta. Descendo, no final do quarteirão, o proprietário da delicatéssen italiana abria seu toldo. Será que ele já tinha visto uma delicatéssen ali antes?

Não conseguia se lembrar.

O que teria acontecido com o grande açougue do outro lado da rua? Não havia nada além de casinhas bem arrumadas; casas mais antigas que pareciam estar ali há muito tempo. Será que já

houvera um açougue ali? As casas *pareciam* sólidas.
No próximo quarteirão, o poste listrado do barbeiro reluzia. Será que sempre houvera um barbeiro ali? Talvez ele sempre tivesse estado ali. Ou talvez não. Tudo estava mudando. Novas coisas ganhavam existência; outras, desapareciam. O passado estava se alterando, e a memória estava vinculada ao passado. Como ele poderia confiar em sua memória? Como poderia ter certeza?

O terror tomou conta de Paine. Laura. O mundo dele...

Paine subiu correndo os degraus da entrada e empurrou a porta do prédio. Disparou pelas escadas acarpetadas até o segundo andar. A porta do apartamento não estava trancada. Ele a abriu e entrou, com o coração na boca, rezando em silêncio.

A sala estava escura e silenciosa. As persianas, fechadas pela metade. Ele olhou em volta desenfreadamente. Viu o sofá azul--claro, com algumas revistas sobre o braço. A mesa de centro de carvalho, de um tom bem claro. O televisor. O cômodo, no entanto, estava vazio.

– Laura! – suspirou ele.

Laura veio correndo da cozinha, de olhos arregalados, alarmados.

– Bob! O que você está fazendo em casa? Tem algum problema?

Paine relaxou, fraquejando de alívio.

– Olá, querida. – Ele deu um beijo nela, segurando-a firmemente contra si. Ela era cálida e substanciosa, totalmente real. – Não, não tem nada de errado. Está tudo bem.

– Você tem certeza?

– Tenho, sim.

Trêmulo, Paine tirou o casaco e o deixou no encosto do sofá. Depois ficou andando pela sala, examinando as coisas, recobrando sua confiança. Aquele sofá azul, tão familiar, com queimaduras de cigarro nos braços. O banquinho esfarrapado de apoiar os pés. A mesa onde costumava trabalhar à noite. Suas varas de pesca encostadas na parede atrás da estante de livros.

A grande televisão que ele só conseguira comprar no mês anterior. Isso também estava a salvo.

Todas as coisas, tudo o que ele tinha, estava intocado. Seguro. Ileso.

– O jantar só vai ficar pronto daqui a meia hora – murmurou Laura, com certa ansiedade, tirando seu avental. – Eu não esperava que você fosse chegar tão cedo. Fiquei de bobeira o dia todo. Mas limpei o forno. Um vendedor deixou uma amostra de um produto novo.

– Tudo bem. – Ele avaliou uma cópia de seu Renoir favorito na parede. – A seu tempo. É bom ver todas essas coisas de novo. Eu... Do quarto, veio um som de choro. Laura se virou rapidamente.

– Acho que nós acordamos o Jimmy.

– Jimmy?

Laura riu.

– Querido, você não se lembra do seu próprio filho?

– É claro – murmurou Paine, um pouco incomodado. Ele seguiu Laura lentamente até o quarto. – Por um minuto, tudo pareceu muito estranho. – Ele esfregou a testa, franzindo-a. – Estranho e desconhecido. Meio fora de foco.

Eles ficaram ali, perto do berço, observando o bebê logo abaixo. Jimmy lançou um olhar de volta para a mãe e o pai.

– Deve ter sido o sol – disse Laura. – Está um calor terrível lá fora.

– Deve ser isso. Estou bem agora. – Paine se abaixou e deu uma cutucada no bebê; depois, colocou o braço em volta da esposa, dando-lhe um abraço apertado. – Deve ter sido o sol – disse ele.

Ele olhou para baixo, bem nos olhos dela, e sorriu.

Introdução de
Dee Rees

TÍTULO DO CONTO: O ENFORCADO DESCONHECIDO
TÍTULO DO EPISÓDIO: KILL ALL OTHERS [MATE TODOS OS OUTROS]

DEE REES *é roteirista e diretora norte-americana, conhecida pelos longa-metragens* Pariah, Bessie *e* Mudbound: Lágrimas sobre o Mississipi, *este último selecionado pela Netflix no Sundance Film Festival, em 2017.*

"Indo para casa – com suas mentes amortecidas."
Essa é a frase que ecoa da narrativa retorcida de "O enforcado desconhecido" – e também a frase singular e brilhante que me fisgou para escolher esse conto. Ed Loyce nos conduz por um mundo de inconsciência coletiva digno de pesadelo; ele é o último homem "racional" em um mundo irracional, e há uma espécie de deliciosa perversidade no fato de tentarem fazê-lo acreditar que o louco na verdade é ele. Neste conto, os horrores ocorrem à luz do dia e os monstros se escondem à vista de todos. Nele, o espectro é literal e físico – um corpo enforcado, pendurado numa praça. Mais importante que isso, Philip K. Dick ilustra que, na vida real, o espectro pode ser muito mais sombrio e traiçoeiro. Poderiam ser palavras, um comportamento ou só uma ideia. E a indiferença é o verdadeiro alienígena que destrói...
"Indo para casa – com suas mentes amortecidas."
Conforme Ed Loyce questiona cada vez mais o seu próprio julgamento, nós, como leitores, também começamos a questionar

sua confiabilidade como testemunha. Será que ele está vendo mesmo aquilo que está vendo? Será que está exagerando sobre algo que pode ser facilmente explicado? Talvez as coisas não sejam tão ruins quanto parecem, no fim das contas. A paranoia vai retorcendo o conto e também Ed, que vira do avesso em si mesmo, até que, no fim, nos tornamos um pouco mais conscientes daquilo que não vemos.

Em uma sociedade em que confiamos em especialistas, analistas e em diversas formas de mídias sociais para moldar nossas respostas e ditar como devemos pensar e sentir, os vírus gêmeos da complacência e da apatia ganham acesso à nossa psique. Acabam por nos anestesiar. As "forças alienígenas" que vêm invadir nossas mentes são criadas por nós mesmos.

Fiz a adaptação deste conto para o roteiro de "Mate todos os outros" durante a conflituosa campanha presidencial norte-americana de 2016. Havia um clima de nacionalismo cego e repetitivo. Muitas ideias perigosas foram declaradas, promovidas e incentivadas a se propagar. Surgiram diversos debates acerca de "literalidade" versus hipérbole, e muitos debates sobre liberdade de expressão e nacionalismo. "Isso não está acontecendo de verdade", diziam eles. "O que vocês estão vendo não é o que estão vendo de fato", diziam eles. "O que você está ouvindo não é o que isso realmente quer dizer", diziam eles. Foram muitas as discussões sobre a coisa errada como um todo. Nós não enxergamos nada.

Tinha um corpo pendurado na praça.

O enforcado desconhecido

Às cinco horas, Ed Loyce lavou o rosto, colocou o chapéu e o casaco, entrou no carro e atravessou a cidade em direção à sua loja, que vendia televisores. Ele estava cansado. Suas costas e ombros doíam por conta do esforço que fizera escavando o solo do porão e levando toda aquela terra até o quintal em um carrinho de mão. No entanto, para um homem na faixa dos quarenta, até que tinha se saído bem. Janet poderia comprar um vaso novo com o dinheiro economizado, e ele gostava da ideia de consertar as fundações da casa por conta própria.

Estava escurecendo. O sol que se punha lançava seus raios sobre os passageiros que iam e vinham apressados, todos cansados e com cara de desalento; mulheres carregando sacolas e pacotes, estudantes que iam da universidade para suas casas feito um enxame, misturados a atendentes e homens de negócios e secretárias meio sem graça. Ele parou seu Packard num farol vermelho e então deu a partida novamente. A loja fora aberta sem ele, mas Loyce chegaria bem a tempo de dar uma mãozinha na hora do jantar, conferir as transações do dia e, talvez, até fechar uma ou duas vendas. Foi dirigindo lentamente pela pracinha toda verde no meio da rua, o parque da cidade. Não tinha nenhuma vaga para estacionar na frente da LOYCE VENDAS E ASSISTÊNCIA DE TVS. Ele ofegou, praguejando um pouco, e deu meia-volta com o carro, fazendo um retorno. Passou mais uma vez pela pracinha verde, com uma fonte de água solitária, um banco e um único poste de luz.

No poste, havia algo pendurado. Parecia um pacote escuro e sem forma, que balançava um pouco com o vento, como se fosse algum tipo de boneco. Loyce baixou o vidro do carro e espiou o lado de fora. Que diabos era aquilo? Uma propaganda de alguma coisa? Às vezes, a Câmara de Comércio fazia propagandas na praça.

Novamente deu meia-volta e voltou ali com o carro. Ele passou pelo parque e se concentrou naquele pacote escuro. Não era um boneco. E se fosse alguma propaganda, era das mais esquisitas. Os pelos de sua nuca se arrepiaram, e ele engoliu em seco. O suor deslizou por seu rosto e suas mãos.

Era um corpo. Um corpo humano.

– Olhe para isso! – disparou Loyce. – Venha aqui fora!

Don Fergusson saiu da loja lentamente, abotoando seu paletó listrado, cheio de dignidade.

– Espero que seja importante, Ed. Não posso simplesmente deixar o cara parado me esperando lá.

– Está vendo isso? – Ed apontou para a escuridão que aumentava. O poste de luz sobressaía contra o céu, com sua haste e aquele pacote pendurado nele. – Aí está. Caramba, faz quanto tempo que isso está aí? – A voz dele ficou mais agitada. – O que há de errado com todo mundo? As pessoas simplesmente passam e nem ligam!

Don Fergusson acendeu um cigarro vagarosamente.

– Fique calmo, meu velho. Deve haver um bom motivo, ou ele não estaria aí.

– Um motivo! Que tipo de motivo?

Fergusson deu de ombros.

– Como na vez em que o Conselho de Segurança no Trânsito colocou aquele Buick todo estragado lá. Alguma coisa cívica, não sei. Como eu poderia saber?

Jack Potter, da loja de sapatos, se juntou a eles.

– O que está pegando, rapazes?

– Tem um corpo pendurado no poste de luz – disse Loyce. – Vou chamar a polícia.

– Eles já devem estar sabendo – respondeu Potter. – Caso contrário, ele não estaria lá.

– Preciso voltar para dentro. – Fergusson tomou o rumo de volta para a loja. – Primeiro os negócios, depois o prazer.

Loyce começou a ficar histérico.

– Você está vendo? Está vendo aquilo pendurado ali? O corpo de um homem! Um homem morto!

– Claro, Ed. Eu o vi hoje à tarde, quando saí para tomar um café.

– Quer dizer então que isso está aí a tarde toda?

– Claro. Qual o problema? – Potter deu uma olhada em seu relógio. – Preciso correr. Até mais tarde, Ed.

Potter saiu às pressas, juntando-se ao fluxo de pessoas que passava pela calçada. Homens e mulheres que percorriam o parque. Alguns olhavam curiosos para cima, na direção daquele pacote escuro – e, depois, apenas continuavam. Ninguém parou. Ninguém prestou a menor atenção.

– Estou ficando louco – sussurrou Loyce.

Ele seguiu até o meio-fio e disparou, atravessando o trânsito em meio aos carros. Buzinas grasnavam irritadas com ele, que acabou voltando para a calçada e adentrando aquela pracinha verde.

Era um homem de meia-idade. Suas roupas estavam rasgadas e estragadas; o terno cinza, cheio de respingos e coberto de lama seca. Um desconhecido. Loyce nunca o vira antes. Não era um homem local. Seu rosto estava parcialmente virado e, no vento da noite, ele girava um pouco, dando voltas de maneira suave e silenciosa. Sua pele estava arrancada e cortada. Eram feridas vermelhas, arranhões profundos cobertos de sangue coagulado. Um par de óculos de armação de aço estava pendurado numa das orelhas, balançando de um jeito ridículo. Os olhos, esbugalhados. A boca, aberta, revelava uma língua espessa num tom feio de azul.

– Pelo amor de Deus – murmurou Loyce, desgostoso.

Ele espantou aquela náusea e voltou para a calçada. Estava trêmulo de repugnância – e de medo.

Por quê? Quem era aquele homem? Por que estava pendurado ali? O que aquilo significava?

E... por que ninguém parecia notar?

Ele esbarrou num homenzinho que andava apressado pela calçada.

– Preste atenção! – chiou o homem. – Ah, é você, Ed.

– Olá, Jenkins. – Ed deu um aceno de cabeça, meio atordoado.

– Qual o problema? – O vendedor da papelaria segurou seu braço. – Você parece doente.

– O corpo. Lá no parque.

– Claro, Ed. – Jenkins o conduziu até a alcova da LOYCE VENDAS E ASSISTÊNCIA DE TVS. – Fique calmo.

Margaret Henderson, da loja de joias, se juntou a eles.

– Tem alguma coisa errada?

– O Ed não está se sentindo bem.

Loyce se libertou deles num arranque.

– Como podem simplesmente ficar parados aí? Vocês não estão vendo? Pelo amor de Deus...

– Do que ele está falando? – perguntou Margaret, com certo nervosismo.

– O corpo! – gritou Ed. – Aquele corpo pendurado ali.

Mais pessoas se juntaram em volta.

– Ele está doente? É o Ed Loyce. Você está bem, Ed?

– O corpo! – gritou Loyce, esforçando-se para passar por eles. Algumas mãos o seguraram, e ele saiu em disparada, livrando-se delas. – Me larguem! A polícia! Chamem a polícia!

– Ed...

– É melhor chamar um médico!

– Ele deve estar doente.

– Ou bêbado.

Loyce foi lutando para abrir caminho entre as pessoas. Ele tropeçou e quase caiu. Através de um borrão, via fileiras de rostos curiosos, preocupados, ansiosos. Homens e mulheres paravam para verificar que tumulto era aquele. Ele continuou sua investida para se livrar daquelas pessoas, tentando chegar à sua loja. Conseguia ver Fergusson lá dentro, falando com um homem, mostrando um televisor Emerson. Pete Foley estava mais ao fundo, no balcão de assistência, configurando um novo modelo Philco. Loyce gritou freneticamente na direção deles. Sua voz estava perdida em meio ao rugido do trânsito e aos murmúrios ao redor.

– Façam alguma coisa! – gritou ele. – Não fiquem aí parados! Façam alguma coisa! Tem algo errado! Aconteceu algo! Tem coisas acontecendo!

A multidão foi se desmanchando respeitosamente, abrindo espaço para os dois policiais grandalhões que se moviam com eficiência em direção a Loyce.

– Nome? – murmurou o policial que estava com um caderno de notas.

– Loyce. – Ele limpou a testa, exaurido. – Edward C. Loyce. Me ouçam. Lá atrás...

– Endereço? – perguntou o policial.

O carro da polícia deslocava-se rapidamente em meio ao tráfego, disparando entre os carros e ônibus. Loyce afundou no banco, exausto e confuso. Ele respirou profundamente, estremecendo.

– Estrada Hurst, 1368.

– Isso fica aqui em Pikeville?

– Correto. – Loyce se ergueu, fazendo um esforço violento. – Me ouçam. Lá atrás. Na praça. Pendurado no poste de luz...

– Onde você esteve hoje? – perguntou o policial que estava ao volante.

– Onde? – repetiu Loyce.

– Você não estava na sua loja, não é?

– Não. – Ele balançou a cabeça. – Não, eu estava em casa. Lá embaixo, no porão.

– No *porão*?
– Cavando. As novas fundações da casa. Tirando toda aquela terra para colocar uma base de cimento. Por quê? O que isso tem a ver com...
– Tinha mais alguém lá embaixo com você?
– Não. Minha mulher estava no centro. Meus filhos estavam na escola. – Loyce olhou de um dos policiais grandalhões para o outro; uma centelha de esperança brilhou em seu rosto, uma esperança descontrolada. – Você quer dizer que por estar lá embaixo eu perdi... a explicação? Eu não entrei nessa? Igual a todo mundo?
Depois de uma pausa, o policial com o caderno de notas disse:
– Exato. Você perdeu a explicação.
– Então isso é oficial? O corpo... *deveria* estar mesmo pendurado lá?
– Ele tem que ficar pendurado lá. Para todo mundo ver.
Ed Loyce deu uma risada nada convincente.
– Meu Deus. Acho que eu não estava batendo muito bem dos pinos. Pensei que talvez tivesse acontecido algo. Vocês sabem, algo tipo a Ku Klux Klan. Algum tipo de violência. Comunistas ou fascistas dominando tudo. – Ele esfregou o próprio rosto com o lenço do seu bolso de lapela, as mãos trêmulas. – Fico feliz em saber disso de uma fonte confiável.
– Sim, confiável.
O carro da polícia se aproximava da Sala de Justiça. O sol tinha se posto. As ruas estavam melancólicas e escuras. As luzes ainda não haviam se acendido.
– Eu me sinto melhor – disse Loyce. – Fiquei bastante agitado, por um momento. Acho que reagi a tudo com muito exagero. Agora que sei do que se trata, não é necessário me levarem lá para dentro, é?
Os dois policiais não disseram nada.
– Eu preciso voltar para a minha loja. Os rapazes ainda não jantaram. Estou bem agora. Sem mais confusões. Tem alguma necessidade de...

– Isso não vai demorar – interrompeu o policial que estava dirigindo. – É um procedimento rápido. Apenas alguns minutos.

– Espero que seja rápido – resmungou Loyce. O carro reduziu a velocidade por causa de um farol. – Acho que causei uma confusãozinha. É engraçado ter ficado todo agitado assim e...

Loyce deu um empurrão na porta para abri-la. Jogou-se para fora, na rua, e se pôs de pé. Havia carros se movendo por toda parte ao redor dele, ganhando velocidade conforme a luz do farol mudava. Loyce saltou para o meio-fio e saiu em disparada em meio às pessoas, embrenhando-se na multidão que se aglomerava. Atrás dele, ouvia sons, gritos, pessoas correndo.

Aqueles dois não eram policiais. Tinha se dado conta disso logo de cara. Ele conhecia todos os policiais de Pikeville. Um homem não podia ter uma loja, tocar um negócio numa cidade pequena por 25 anos sem conhecer todos os policiais.

Eles não eram policiais – e não havia explicação nenhuma. Potter, Fergusson, Jenkins, nenhum deles sabia por que aquilo estava lá. Eles não sabiam – e simplesmente não davam a mínima. *Isso* é o que era estranho.

Loyce se enfiou numa loja de equipamentos. Foi correndo até a parte de trás, passando pelos vendedores e clientes perplexos, até chegar à sala de expedição e atravessar a porta dos fundos. Saltou uma lata de lixo e subiu correndo um lance de degraus de concreto. Pulou uma cerca e foi parar do outro lado, arquejando e ofegando.

Não havia nenhum som atrás dele. Tinha escapado.

Ele estava na entrada de um beco, escuro e cheio de madeiras, caixas estragadas e pneus espalhados. Conseguia ver a rua na outra extremidade. A luz de um poste vacilou e, de repente, se acendeu. Homens e mulheres. Lojas. Letreiros de neon. Carros.

E à sua direita... a delegacia de polícia.

Ele estava perto, terrivelmente perto. Depois da plataforma de carregamento de uma mercearia estava a lateral branca de concreto da Sala de Justiça. Janelas gradeadas. A antena da polícia.

Uma imensa parede de concreto que se erguia na escuridão. Um péssimo lugar para estar naquela hora. Ele estava perto demais. Tinha de se manter em movimento, ir para bem longe deles. *Deles?*

Loyce foi descendo o beco cautelosamente. Depois da delegacia estava a prefeitura, aquela estrutura de madeira amarelada à moda antiga, com detalhes em latão dourado e amplos degraus de cimento. Ele conseguia ver aquelas fileiras intermináveis de escritórios, janelas escuras, os cedros e canteiros de flores de cada lado da entrada.

E... algo mais.

Acima da prefeitura havia um pedaço de escuridão, um cone sombrio mais denso do que a noite ao redor. Um prisma de cor preta que se espalhava e parecia perdido no céu.

Ele ouviu algo. Meu Deus, estava ouvindo alguma coisa. Algo que o fazia se esforçar freneticamente para fechar os ouvidos e a mente e calar aquele som. Um zumbido. Um murmúrio distante e emudecido, feito um grande enxame de abelhas.

Loyce olhou para cima, enrijecido de horror. Aquela mancha de escuridão, pairando sobre a prefeitura. Uma escuridão tão espessa que quase parecia sólida. *Em meio ao vórtex, algo se moveu.* Formas cintilantes. Coisas que desciam do céu, pausando momentaneamente sobre a prefeitura, flutuando em cima dela num enxame denso e, depois, caindo silenciosamente sobre o telhado.

Formas. Formas que flutuavam no céu. Naquela fenda de escuridão que pairava sobre ele.

Ele estava vendo. Eram eles.

Por um longo tempo, Loyce ficou observando, agachado atrás da cerca frouxa perto de um tanque de água suja.

Estavam pousando. Chegavam em grupos, pousavam no telhado da prefeitura e desapareciam lá dentro. Eles tinham asas, como uma espécie qualquer de inseto gigante; voavam, tremulavam e então se arrastavam como caranguejos, de lado, atravessando o telhado e adentrando o prédio.

Ele estava enojado. E fascinado. O vento frio da noite soprava ao seu redor e o fazia sentir calafrios. Estava cansado, atordoado pelo choque. Nos degraus da entrada da prefeitura havia alguns homens parados, aqui e ali. Grupos de homens que saíam do prédio e paravam por um instante antes de seguir.

Será que havia mais daquelas criaturas?

Não parecia ser possível. O que ele tinha visto descendo daquele abismo escuro não eram homens. Eram alienígenas – de algum outro mundo, uma outra dimensão. Deslizando por aquela fenda, havia uma falha na casca do universo. Entrando por essa lacuna, vinham insetos alados de outro domínio da existência.

Nos degraus da prefeitura, um grupo de homens se separou. Alguns foram em direção a um carro que esperava por ali. Uma das formas que ficou para trás tentou entrar de volta na prefeitura. Depois, mudou de ideia e se virou para seguir os demais.

Loyce fechou os olhos, horrorizado. Seus sentidos cambalearam. Ele se manteve firme, agarrado à cerca frouxa. A forma, aquela forma humana havia flutuado abruptamente para o alto e batido as asas em direção aos demais. Então voou para a calçada e pousou em meio a eles.

Pseudo-homens. Homens de mentirinha. Insetos com a capacidade de se disfarçar de homens. Iguais a outros insetos familiares na Terra. Coloração de defesa. Mimetismo.

Loyce se afastou dali. Ficou de pé lentamente. Era noite. O beco estava totalmente escuro. Mas talvez eles conseguissem enxergar no escuro. Talvez a escuridão não fizesse a menor diferença para eles.

Ele saiu do beco cuidadosamente e foi para a rua. Homens e mulheres passavam correndo por ele, mas agora não eram tão numerosos. Nos pontos de ônibus, grupos estavam à espera. Um ônibus imenso tinha fechado a rua, com suas luzes piscando na melancolia da noite.

Loyce avançou. Foi abrindo caminho entre aqueles que esperavam e, quando o ônibus parou, embarcou nele e sentou-se na parte traseira, perto da porta. Um instante depois, o ônibus ganhou vida e desceu a rua com certo estrondo.

Loyce relaxou um pouco. Começou a estudar as pessoas ao redor. Rostos entediados e cansados. Pessoas voltando do trabalho para casa. Rostos bastante comuns. Ninguém prestava atenção nele. Todos estavam sentados calmamente, afundados em suas poltronas, chacoalhando com o movimento do ônibus.

O homem sentado ao lado dele abriu um jornal. Começou a ler o caderno de esportes, movendo os lábios. Um homem comum. Terno azul. Gravata. Um homem de negócios, ou um vendedor. A caminho de casa, onde estavam sua mulher e o restante da família.

Atravessando o corredor, vinha uma mulher jovem, de uns 20 anos. Olhos e cabelos escuros, com um pacote no colo. De meia-calça e salto alto. Casaco vermelho e uma blusa branca de angorá. Olhava distraída para a frente.

Um garoto voltando da escola, de jeans e jaqueta preta.

Uma mulher grande e com queixo triplo, levando uma imensa sacola de compras carregada de sacos e pacotes. Seu rosto espesso, turvo de cansaço.

Pessoas comuns. Do tipo que pegava ônibus todas as noites. Indo para casa, para junto de suas famílias. Para jantar.

Indo para casa – com suas mentes amortecidas. Controladas, com as vistas embaçadas pela máscara de um ser alienígena que tinha surgido e possuído todos eles, sua cidade, sua vida. A ele também. Exceto pelo fato de que ele, por acaso, estivera no fundo de seu porão, e não na loja. De alguma maneira, fora deixado de lado. Eles o haviam ignorado. O controle deles não era perfeito, à prova de falhas.

Talvez houvesse outros.

Certa esperança fulgurou em Loyce. Eles não eram onipotentes. Tinham cometido um erro ao não assumir o controle dele. Sua rede, seu campo de controle o deixara de lado. Ele saíra do porão do mesmo jeito que estava quando descera. Aparentemente, o alcance do poder deles era limitado.

Algumas poltronas mais para a frente no corredor, um homem o estava observando. Loyce interrompeu sua linha de pensamento. Um homem esbelto, de cabelos escuros e bigodinho. Bem vestido, de terno marrom e sapatos brilhosos, com um livro entre as pequenas mãos. Ele observava Loyce, avaliando-o com atenção. Então se afastou, rapidamente.

Loyce ficou tenso. Seria um *deles*? Ou... algum outro que tivessem deixado passar?

O homem o observava novamente. Olhos escuros e pequenos, bem vivos e espertos. Sagaz. Um homem sagaz demais para o bico deles – ou uma daquelas coisas, um inseto alienígena do além.

O ônibus parou. Um homem mais velho entrou lentamente e colocou seu tíquete dentro da caixa. Foi descendo o corredor e sentou-se numa poltrona do lado oposto da de Loyce.

O homem mais velho pescou o olhar afiado do outro. Por uma fração de segundo, algo aconteceu entre eles.

Um olhar rico em significados.

Loyce ficou de pé. O ônibus estava em movimento. Ele correu até a porta. Desceu um degrau e puxou a alça da saída de emergência. A porta de borracha se abriu, balançando.

– Ei! – gritou o motorista, pisando nos freios. – Que diabos...?

Loyce se contorceu para sair. O ônibus estava reduzindo a velocidade. Casas por todos os lados. Um bairro residencial, com gramados e prédios residenciais bem altos. O homem de olhos alertas ficou de pé, num salto. O homem mais velho também se pôs de pé. Estavam indo atrás dele.

Loyce deu um pulo. Atingiu a via com uma força espantosa e foi rolando até o meio-fio. A dor tomou conta dele. Dor e uma escuridão que se estendia. Tomado de desespero, lutou para se desfazer dela. Esforçou-se para ficar de joelhos e depois escorregou para o chão novamente. O ônibus tinha parado. As pessoas estavam descendo.

Loyce tateou ao redor. Seus dedos se fecharam em algo. Uma pedra, largada na sarjeta. Ele rastejou até ficar de pé, grunhindo de dor. Uma forma pairou diante dele. Um homem, aquele do olhar aguçado, carregando um livro.

Loyce lhe deu um chute. O homem arfou e caiu. Loyce soltou a pedra sobre ele. O homem começou a gritar e tentou rolar para longe dali.

– *Pare!* Pelo amor de Deus, ouça...

Loyce o acertou de novo. Um som horrível, um rangido. A voz do homem se interrompeu e se dissolveu num lamento borbulhante. Loyce se ergueu num pulo e foi voltando para trás. Os outros também estavam lá agora. Em todo o seu entorno. Ele correu desajeitadamente, descendo a calçada e subindo uma estrada. Nenhum deles o seguiu. Tinham parado e estavam inclinados sobre o corpo inerte do homem com o livro, o homem de olhos ágeis que fora atrás dele.

Será que tinha cometido um erro?

Mas era tarde demais para se preocupar com isso. Ele precisava sair dali – ir para bem longe deles. Sair de Pikeville e ultrapassar aquela fenda de escuridão, a brecha entre seu mundo e o deles.

– Ed! – Janet Loyce se afastou com nervosismo. – O que foi? O que...

Ed Loyce bateu a porta atrás de si e entrou na sala de estar.

– Abaixe as persianas. Rápido.

Janet foi em direção à janela.

– Mas...

– Faça o que estou pedindo. Quem mais está aqui além de você?

– Ninguém. Só os gêmeos. Estão lá em cima, no quarto deles. O que aconteceu? Você está tão estranho. Por que está em casa?

Ed trancou a porta da frente. Ficou rondando pela casa e entrou na cozinha. Da gaveta, embaixo da pia, sacou a grande faca de açougueiro e percorreu-a com o dedo. Afiada. Afiada o bastante. E voltou para a sala de estar.

– Escute – disse ele. – Não tenho muito tempo. Eles sabem que escapei e devem estar procurando por mim.

– Escapou? – O rosto de Janet se contorceu de espanto e medo.
– Quem?
– A cidade foi dominada. Eles estão no controle. Consegui entender tudo direitinho. Eles começaram por cima, pela prefeitura e pela delegacia. O que fizeram com os *verdadeiros* humanos que eles...
– Do que você está falando?
– Nós fomos invadidos. Por algum outro universo, alguma outra dimensão. Eles são insetos. Mimetizam. E mais: têm o poder de controlar nossas mentes. A sua mente.
– A minha mente?
– A entrada deles é *aqui*, em Pikeville. Eles dominaram todos vocês. A cidade inteira, menos eu. Estamos lutando contra um inimigo incrivelmente poderoso, mas eles têm lá suas limitações. Essa é a nossa esperança. Eles são limitados! Podem cometer erros!

Janet balançou a cabeça.
– Não estou entendendo, Ed. Você deve estar louco.
– Louco? Não. Só sou sortudo, mesmo. Se eu não estivesse lá embaixo, no porão, estaria igual a todos vocês. – Loyce espiou pela janela. – Mas não posso ficar parado aqui, falando. Pegue seu casaco.
– Meu casaco?
– Vamos dar o fora daqui. Sair de Pikeville. Temos que conseguir ajuda. Derrotar essa coisa. Eles *podem* ser derrotados. Não são infalíveis. Vai ser difícil, mas talvez a gente consiga se formos rápidos. Vamos! – Ele segurou o braço dela com rispidez. – Pegue seu casaco e chame os gêmeos. Estamos todos indo embora. Não pare para fazer as malas. Não temos tempo para isso.

Com o rosto pálido, a esposa foi até o armário e pegou seu casaco.
– Para onde estamos indo?

Ed puxou a gaveta da mesa e virou todo o conteúdo no chão. Tirou dali um mapa de estradas e o abriu.
– Com certeza eles estão de olho na estrada principal. Mas existe uma estrada alternativa. Para Oak Grove. Já peguei esse

caminho uma vez. É praticamente abandonado. Talvez não se lembrem dele.
— A estrada velha da fazenda? Meu Deus... Ela está completamente interditada. Ninguém deveria dirigir nela.
— Eu sei. — Ed enfiou o mapa em seu casaco com certa gravidade. — Essa é nossa melhor chance. Agora chame os gêmeos aqui para baixo. Seu carro está abastecido, não está?
Janet estava atordoada.
— O Chevrolet? Eu enchi o tanque ontem à tarde. — Janet se dirigiu às escadas. — Ed, eu...
— Chame os gêmeos!
Ed abriu a porta da frente e espiou lá fora. Nada se mexia. Nenhum sinal de vida. Tudo bem até então.
— Venham aqui embaixo — chamou Janet, com um tom de voz hesitante. — Nós vamos... vamos sair por um tempo.
— Agora? — surgiu a voz de Tommy, repentinamente.
— Andem logo — latiu Ed. — Desçam aqui, vocês dois.
Tommy apareceu no alto das escadas.
— Eu estava fazendo minha lição de casa. Estamos começando a aprender frações. A srta. Parker disse que se não fizermos isso...
— Pode esquecer as frações. — Ed pegou o filho assim que ele desceu as escadas e lhe deu um impulso em direção à porta. — Onde está o Jim?
— Ele está vindo.
Jim começou a descer as escadas lentamente.
— O que está acontecendo, pai?
— Estamos saindo, vamos dar uma volta.
— Uma volta? Onde?
Ed voltou-se para Janet.
— Vamos deixar as luzes acesas. E a TV também. Vá ligá-la. — Ele a empurrou na direção do aparelho. — Assim, eles vão pensar que a gente ainda...
Ele ouviu o zumbido. No mesmo instante, sacou a faca de açougueiro. Enojado, viu aquilo descendo as escadas em direção a ele,

com as asas num borrão de movimento, como se mirasse em si mesmo. Ainda tinha uma vaga semelhança com Jimmy. Era uma criatura pequena, ainda criança. Um breve vislumbre – aquela coisa se chocando com ele, olhos não humanos, frios, com múltiplas lentes. Asas, um corpo ainda vestido com camiseta amarela e calças jeans, o contorno mimetizado ainda estampado em si. Seu corpo deu meia-volta quando chegou a ele. O que será que aquilo estava fazendo?

Um ferrão.

Loyce o esfaqueou desenfreadamente. A criatura bateu em retirada, zumbindo freneticamente. Loyce rolou pelo chão e foi rastejando até a porta. Tommy e Janet ficaram imóveis feito estátuas, com os rostos brancos, assistindo a tudo sem nenhuma expressão. Loyce o esfaqueou novamente. Dessa vez, a faca acertou. A coisa soltou um guincho e cambaleou. Quicou na parede e foi palpitando para o chão.

Algo passou pela mente dele. Um campo de força, uma energia, uma mente alienígena sondando seu interior. De repente, estava paralisado. Aquela mente tinha entrado dentro da sua, tocando-o de maneira rápida e chocante. Uma presença totalmente alienígena tomando conta dele – até que se extinguiu, conforme a coisa desmoronou na forma de um montinho quebradiço em cima do tapete.

A coisa estava morta. Ele a virou com o pé. Era um inseto, uma espécie de mosca qualquer. De camiseta amarela e calças jeans. Seu filho Jimmy... Ele fechou a mente com firmeza. Era tarde demais para pensar a respeito daquilo. Desenfreadamente, pegou a faca de volta e seguiu para a porta. Janet e Tommy continuavam ali, parados feito pedras. Nenhum dos dois se movia.

O carro estava lá fora. Ele nunca conseguiria passar. Estariam esperando por ele. Eram 15 quilômetros a pé, 15 longos quilômetros de um trajeto irregular, com valas, campos abertos e as colinas de uma floresta intocada. Teria que ir sozinho.

Loyce abriu a porta. Por um breve instante, voltou o olhar para a esposa e o filho. Então bateu a porta atrás de si e desceu os degraus da varanda, correndo.

No momento seguinte, já avançava rapidamente na escuridão, a caminho dos limites da cidade.

A luz do sol do início da manhã era ofuscante. Loyce parou, suspirando em busca de fôlego, balançando para a frente e para trás. O suor escorria sobre seus olhos. As roupas estavam rasgadas, fatiadas pela vegetação rasteira e pelos espinhos sobre os quais tinha engatinhado. Quinze quilômetros, apoiado em suas mãos e joelhos. Arrastando-se, rastejando noite adentro. Seus sapatos estavam cobertos de lama. Ele estava todo arranhado e manco, absolutamente exausto.

Mas logo à frente estava Oak Grove.

Ele respirou fundo e começou a descer a colina. Por duas vezes tropeçou e caiu, colocando-se novamente de pé e se arrastando. Seus ouvidos zumbiam. Tudo parecia recuar e vacilar. Mas ele estava ali. Conseguira sair de lá, ir embora de Pikeville.

Um lavrador que estava num campo ficou boquiaberto ao vê-lo. De dentro de uma casa, uma jovem mulher observava, surpresa. Loyce chegou à estrada e passou a seguir seu caminho. Diante dele havia um posto de gasolina e um drive-in. Alguns caminhões, umas galinhas ciscando na terra, um cachorro amarrado a uma corda.

O atendente vestido de branco observava, desconfiado, enquanto ele se arrastava até o posto.

– Graças a Deus! – Ele se segurou na parede. – Achei que não fosse conseguir. Eles me seguiram a maior parte do caminho. Eu conseguia ouvi-los zumbindo. Zumbindo e rondando atrás de mim.

– O que aconteceu? – perguntou o atendente. – Você está na pior? Foi assaltado?

Loyce balançou a cabeça, cansado.

– Eles tomaram a cidade inteira. A prefeitura e a delegacia. Enforcaram um homem no poste de luz. Isso foi a primeira coisa que vi. Eles bloquearam todas as estradas. Eu os vi pairando sobre os carros que chegavam. Por volta das quatro da manhã, consegui me livrar deles. Soube disso na hora. Eu conseguia senti-los indo embora. Daí veio o sol.

O atendente lambeu os próprios lábios com nervosismo:

– Você está completamente fora da casinha. É melhor eu chamar um médico.

– Leve-me para Oak Grove – suspirou Loyce, afundando-se no cascalho. – Precisamos começar a... nos livrar deles. Tenho que começar imediatamente.

Eles mantiveram um gravador ligado todo o tempo enquanto ele falava. Quando terminou, o oficial de polícia desligou o gravador e se pôs de pé. Ficou parado ali por um instante, absorto em seus pensamentos. Por fim, sacou um maço de cigarros e acendeu um deles lentamente, franzindo o rosto carnudo.

– Você não acredita em mim – disse Loyce.

O oficial de polícia lhe ofereceu um cigarro. Loyce o afastou com impaciência.

– Você que sabe. – O oficial foi até a janela e ficou um bom tempo olhando para a cidade de Oak Grove lá fora. – Eu acredito em você – disse ele abruptamente.

– Graças a Deus – disse Loyce, fraquejando.

– Então você conseguiu escapar. – O oficial meneou a cabeça. – Você estava no seu porão, em vez de estar no trabalho. Uma sorte absurda. Uma chance em um milhão.

Loyce tomou um pouco do café preto que tinham lhe servido.

– Eu tenho uma teoria – murmurou ele.

– Qual é?

– Sobre eles. Quem são eles. Eles dominam uma área por vez. Começando pelo topo, o mais elevado nível de autoridade. E vão descendo a partir daí, num círculo que se expande. Quando estão de fato no controle, passam à próxima cidade. Eles se espalham lentamente, de modo bem gradual. Acho que isso vem acontecendo há muito tempo.

– Há muito tempo?

– Milhares de anos. Não acho que seja algo novo.
– Por que você diz isso?
– Quando eu era criança... Uma imagem que nos mostravam na Liga Bíblica. Uma imagem religiosa... uma velha gravura. Os deuses inimigos, derrotados por Jeová. Moloque, Belzebu, Quemós, Baal, Astaroth...
– E daí?
– Todos eles eram representados por figuras. – Loyce olhou para cima, na direção do oficial. – Belzebu era representado como... uma mosca gigante.
– Uma velha luta – grunhiu o oficial.
– Eles foram derrotados. A Bíblia é o relato de suas derrotas. Tiveram algumas vitórias... mas acabaram por ser derrotados.
– Por que derrotados?
– Eles não podem dominar todo mundo. Eles não me pegaram. E nunca pegaram os hebreus. Os hebreus transmitiram a mensagem para o mundo inteiro. A percepção do perigo. Os dois homens no ônibus. Acho que eles entenderam. Tinham conseguido escapar, igual a mim. – Ele cerrou os punhos. – Eu matei um deles. Cometi um erro. Tive medo de arriscar.
– Sim, com certeza eles também escaparam, igual a você – disse o oficial, fazendo um aceno de cabeça. – Esses acidentes malucos. Mas o resto da cidade estava bem sob controle. – Ele se virou da janela. – Bem, sr. Loyce, você parece ter compreendido tudo.
– Não tudo. O homem enforcado. O homem morto pendurado no poste de luz. Isso eu não entendi. *Por quê?* Por que eles o enforcaram ali, deliberadamente?
– Parece algo simples. – O oficial deu um sorriso frouxo. – *Uma isca.*
Loyce enrijeceu. Seu coração parou de bater.
– Uma isca? O que você quer dizer?
– Para conseguir fisgá-lo. Fazer você se entregar. Assim saberiam quem estava sob o controle deles... e quem tinha escapado.
Loyce recuou, horrorizado.

– Então estavam *esperando* por falhas! Previam isso... – Ele parou de falar. – Eles tinham uma armadilha preparada.
– E você se entregou. Você reagiu. Você se fez notar. – O oficial se moveu repentinamente em direção à porta. – Venha comigo, Loyce. Temos muito a fazer. Temos que nos mexer. Não há tempo a perder. Loyce começou a se levantar vagarosamente, paralisado.
– E o homem... *Quem era o homem?* Nunca o tinha visto antes. Ele não era um homem de lá. Era um estranho. Todo enlameado e sujo, com cortes no rosto, retalhado...
Havia um aspecto estranho no rosto do oficial de polícia quando respondeu.
– Talvez – disse ele, com suavidade – você venha a entender isso também. Venha comigo, sr. Loyce. – Ele segurou a porta aberta, com os olhos brilhando.
Loyce entreviu a rua em frente à delegacia. Policiais, uma plataforma de algum tipo. Um poste telefônico... e uma corda!
– Por aqui – disse o oficial, sorrindo friamente.

Enquanto o sol se punha, o vice-presidente do Banco dos Comerciantes de Oak Grove saía do cofre. Trancou a pesada trava programada, vestiu o chapéu e o casaco e foi correndo para fora, até chegar à calçada. Havia apenas algumas pessoas ali, voltando apressadas a suas casas para jantar.
– Boa noite – disse o guarda, fechando a porta atrás dele.
– Boa noite – murmurou Clarence Mason.
Ele foi seguindo a rua em direção a seu carro. Estava cansado. Tinha trabalhado o dia todo lá embaixo no cofre, avaliando o layout das caixas de segurança para verificar se havia espaço para mais uma fileira delas. Estava satisfeito por ter terminado.
Chegando à esquina, parou. As luzes da rua ainda não tinham se acendido. A rua estava turva. Tudo parecia vago. Ele olhou em volta – e congelou.
No poste telefônico em frente à delegacia, uma coisa grande e meio disforme balançava. Mexia-se um pouco com o vento.

Que diabos era aquilo?

Mason se aproximou da coisa, cautelosamente. Ele queria voltar para casa. Estava cansado e com fome. Pensou em sua mulher, seus filhos, em comida quentinha na mesa de jantar. Mas havia algo naquele pacote escuro, algo onipresente e desagradável. A iluminação era ruim, e ele não conseguia distinguir o que era. Mesmo assim, aquilo o atraiu, fazendo-o se aproximar para ver melhor. A coisa disforme o deixou desconfortável. Ele estava assustado com ela. Assustado... e fascinado.

E a parte estranha era que mais ninguém parecia notar aquilo.

TÍTULO ORIGINAL:
Electric Dreams

COPIDESQUE:
Isabela Talarico

REVISÃO:
Ana Luiza Candido
Pausa Dramática

ILUSTRAÇÃO DE CAPA:
Rafael Coutinho

CAPA E PROJETO GRÁFICO:
Giovanna Cianelli

MONTAGEM DE CAPA:
Pedro Fracchetta

DIAGRAMAÇÃO:
Desenho Editorial

DIREÇÃO EXECUTIVA:
Betty Fromer

DIREÇÃO EDITORIAL:
Adriano Fromer Piazzi

DIREÇÃO DE CONTEÚDO:
Luciana Fracchetta

EDITORIAL:
Daniel Lameira
Andréa Bergamaschi
Renato Ritto

COMUNICAÇÃO:
Nathália Bergocce

COMERCIAL:
Giovani das Graças
Lidiana Pessoa
Roberta Saraiva
Gustavo Mendonça

FINANCEIRO:
Roberta Martins
Sandro Hannes

COPYRIGHT © 2017, THE PHILIP K. DICK TESTAMENTARY TRUST
COPYRIGHT © EDITORA ALEPH, 2018
(EDIÇÃO EM LÍNGUA PORTUGUESA PARA O BRASIL)

Todos os direitos reservados.
Proibida a reprodução, no todo ou em parte,
através de quaisquer meios.

DADOS INTERNACIONAIS DE CATALOGAÇÃO NA PUBLICAÇÃO (CIP) DE ACORDO COM ISBD
ELABORADO POR ODILIO HILARIO MOREIRA JUNIOR - CRB-8/9949

L951s Dick, Philip K.
Sonhos elétricos / Philip K. Dick ; traduzido por Daniel Lühmann. - 2. ed. - São Paulo : Editora Aleph, 2020.
248 p. ; 14cm x 21cm.

Tradução de: Electric Dreams
ISBN: 978-85-7657-480-4

1. Literatura americana. 2. Ficção científica.
I. Lühmann, Daniel. II. Título.

2020-262   CDD 813.0876
                        CDU 821.111(73)-3

ÍNDICES PARA CATÁLOGO SISTEMÁTICO:
Literatura americana: ficção científica 813.0876
Literatura americana: ficção científica 821.111(73)-3

EDITORA ALEPH
Rua Tabapuã, 81, cj. 134.
04533-010 – São Paulo – SP – Brasil
Tel.: [55 11] 3743-3202
www.editoraaleph.com.br

TIPOLOGIA:	Versailles [texto]
	Verve [entretítulos]
PAPEL:	Pólen soft 80 g/m² [miolo]
	Supremo 250 g/m² [capa]
IMPRESSÃO:	Gráfica Santa Marta [março de 2020]
1ª EDIÇÃO:	fevereiro de 2018